PLAZA & JANES

P & J

LITERARIA

El árbol del bien y del mal

J. J. Armas Marcelo

Plaza & Janés Editores, S.A.

Portada de

JORDI SANCHEZ

Primera edición: **Setiembre, 1985**

Editado por PLAZA & JANES EDITORES, S.A.
Virgen de Guadalupe, 21-33. Esplugues de Llobregat (Barcelona)

Printed in Spain – Impreso en España
ISBN: 84-01-38055-3 – Depósito Legal: B. 29688-1985

A Patricia y Mario Vargas Llosa

I

Sellaban un pacto de muerte, pero ellos no lo sabían. El trato quedó cerrado por la tarde, y sólo entonces Horacio Rejón comprendió que ese día era uno de los más importantes de su vida. Había logrado comprar la casa de sus antepasados, los fundadores de Salbago, venciendo el poder de todos los rumores y después que el mismo Dámaso Padilla hubiera intentado disuadirlo.

—Ocurren cosas muy raras ahí dentro —le dijo Dámaso Padilla.

Horacio Rejón lo miró fijo a los ojos, iluminado por la obsesión. «Me da lo mismo que la habiten los demonios. La compro con diablos y todo», le contestó presagiando el aleteo triunfal de la promesa que había hecho a su padre, el capitán republicano Juan de Rejón, cuando estaba a punto de morir en México. Así que finalmente Dámaso Padilla se encogió de hombros, porque pensó que aquella guerra había dejado de ser suya, y acabó doblegándose ante la contumacia de Horacio Rejón.

Esteban Padilla había adquirido la casa en plena posguerra, época decrépita en la que los Rejón vinieron perceptible-
mente a menos en influencias, latifundios y propiedades, incluso gozando de la gloria de los vencedores. «Él la compró
por una miseria y yo la vendo en una fortuna», se dijo Dámaso
Padilla en el momento de firmar la venta. Al fin y al cabo, su
padre habitó la casa una sola e interminable noche, dejándose
arrastrar por la curiosidad del brujo que se enfrenta con misterios cuya dimensión ha terminado por poseer una cierta
consistencia de leyenda. Esteban Padilla había sido boticario
de profesión pero alquimista clandestino. Brujo secreto y amigo de brujos, mago y curandero de males todavía sin nombre,
sintió siempre una especial atracción por el mundo de ánimas
brumosas ante el que el resto de los mortales pierde el tino
y retrocede santiguándose con respeto y sin mediar palabra
alguna. Pero esa única noche de insomnio le bastó a Esteban
Padilla para decidirse a tapiar la enorme puerta de la casa de
los Rejón y pintar en su fachada un inmutable, silencioso y
compulsivo cartel de venta. Sólo el doctor Maximino Cañal
supo lo que había pasado en la casa durante la noche que
Esteban Padilla trató de dormir en ella, pero el secreto se lo
había arrancado al boticario bajo palabra de honor y el médico forense no quiso nunca faltar a su juramento. Los ruidos,
movimientos de objetos inanimados, voces de ultratumba, disparos de ametralladora, improperios y música de piano quedaron salvaguardados en la memoria del doctor, que se pasó
muchos ratos libres de su vida imaginando la batalla que
Esteban Padilla había llevado a cabo contra la furia de los
Rejón.

Desde ese día, transcurrieron quince largos años en los que
el reclamo de venta de la casa de los Rejón cobró la nostálgi-
ca quietud de las cosas eternas y olvidadas, hasta que poco
a poco las sequías y las ventoleras africanas, el salitre y el
polvo árido de la isla fueron decolorando la identidad de las
letras escritas e hicieron perder toda precisión a su mensaje.
Daba igual. Todo el mundo en Salbago sabía que la casa esta-

ba perennemente en venta. Esteban Padilla se marchó a la tumba con el secreto entre los dientes y sin haber podido deshacerse de ella, como si el recuerdo de aquella noche hubiera quemado los ambiciosos deseos de transmigración que anidaron siempre en el corazón del boticario.

—Quítatela de encima en cuanto puedas —alcanzó a decirle a su hijo antes de morir.

Dámaso Padilla, al heredarla, mantuvo la misma negra impresión que su padre. Era una casa maldita, impregnada de presencias etéreas e intemporales que jamás permitirían que alguien ajeno a la sangre de la familia perturbara la oscura integridad de su descanso. Por eso, si en algún momento acarició la tentación de rescatarla de mugres y telarañas fosilizadas por el deterioro, y convertir la casa en su bufete de abogado, pronto desistió del empeño, apegado siempre a la superstición que junto con la casa había heredado de Esteban Padilla. No quería cuentas con el diablo ni con los espíritus belicosos de los Rejón y, aunque supo que sería muy difícil venderla, esperó que la ocasión se presentara viendo que la propiedad se descascarillaba con el tiempo sin que nadie intentara comprarla.

Sólo a un Rejón pudo llegar a ocurrírsele la remota locura de adquirirla. Y fue a Horacio Rejón, precisamente el único hijo del único Rejón republicano que viera la luz bajo aquella techumbre de sangre tradicional y monárquica. El único Rejón a quien cupo el maltrecho honor de sufrir la derrota en la guerra civil española, y el único de aquella familia que hubo de mantener con la cabeza erguida y los ojos altivos la digna condición de exiliado en México y, más tarde y por poco tiempo, en Venezuela. Una condición que se negó siempre a abandonar, no dejando nunca de lucirla como una condecoración sobre el pecho ni siquiera en las minúsculas y tímidas visitas que realizara a Salbago, para asistir a una fiesta en la que se repartían los dineros de una propiedad recién hecha pedazos por la venta —por mor de la repentina ilusión senil de don Francisco de Rejón de verse rodeado de todos sus vástagos,

nietos, yerno y nueras—, o para la solemne ocasión en la que,
fallecido el patriarca familiar, se descubrió en Agaete una
escultura sedente que procuraba inmortalizar su paso por la
historia de la isla, escasos acontecimientos que marcaron una
reconciliación más formal que real entre todos los miembros
de la familia Rejón y el capitán de las milicias republicanas
de la guerra española, Juan de Rejón.

Como en tinieblas, provistas sorpresivamente de una inusitada luminosidad, recordaría Horacio Rejón el ondulante esplendor desplegado en las celebraciones de su familia de la
isla. Primero fueron meros dibujos varándose en su fantasía,
aspirados durante su infancia americana a través de los relatos que su padre le había contado de la familia que estaba
al otro lado del Atlántico, sublevada con Franco contra la
Segunda República española. Después, cuando asistió a uno de
aquellos fastos, el tiempo y la memoria lo multiplicaron por
cien con caracteres cortesanos en su imaginación. De modo que
en el recuerdo las reuniones familiares de los Rejón se confundieron entre la realidad de la asistencia a una sola de ellas
y el fervoroso pero imposible deseo de haber querido estar
en todas las demás para observar, deslumbrado, el lujo deca-
dente de una tribu que idolatraba a don Francisco de Rejón.
El patriarca estaba ya anclado en una venerable vejez barbu-
da, con bastón largo de empuñadura de plata repujada en la
que se distinguían los rasgos de una cabeza de perro rabioso, implacable reloj con leontina de oro, terno de terciopelo
negro con chalequillo siempre impoluto, ojos azules y hundi-
dos en unas cuencas casi apagadas por la edad del siglo, nariz
ganchuda de águila monárquica, manos de figura del Greco
con dedos alargados, albos y huesudos, y una voz muy grave
ufanándose a toda hora de haber estado mil veces en La Habana y ninguna en esa ciudad de mierda, Madrid, que es un
invento de los políticos para que todos acudan allí a pedir
dinero como mendigos sin dignidad. Padre de todos y de todo
don Francisco de Rejón. Dueño de haciendas, de vidas privadas y públicas, de historias, aventuras, leyendas, amores y

voluntades de todo aquel que tuvo la suerte de llevar en la
sangre la impronta y el mítico apellido de los Rejón. De todos
menos del republicano Juan de Rejón, hijo prófugo y poco
pródigo, alistado en el bando de los descamisados, nadador
contracorriente, la insólita enfermedad de una casa plagada
de medallas de gloria, el espíritu de la contradicción, la irres-
tañable célula negra que señalaba el declive de las verdades
monolíticas de la estirpe.

—De tal palo, tal astilla —sentenció la vieja María Guayedra, viuda de quien fuera mayordomo de don Francisco de
Rejón durante toda su vida, cuando se enteró de la compra
de la casa. Casi no se acordaba de Horacio Rejón, pero siempre mantuvo en su memoria el recuerdo del rostro lívido de
don Francisco de Rejón el día en que le vinieron a contar que
su hijo Juan era republicano, que estaba haciendo la guerra
en el bando de los rojos, destacándose en ella por la enérgica
vitalidad que derrochaba en cada una de las acciones y ataques. Ésas al menos eran las noticias que llegaban a la isla
de Salbago en los principios de la contienda.

—¿Dónde está? —preguntó don Francisco de Rejón, sin
mirar apenas a la cara del falangista que corrió a darle noticia.

—En Madrid, don Francisco —contestó lacónico y triun-
fante Marcial Wiot. Vestía una reluciente camisa azul oscura
y correaje de pelea.

Don Francisco de Rejón contuvo el atisbo de amarga sonrisa que asomó por un instante en su rostro. Cuando se quedó
solo, caminó hacia las sombras de su despacho con la segura
lentitud de los que siempre han sabido que habrían de jugarles
con la peor carta de la baraja en alguna desquiciada esquina
de sus vidas: la burla de su propia carne. Con aparente sosiego se sentó en la mecedora de caoba que utilizaba siempre para
reflexionar en torno a las más importantes determinaciones
de su voluntad. María Guayedra le oyó reclamar ron de caña
desde allí, entenebrecido con sus propios pensamientos. Tenía
la voz más ronca que de costumbre, porque el hormiguero

de la rabia se movía en las paredes de su garganta. Al acercarse a servirle el licor, María Guayedra lo vio encendiendo con parsimonia uno de sus inmensos habanos, rezongando sílabas de una jerigonza que era la entrecortada traducción de todos los improperios conocidos. Una palidez esmerilada curtía los inexpresivos rasgos de su semblante, mientras chupaba del tabaco con la morosa experiencia de los fumadores más selectos.

—¿Le pasa algo, don Francisco? —se atrevió a preguntarle María Guayedra. Lo miró de reojo al tiempo que le servía el ron de caña.

—Nada, María. Sólo es la confirmación de lo que siempre he sabido. Que Madrid es una ciudad de mierda gobernada por los comunistas —dijo, y sus palabras supuraron rencor de patriarca.

Incluso una mujer tan primitiva como María Guayedra alcanzó a darse cuenta que, desde ese mismo momento, don Francisco de Rejón llevaba veinte años más sobre la sombra de su alma. Don Francisco de Rejón siguió aspirando entre sus turbiedades silenciosas el aroma del tabaco, despidiendo humo como un caballo desbocado por la ira, meciéndose con la misma lentitud que, trago tras trago, terminaba con el contenido de la botella de ron de caña. Después, cuando las sombras ya habían hecho invisibles los desmadejados bailes del humo del habano en el aire cerrado de la estancia, se dejó oír de nuevo la voz gravosa de don Francisco de Rejón.

—Así que las estatuas son para los muertos, republicano hijo de puta —dijo arrastrando contra los dientes las sílabas de cada palabra.

Hablaba consigo mismo, recordando entre los rencores la frase de su hijo Juan de Rejón pronunciada la vez que vinieron a verlo en comisión oficial algunos notables de la ciudad de Salbago. Don Francisco de Rejón los recibió en aquel mismo despacho en el que ahora, mascando con malhumor la punta humedecida del tabaco, trasegaba la furia de su memoria. Querían levantarle una estatua.

—¿En vida? —preguntó el prócer.

En vida, contestaron al unísono los comisionados, largos bigotes, patillas hasta la barba, estirados gestos dibujando una atildada autoridad en sus facciones. La isla entera estaba convencida del homenaje, porque era lo más justo que se podía hacer con una persona como él. Pero don Francisco de Rejón se resistía, entre la duda y una ambigua vanidad nacida del honor de la estirpe. El General Primo de Rivera estaba interesado personalmente en el gesto, y le rogaba que aceptara el ofrecimiento de la ciudad.

Don Francisco de Rejón expulsó una larga bocanada de humo del habano que mantenía enhiesto entre sus dientes. Miró a su hijo, en cuyo rostro se insinuó inmediatamente el mismo dibujo irónico que años más tarde María Guayedra habría de ver reproducidas en las facciones de don Francisco de Rejón.

—Las estatuas son para los muertos —dijo entonces Juan de Rejón, posando los ojos en cada uno de los visitantes y, finalmente, sobre su propio padre.

Después, el prócer volvió la mirada hacia los ilustres de la isla y rogó que se lo dejaran pensar durante algunos días, si no les importaba. Pero en su fuero interno ya había tomado una fulminante decisión, y nunca más volvió a hablarse del asunto de la estatua hasta que don Francisco de Rejón murió justamente con la edad del siglo. En ese momento, la isla de Salbago decidió ocuparse del prócer y le erigió una estatua sedente en su pueblo natal del norte de la isla, Agaete.

II

La noticia de la compra de la casa culebreó de inmediato por todos los rincones, casinos y mentideros sociales de Salbago, recalando como un saltaperico en las tertulias adormecidas de una ciudad que despertaba de su monótona anatomía con ese espasmo de repentina novedad.

«Ahora sí que se jodieron», pensó María Guayedra con vengativa alegría y en su viejísima ancianidad. «Ha heredado la locura de todos ellos juntos», murmuraba ante la osadía confirmada y sorpresiva del recién llegado.

Era la opinión general, porque no fue la primera vez que Horacio Rejón había provocado la atención sobre su persona con ribetes de escándalo, con ser un desmesurado atrevimiento la compra de aquella casa histórica y maldita por tantos motivos. Empezaba a estar ahora muy clara la intención del joven indiano. Iba a convertir la mansión prohibida en su propia residencia, y allí trasladaría a Mara Florido, esposa

legal que fuera del cónsul francés en la ciudad de Salbago
hasta el mismo momento en que Horacio Rejón pisó como
invitado una de las múltiples tenidas que el inquieto diplomático, maduro, desenfadado y mundano, organizaba en su casa
para distraerse del aburrido ambiente que propiciaba el trópico insular, y ganarse al mismo tiempo la reputación de socia-
ble afabilidad que correspondía a su rango diplomático. Al
fin y al cabo, aunque en la isla conoció a la que llegó a ser su
mujer, se suponía que Alain Dampierre ambicionaba mejores
destinos profesionales, porque no era otra cosa que un ave
de paso haciendo garabatos en el cielo de una ciudad perdida
en el Atlántico para terminar volando hacia otros aires más
transparentes.

—¿Dónde estabas tú que no te había visto antes de ahora?
—saludó Horacio Rejón a Mara Florido cuando los presenta-
ron en la puerta de la residencia consular.

En ese instante, Alain Dampierre sospechó que aquel angus-
tioso cosquilleo que le adormecía todas las fibras de su cuerpo
era la soledad. Mara estaba ya empezando a dejarlo solo, y
jamás antes de ahora Alain Dampierre había sentido aquel
escorpión reptándole por las vísceras. Ni en el frío glacial de
Estocolmo, ni en la asiática aridez de Nueva Delhi, ni en el
viento desértico que lame la piel secular de las pirámides de
Egipto. Se le aflojaron los músculos como a un héroe griego
en el momento de la derrota, y perdió una indispensable com-
postura durante algunos segundos eternos. Más que una impertinente provocación, la pregunta de Horacio Rejón invita-
ba. Más que una invitación, era una orden atenuada por el
sedoso tono interrogativo del indiano. Alain Dampierre no
pudo dejar de notar también un palpitante y excitado temblor
en los poros abiertos del cuerpo de su esposa. Mara Florido
estaba transformada, encendida, hinchada, los ojos fijos en
los de Horacio Rejón, paralizada y líquida de deseo ante la
pregunta del visitante. Fue sólo un momento y casi nadie prestó atención a la escena. Sin embargo, para Alain Dampierre
duró demasiado, como si todo estuviera ocurriendo a cámara

lenta. «Es Átila», pensó para sí, sabiendo que ya nada sería igual de aquí en adelante.

—¿Nos vamos? —preguntó Horacio Rejón a Mara Florido como si se conocieran de toda la vida.

Le alargaba una de sus manos para que ella la tomara entre las suyas. El cónsul los miró atónito, mientras Mara le daba la mano a Horacio Rejón. Alain Dampierre no acababa de creérselo. Mara Florido estaba fascinada, y salió con Horacio Rejón de la fiesta ante la inquieta mirada de todos los presentes. Ni siquiera se acordó de despedirse de Alain Dampierre, con un último gesto que expresara la certidumbre de haber encontrado al hombre de su vida. «Es Átila», se repitió desconsolado el francés, paseando por entre los invitados unos ojos que incitaban a la pena. Alain Dampierre se recuperó sólo en apariencia, se sacudió la solapa de su chaqueta con noble displicencia y se decidió a ocuparse de sus amigos, como si nada hubiera ocurrido.

Fue un rapto escandaloso contra el que la justicia de la vida y las tímidas quejas diplomáticas no pudieron hacer nada. A Horacio Rejón y a Mara Florido poco o nada les importó el murmullo que se organizaba a sus espaldas. Tampoco las miradas de reprobación que los asiduos del bar del Hotel Madrid les dedicaban cada vez que ellos subían las escaleras del establecimiento en el que un día se alojaron tan dispares figuras como Francisco Franco, camino de la Cruzada española, y la actriz Silvana Frascachini, camino de la fama del celuloide. Mara Florido y Horacio Rejón, camino de sus habitaciones y de sus soledades de placer, desdeñaban el rumor de la opinión pública de la ciudad, y ni siquiera se inmutaron cuando supieron que los isleños llamaron al incidente el rapto de Europa.

Horacio Rejón no prestaba oídos a las habladurías y a las agrias salpicaduras levantadas con su actitud arrogante. Sumamente ocupado en la restauración del ala principal de la casa que había recuperado, pasaba las mañanas dando órdenes dentro de aquella covacha deshabitada hasta llegar él. In-

cansable, luchaba contra el deterioro aposentado en la casa
de los Rejón como un conquistador recién llegado a tierra
firme, animando sin parar a una legión de maestros de obras,
albañiles, pintores, carpinteros, jardineros y operarios de toda
ralea a los que había contratado bajo la inexcusable exigencia
de terminar los trabajos de remodelación de la casa antes de
las inminentes pascuas.

—Año nuevo, casa nueva —bromeaba entre los obreros,
rociado de blanco por el polvo que cubría todos los intersticios
de la mansión.

Mara Florido, muy por encima de las críticas aceradas que
se descargaban sobre ella desde las miradas de tantos, compraba sedas, cretonas, visillos, cortinas, alfombras, ropas nuevas, adornos y detalles de todo tipo, plantas de interior y palmas verdes que volverían a ser el símbolo de la alegría en el
hermoso patio central de la casa. Al mediodía se reunían a
comer. Se contaban las alternativas y los acontecimientos de
la jornada, disfrutando de su mutua compañía, aislados ambos
de la tensa turbación que en todos producía su impecable y
prohibida felicidad. Después, saciados el hambre y la curiosidad, se retiraban a retozar a la *suite* del Hotel Madrid, refugio de ancianos turistas ingleses, viajantes catalanes de co-
mercio, fabricantes alicantinos de zapatos y huéspedes circunstanciales, y de una considerable pléyade de zánganos insulares que consumía en la barra del bar del hotel el cotidiano
rito tropical de un aperitivo prolongado hasta bien entradas
las horas de la tarde.

Se habían olvidado por completo del cónsul Dampierre.
Nadie cayó en la cuenta de su progresiva desaparición de la
vida social de la ciudad. Se volvió a saber de él sólo cuando lo
descubrieron ya sin vida en una de las habitaciones de su lujoso apartamento diplomático. Se renovaron entonces los rumores en Salbago. Horacio Rejón leyó la noticia del óbito del
francés en un diario de la ciudad, mientras desayunaba como
cualquier mañana, y no sintió esta vez tampoco ningún tipo
de sensación especial sobre su conciencia, pena y tristeza, re-

mordimiento o simple escalofrío. Jamás trató él al hombre al que había arrebatado la mujer. Nunca tampoco Mara le habló del cónsul francés. Se supo entonces que Alain Dampierre decidió hacer un viaje a París inmediatamente después del rapto de Europa. Explicaron sus amigos más cercanos que para curarse de los males de amor en un centro especializado en psiquiatría al cual estaba abocado tras la perfidia femenina de Mara Florido, que lo había abandonado sin apenas decirle adiós. Explicaron también que trataba de olvidar entre mujeres de vida sin reparos el golpe tropical que le había propinado el destino en toda la frente. «El trópico, ¡ah, el trópico, carajo!», exclamó para sí el doctor Maximino Cañal cuando se enteró de la noticia. «Parece que es pequeño y resulta infinito para quien lo haya probado alguna vez», se dijo echándose a la boca un buche de café caliente. Cuando Alain Dampierre regresó a la ciudad de Salbago traía el cabello completamente blanco, color ceniza azulada, tal como la primera vez que lo vieron los isleños, antes de que Mara hubiera rejuvenecido con el amor aquellas gráciles facciones atemperadas por la edad y ajadas en algunos rincones de la piel por la experiencia de la vida, el continuo trasiego, los viajes y los cambios de residencia diplomáticos. Ahora, a la vuelta, se le notaba envejecido en los gestos, en la respiración, incluso en el tono de voz que bañaba un profundo e irreversible escepticismo. Una tristeza blanquecina y marmórea se había adueñado de él para el resto de sus días. Sin duda era la soledad aquel cosquilleo incesante y agrio que lo entregó a una desgracia que nunca ya pudo quitarse de encima. Maximino Cañal se enteró del regreso del francés, y no dudó en ver en ese empecinamiento un mal presagio para el diplomático europeo. «¡Ah, el crimen, sus vicios y la contumacia del criminal por regresar al lugar de los hechos!», sentenció sin que María Pía lograra entenderlo del todo.

Alain Dampierre se escondió en su casa, asistiendo a muy pocas reuniones y reduciendo paulatinamente sus apariciones públicas, hasta que todos alcanzaron a entender que no se podía seguir contando con él porque estaba definitivamente enfermo. Con tanta discreción quiso desaparecer de la vida cotidiana de la isla que la ciudad entera encontró muy lógica la presencia en ella de un novísimo representante consular del pueblo de Francia, instalado allí oficialmente sin que se hubiera llegado a saber lo que había pasado con Alain Dampierre. Una vez fallecido, los diarios y las emisoras de Radio dieron una lacónica noticia del finado, aunque la Televisión pasó por alto su muerte. Recordaron que fue persona muy querida entre las gentes de la isla y que, por propia voluntad, hacía tiempo que había abandonado su cargo diplomático empeñándose en continuar en Salbago. En buena medida contradecía con su conducta sedentaria la opinión general, porque cuando tuvo ocasión de quedarse en París, o de buscar otro destino en distinta geografía que la insular, decidió sorpresivamente residir en Salbago hasta su muerte. Eso era un mérito inexplicable en un francés que hubiera podido conquistar el mundo desde las más altas cotas de su profesión y de su buen gusto.

Aunque se dijo que aquel viaje a París lo asumió con la misma resignación que el rapto de su mujer, en la hora de la muerte se supo de verdad lo que Alain Dampierre había querido hacer: perpetuar la presencia de Mara Florido y su propia compañía haciéndose fabricar una muñeca de goma, réplica perfecta de su amada invisible. Una fotografía en la que Mara Florido aparecía desnuda de cuerpo entero, tomando el sol caliente en las playas salvajes del sur de la isla, sirvió de modelo al experto artista a quien Alain Dampierre hizo el difícil encargo en la Ciudad Luz. Nadie vio aquel fantástico maniquí hasta que Alain Dampierre apareció sin vida en sus habitaciones. Y los que descubrieron el cadáver del francés entendieron mejor su retiro definitivo d ela vida: se había escondido en su casa con los perfumes sofisticados, las ropas, los trapos gaseosos y las piezas íntimas de Mara Florido, todavía oliendo todo a su piel más fresca y clandestina, un mundo infinito de recuerdos retenido vivo entre sus manos lujuriosas. Se pasaba los días y las noches lamiendo de pasión las gasas y las sedas que su mujer usaba con él en los preludios del amor. Representaba en su soledad y a toda hora la imposible función de enamorarla una vez más, subyugarla y conducirla al lecho del placer. Gastaba su tiempo oliendo insaciable las ropas perfumadas con el mismo líquido precioso y lúbrico con el que Mara Florido se daba a caricias delante de él, de modo que despertaba en Dampierre los más primitivos, profundos y remotos instintos hasta hacerle olvidar sus formas diplomáticas y las reverencias debidas a las damas, aprendidas no sólo en las aulas de la Universidad de la Sorbona sino en los muchos años de profesión diplomática. En el lecho, o en cualquier otro lugar del apartamento, Alain Dampierre se había pasado los últimos tiempos de su vida vistiendo y desvistiendo incesantemente la muñeca, hurtándola a la vista del resto del mundo. Jugaba con ella colocándola en mil posturas de exótico erotismo, que había ejercitado con amplitud durante su estancia en la India. Bailaba por las galerías y los salones de la casa. Enloquecía vaciando armarios y roperos, esparciendo los sujetadores y las braguitas de colores, los ligueros sugestivos y las medias de fantasía, las joyas y los zapatos de Mara Florido con un frenesí diabólico que acababa siempre en un valle de lágrimas desconsoladas, cuando toda la estancia era ya un vano desorden de ropas y de ideas en el que Alain Dampierre parecía encontrarse a gusto consigo mismo, encerrado con sus obsesiones, sus recuerdos, sus monólogos y sus ruinas. Se había convertido en un anacoreta del amor, y los fastuosos trajes de largo que otrora luciera Mara Florido en cada fiesta aparecieron arrugados, colocados de cualquier modo y en cualquiera de las habitaciones de la casa. Un penetrante olor a opio sagrado, su perfume preferido, dominaba el apartamento hasta los últimos rincones. Era el mismo efluvio que Mara Florido desprendía cuando en las fiestas rendía de admiración a todos los invitados de Alain Dampierre. El mismo olor que ahora seguía haciendo volver la cabeza a los contertulios del bar del Hotel Madrid cuando ella entraba en el establecimiento hotelero para dirigirse a sus habitaciones con la soberbia propia de una reina de sí misma y la dignidad de quien se sabe criticada por todos los demás. Un olor agradable, penetrante y exclusivo, tan poderoso que terminó por apagar incluso el hedor de alimaña sin vida que empezaba a despedir el cuerpo del cónsul francés en el momento del hallazgo mortuorio.

En el tocadiscos automático se repetían algunas filigranas escritas por Schubert para el piano, y no daba para nada la impresión de estar más allá de la vida todo lo que en el apartamento del francés fueron descubriendo. En la cama nupcial, un lugar que los franceses siempre han considerado el menos común de los lugares, encontraron una muñeca de tamaño natural, fabricada con plásticos especiales y con un riego interno de aguas tibias como la sangre humana. No le faltaba sino respirar para estar viva. Recostada y entre sábanas completamente limpias era tan perfecta, tan exacta a la realidad, tan concupiscente y deseable que quienes la vieron de repente quedaron en unos instantes sumidos en la más absoluta estupefacción, porque creyeron que ante ellos estaba en una orgia perpetua la magnífica Mara Florido, real hembra que finalmente había vuelto a los brazos maduros de Alain Dampierre cansada de la aventura juvenil de Horacio Rejón.

Las habladurías de la isla se desproporcionaron, añadiendo mil datos imaginarios a la historia real de la muñeca. Hasta que ocurrió el secuestro del industrial tabaquero Eufemiano Fuentes, ningún otro suceso logró levantar tanto rumor y suspicacia en el mundo cerrado de Salbago. Doña Brígida Betancor de Florido nunca dio crédito a lo que sus amigas, ancianas ya como ella misma, le cuchicheaban entre visajes religiosos y exorcismos que trataban de ahuyentar tentaciones que ya no correspondían a sus cuerpos ni a sus almas.

—Alain no es una bestia —respondía indignada doña Brígida Betancor defendiendo al cónsul como si no hubiera muerto—. Todo esto es un embuste que se han inventado para tirar por tierra su reputación y la de toda mi familia. Bastante tengo con una hija descarriada para que ahora me vengan con esas fantasías de París.

En efecto, la muñeca de goma despertó todo tipo de comentarios, y fue más que evidente que era ella la destinataria única de la enfermiza pasión de amor de Alain Dampierre.

—Ustedes no la han visto —se defendía la viuda de Florido cuando le traían sus amigas las últimas noticias de la historia de la muñeca francesa—. ¿Acaso no saben que esas muñecas no existen, que son inventos de los periódicos y de las mentes depravadas de los hombres que quieren ir siempre más allá de sus propios pecados? Dios castiga sin piedra ni palo. Acuérdense de Sodoma y de Gomorra. Y de Agadir, casi el otro día. Como Salbago siga así, aquí va a ocurrir alguna hecatombe que limpie definitivamente todos nuestros pecados.

III

En realidad, pocas personas llegaron a ver con sus propios ojos la muñeca francesa que nunca pudo sanar la soledad de Alain Dampierre. No se tuvo tampoco certeza absoluta sobre el último destino que corrió el invento de París. Sin embargo, alguien consiguió hacerse con el maniquí, pagando muy altos precios por los silencios de quienes se convirtieron en sus agentes y cómplices. Un día, en el que alisio soplaba sobre la ciudad de Salbago con más fuerza de lo normal, lo condenaron al fuego inquisitorial para acabar con la leyenda que se estaba levantando a su alrededor. El olor nauseabundo que al atardecer expandían por los aires las cercanas factorías de harinas de pescado desapareció de los cielos cuando empezó a oscurecer, y fue paulatinamente mutándose en un perfume que embriagó la ciudad con rumores nuevos, extraños y repentinos deseos sensuales y placenteros desatinos. «Ha sido peor el remedio que la enfermedad», se reprochó entonces

Horacio Rejón, mientras se balanceaba en un cómodo columpio de la plazoleta de Colón, a dos metros del Hotel Madrid, justo en el centro de Salbago. De todos modos, saboreaba una pensada venganza que no podía ocultar del todo su reposada prepotencia. Llevaba la victoria en la sangre, y le encantaba la destrucción a su servicio y a su entera voluntad. De manera que ni siquiera se inmutó cuando alguien muy cercano a él, con el presumible deseo de provocarlo, dijo en voz alta lo que todos pensaban en silencio: que estaban quemando la muñeca de Alain Dampierre donde los hindúes daban a las llamas a sus muertos, en un lugar llamado El Rincón, situado en la carretera norte de Salbago.

Por unos instantes, los aires de la ciudad se volvieron transparentes, adquiriendo tonalidades violáceas que hicieron ver raros espejismos a quienes miraron hacia lo alto. Olía sin duda a opio sagrado, y una especie de ceniza blancuzca sobrevolaba la techumbre azul de Salbago oscureciendo las últimas horas del atardecer.

—Huele como a mí, Horacio. Es como mi perfume —advirtió ingenuamente Mara Florido, que estaba al margen de la historia de la muñeca.

—Ya no —señaló con dureza y sin inmutarse Horacio Rejón—. Ya no es tu perfume. Desde mañana te lo cambias.

Igual que aquella ceniza blanquecina, quedó en el aire la ambigua existencia de la muñeca. Nadie quiso saber nada de ella en público, aunque en privado alardeaban de conocer las más íntimas características de la leyenda, incorporando anécdotas, superponiendo adjetivos de admiración y pensamientos desiderativos, y reduplicando el interés de un acontecimiento que nunca se supo de verdad donde tenía sus fronteras reales. Maximino Cañal, de oscuro origen maltés y médico forense de Salbago, dudó al certificar la muerte de Alain Dampierre. Había visto de todo hasta este momento, pero ahora lo inundaba el vapor nervioso de la perplejidad. «Pudo muy bien suicidarse lentamente de amor», pensó dándole una salida lírica al óbito del francés, teniendo en cuenta las extrañas circunstancias del suceso. «O pudo morirse de fiebres libertinas junto al maniquí que hubiera querido que fuera Mara Florido», se comentó sin salir de su asombro.

Aunque llevaba más de cuatro días sin vida, el cuerpo del cónsul francés estaba todavía caliente cuando lo encontraron, y no había ninguna causa civilizadamente científica para justificar tan elocuente fenómeno. El doctor Cañal levantaba las cejas de estupor, se rascaba la barbilla, se frotaba las palmas de las manos contra las nalgas y asentía silencioso con la cabeza. «Estas cosas —se dijo pretendiendo ahuyentar sus secretas intuiciones— no les pasan a los europeos, carajo. Sólo tendrían que ocurrirle a los tropicales, carajo.» A pesar de todo, no pudo evitar que la gente dictaminara por su cuenta. Según todos los indicios, Alain Dampierre murió de fiebres de amor, una casi olvidada enfermedad tropical que ciertas hembras isleñas contagiaban muchos años atrás a sus exacerbados amantes. Maximino Cañal y el boticario Esteban Padilla habían logrado en una ocasión aislar el virus de la ancestral enfermedad y lo auscultaron a través de un primitivo microscopio en la época decrépita de la posguerra. Así llegaron a saber que se injerta tan dentro del alma de quien lo padece que, incluso más allá de la muerte, sigue viviendo en el cuerpo sin vida de sus víctimas, trabajando con un calor inapagable la inútil esperanza de una resurrección imposible. El origen remoto de la enfermedad no lograron encontrarlo nunca, pero el doctor Cañal sospechó siempre que era un mal procedente de alguna isla del Mediterráneo, que había traído hasta Salbago una bruja griega que huyó de la civilización homérica algunos siglos antes de la llegada de Cristo a la tierra. Ahora, el virus febril formaba parte de una inextricable red de autodestrucción que manejaba inconscientemente la vida de los isleños, aunque tratasen de olvidar las tradiciones malditas que habían impregnado la isla de Salbago desde tiempo inmemorial.

El cuerpo de Alain Dampierre fue embalado en un ataúd de madera de cedro recubierto con una capa de plomo gris, para que pudiera hacer sin riesgos el último viaje hasta París.

Sus amigos isleños no quisieron comprometerse con los deseos del cónsul, que en sus finales apariciones públicas había expresado por activa y por pasiva que incluso después de muerto quería seguir en la isla de Salbago.

—Uno es de donde muere y no de donde nace —dijo melancólico con cierta frecuencia, deseando que los isleños interpretaran el mensaje de amor que se escondía en aquella frase. Vana ilusión la del cónsul, porque los isleños de la alta sociedad que él había frecuentado son príncipes de la apariencia y esclavos de sus propios temores, de manera que nunca ponen en práctica sus saberes seculares ni sus intuiciones reflejas, sino que se encierran en el interior de una máscara que casi siempre muestran amable para evitar cualquier tipo de compromiso.

Maximino Cañal quiso acompañar al cadáver del francés hasta la misma escalerilla del avión. Con científica resignación su curiosidad quedó del todo satisfecha al comprobar que, en el momento de soldar el plomo que recubría la caja mortuoria, el cuerpo sin vida de Dampierre mantenía intacta la temperatura de los seres vivos. Se santiguó, cruzó los dedos a la espalda, bisbiseó una oración exorcista de mayores males y se quedó de piedra al darse cuenta de la eternidad de la materia y sus enfermedades. Se acordó de Esteban Padilla durante algunos segundos, como si el fantasma del brujo estuviera ahora a su lado, y se dijo que al boticario le hubiera gustado poseer para sí aquella prueba irrefutable: que la fuerza de la enfermedad que produce en sus víctimas cierta hembra de la isla, que tiene el virus en su alma desde antes de nacer ella misma, llega más allá de las fronteras de la muerte y de su sangre, de manera que nada se puede hacer por detenerla, y que ni siquiera los europeos, que tan superiores se suponen y que para nada creen en la brujería contemporánea, son inmunes a ella. Alain Dampierre lo había sufrido en sus propias carnes mortales, aunque nunca lo supiera a ciencia cierta. Allá, en Europa, tampoco se le rendirían honores de ningún tipo, y el cónsul desaparecía de este mundo como una silueta desvanecida que hubiera pasado por la tierra pisándola de puntillas para no hacer daño a nadie.

«Es el sino de los buenos —pensó el forense cuando regresaba del aeropuerto de Salbago—. Joderse siempre y mandarse a mudar por la puerta trasera como si fueran los culpables de todo», concluyó al tiempo que se enfrascaba en filosóficos recuerdos que lo llevaron de cabeza hasta los tiempos borrascosos de la época decrépita de la posguerra, en los que Esteban Padilla y él, jóvenes e indocumentados de la vida, frecuentaban experimentos clandestinos, disimulados como investigaciones científicas y estudios químicos. A pesar de los pesares, había sido un momento de esplendor para ellos. Las ilusiones se convertían en doctrina, las palabras en hipótesis de trabajo y las hipótesis en hechos asombrosos o en humo que algunas veces estuvo a punto de meterlos en la cárcel, como la vez que los espías de Franco sospecharon de tanto sigilo y quisieron registrar el cuartucho que el boticario Padilla utilizaba como laboratorio. Marcial Wiot, que después de la guerra paseaba por la ciudad acompañado siempre por dos perros policías que había importado de Bélgica, creyó que el doctor y el farmacéutico eran agentes de la subversión, y que en lugar de investigaciones científicas se dedicaban a lanzar a los cuatro puntos cardinales panfletos cuyo objetivo final era hacer saltar por los aires el régimen del general sublevado. Wiot no encontró multicopistas ni papeles en el laboratorio de Esteban Padilla, pero el susto que les produjo a ambos los llevó a usar de la cautela como una coartada de uso obligatorio y cotidiano.

Un instante después de ese recuerdo, Maximino Cañal dormía con placidez en el asiento trasero del taxi que lo llevaba de vuelta a la ciudad de Salbago. Soñaba con el imposible estudio de todas aquellas enfermedades que nunca llegaron a tener nombre científico alguno, porque los médicos las creían ya desaparecidas de la isla para siempre. Todavía le esperaba la terrible realidad de la neumonía atípica que, como todos los males de Salbago, vino de fuera. La llamaron la enfermedad del síndrome tóxico, para salir del paso que no entendían ni en los hospitales, y fue un mal que asoló la isla luego de la muerte de Franco, cuando ya la casa de los Rejón era pasto de los espectros familiares y Horacio Rejón había perdido lo poco de razonable que pudo tener alguna vez en el cerebro.

Horacio Rejón era, sin embargo, un hombre cumplidor de sus promesas, rayano en la tozudez, y unos días antes de la Navidad se trasladó a la casa de sus antepasados, cuando los trabajadores dieron por terminada la restauración de la residencia respetando sus originales estructuras. Desecharon, como punto final, un ala de la mansión, la que directamente daba al jardín, enterrando en ella bártulos y cachivaches encontrados mientras arreglaban la casa.

—Allí habitará la muerte —declaraba eufórico Horacio Rejón, burlándose cada vez que algún obrero caminaba hacia el ala del olvido para depositar en esa estancia, entre la casa y el jardín, los enseres viejos, inservibles y herrumbrientos que Horacio Rejón se negaba a clasificar.

—Aquí, nosotros —concluía jocoso y feliz Horacio Rejón, señalando los espacios nuevamente albeados, las habitaciones remozadas, los salones con puertas de cristales de colores vivos, el patio central de la casa donde se volvió a plantar en un macetero de madera una inmensa palma verde, símbolo de la familia conquistadora de Salbago a través de los siglos. Daguerrotipos, fotografías en sepia de ilustres barbados, espejos antiguos y carcomidos por el orín del tiempo, muebles usados durante muchos años y un enorme retrato de su abuela, doña Amalia Medina de Rejón, fueron colocados en sitiales de honor, sobre las paredes más visibles. Al fondo de la casa, semioculto por la penumbra y la desidia del olvido, un matojo absurdo y seco mantenía enhiesto su tronco por encima de los tiempos y la destrucción de las cosas. Era el árbol del bien y del mal, que don Francisco de Rejón había logrado resucitar después de complicados injertos aprendidos durante sus viajes a La Habana y a Santo Domingo.

—Ahora los convocaremos a todos a una fiesta —dijo Horacio.

—¿A quiénes todos? —preguntó Mara Florido con sorpresa.

—A todos los Rejón de la isla. Quiero que vean con sus propios ojos lo que he hecho en esta casa. Quiero que sea una fiesta de reencuentro.

Horacio Rejón soñaba despierto, y sus ojos comenzaban a brillar de autosatisfacción y locura. Corriendo por todas las habitaciones de la casa como si fuera un bailarín de ballet clásico, iba explicándole a Mara Florido todos los pormenores de la fiesta.

—¡Quiero que sea igual a las que organizaba mi abuelo en esta misma sala! —dijo Horacio exultante. Dijo también que quería todo el champán francés rociando su fiesta, Mara, que diera la orden de comprar todo el Dom Perignon que hubiera en la ciudad de Salbago, sin importarle el precio. Y todo el caviar ruso e iraní de los supermercados. Y salmones ahumados, daneses y suecos. Y whisky etiqueta negra y coñac Remy Martin.

—¡Quiero lo mejor, Mara, lo mejor! —dijo de nuevo Horacio. Quería ron de caña, de la tierra. Y mariscos, percebes del Sáhara, almejas gigantes, ostras que se retorcieran vivas al contacto del zumo del limón, langostinos, pescados y langostas de Arinaga. Había que hacerse con la reserva del mejor Márques de Cáceres. Y dulces, golosinas incluso superiores en calidad a las que sus tías solteras se entretenían en hacer como el único placer importante de sus vidas estériles. Patas de cerdo braseadas y olorosas, que eran el jamón de la isla, papas con mojos picones, de manera que nada pudiera ser echado en falta por los invitados, ni siquiera los exquisitos licores caseros que se habían quedado colgados de su paladar infantil.

Mara Florido lo miró con rencor. Lo dejó bailar sobre sí mismo, como un trompo contento de su viaje por la superficie del mundo. Lo dejó correr por encima de la realidad de las cosas, permitiéndole que se explayara exultante en su ebriedad pasajera y familiar. Lo miraba ahora de lejos, empezando a desconocerlo, con cierta tristeza en sus ojos, temiendo des-

pertarlo de un sueño eufórico que lo había elevado a mundos
de ilusión y fantasía, y que sólo cobraba visos de verdad en
su imaginación sedienta de pasado.

—Quieres coger la luna con la mano, Horacio —le advirtió
Mara Florido—. Tú no eres tu abuelo, y ellos no van a venir a
rendirte pleitesía.

Horacio Rejón hizo oídos sordos. No quería saber nada de
contratiempos ni prejuicios. Los preparativos para la fiesta
comenzaron frenéticamente en aquel mismo momento, cuando
ya todas las cosas tuvieron su exacto lugar en la casa de los
Rejón. Quedaban vivos aún dos hermanos de su padre, y una
multitud ingente de parientes cercanos que debían ser todos
invitados de honor. Horacio trabajó en la confección de la
lista de los asistentes durante más de una semana, detenida
y minuciosamente, para que nadie quedara excluido por su
propia negligencia. Las Pascuas le cayeron encima y él no se
inmutó, porque eran días febriles de trabajo. Pasó la Navidad
informándose de los recovecos más profundos del apellido,
para que todos los que lo llevaran recibieran su invitación y
pudieran estar presentes en la fiesta.

Al llegar a ese momento de su vida, cuando ya todo estuvo
preparado para la magna recepción de la familia, Horacio Rejón no había sufrido jamás ningún revés importante, ninguna negativa, ningún contratiempo que hubiera quedado grabado en su memoria con una estela de acidez, excepción hecha
del recuerdo del abandono de su madre, el único fracaso que
lo había hecho reflexionar sobre la vanidad de la existencia
humana. Hijo mimado y predilecto del exilio español, curtido
en nostalgias e historias de un tiempo que nunca había vivido, supo organizarse evitando los obstáculos cotidianos que
el resto de sus familiares había sufrido en Salbago durante
la época decrépita de la posguerra. Pero ni siquiera la sepa-
ración de sus padres llegó a clavársele en el corazón por mucho tiempo. Para él, la vida era una región maravillosa, comprada siempre con dólares, llena de alicientes, de placeres y
de viajes, un paraíso terrenal donde cada día variaban las

tonalidades de los colores, el valor de los objetos más insignificantes y el tamaño natural de sus propios conceptos. Por raras paradojas de la historia, los parientes que habían permanecido en España, casi todos en la isla de Salbago, se hundieron poco a poco en la ciénaga vegetativa de la mediocridad, y ni tan siquiera soñaban ya con la grandeza desaparecida de la estirpe de los Rejón. Horacio, el vástago de la diáspora republicana, regresaba ahora a la isla con todos los ingredientes y prerrogativas del triunfo y de la provocación: salud, dinero, amor y un apellido cuyo lustre pregonaba en cada una de sus acciones cotidianas.

—Vendrán todos —contestó convencido a Mara Florido, porque había preparado la fiesta con la misma inmoderada ilusión que llevó a cabo la restauración de la casa.

La noche de la fiesta, a la hora prevista, dio orden a los criados para que prendieran todas las luces de la casa. Cocineros y camareros lo tuvieron todo dispuesto para la última inspección que él mismo quiso efectuar. Semejaba un mariscal de campo, loco y pletórico, revistando sus tropas antes de una inminente batalla que no dudaba en ganar. Esa guerra era su fiesta. Después, satisfecho y nervioso, se sentó con su amante en el salón iluminado, sorbiendo con delectación una copa del mejor coñac mientras esperaba la llegada de sus invitados. Había conseguido su propósito al llegar a la isla de Salbago. Había cumplido la promesa que su padre fue arrancándole a lo largo de su vida. La casa de los Rejón era de nuevo un verdadero palacio, refulgiendo en una ciudad que agonizaba casi sin luz, olvidada de lluvias y de los benéficos cambios de estaciones. La casa de los Rejón era, en efecto, un castillo en el aire. Mara Florido lo seguía mirando de reojo. Lo notaba excitado y bebiendo más de lo aconsejable. De repente, sintió que Horacio estaba empezando a perder la razón. Horacio, sin embargo, nunca llegó a estar más embriagado de felicidad que en aquellos momentos. Era la señal exacta de las fiebres de amor.

IV

De todas las historias sagradas que le contaron cuando era un niño, la que más había impresionado a Francisco de Rejón fue la expulsión del paraíso. El padre Echarri, el primer jesuita vasco que llegó a la ciudad de Salbago para predicar la contradictoria doctrina de Loyola, se la había narrado con su voz de pozo seco, tocadas sus palabras por una fogosidad que no parecía de este mundo.

Desde muy joven, ese relato bíblico despertó las ansias de Francisco de Rejón y lo acostumbró al sueño de poseer su propio edén terrenal, inmune a todas las chafarderías del universal ruido. El padre Echarri, entre estornudos provocados por el tabaco en polvo que inhalaba a todas horas, le había dado una explicación sagrada que nunca le resultó del todo convincente. «Por eso, el hombre debe ser como acero al temple: mitad monje, mitad soldado», le dijo el padre Echarri antes de estornudar por tres veces seguidas. Pero cuando el libidinoso rumor del deseo le atenazó las vértebras en plena adolescencia, a Francisco de Rejón se le reveló de un golpe la verdad eterna de la vida. «No fue por desobediencia —se dijo—. Fue por joder.» Así, encontró tantos tesoros nuevos en los placeres que le concedían los misteriosos regazos de las criadas de su casa, que pronto llegó a la conclusión definitiva del enigma. El acto del amor era el más sublime de los fuegos que el hombre había tenido la suerte y el atrevimiento de robarle al Creador, con la presumible intención de acercarse lo más posible a Él. El fuego eterno no era precisamente la llama del infierno tan temido, tal como no se cansaba de predicar con el puño cerrado por la rabia el implacable padre Echarri, sino aquel ardor vertiginoso que bullía en su bajo vientre calentándole el cuerpo a todas horas. Sus ideas fueron poco a poco fraguándose en una misma dirección. La vista, el oído, el olfato, el gusto y el tacto no sólo eran sentidos sino placeres que encontrarían en él un adicto fanático, porque desde siempre estuvo convencido que el pecado de lascivia y el deseo del placer lo eran sólo en apariencia. De modo que podría mirarse su cuerpo desnudo cuantas veces le apeteciera, sólo o acompañado por otro cuerpo de mujer pública o privada, porque una doncella y una puta, una señora y una furcia relajada, fueron ya para siempre a los ojos de Francisco de Rejón el mismo altar y la misma devoción, el objeto supremo del placer, e igual le daba comprar el honor intachable de una que el indescriptible templo de pasión oculto en la experiencia de la otra.

Por todos esos motivos, Francisco de Rejón silueteó en su mente juvenil los planos de un huerto en el que él fuera el único dios verdadero, el único hacedor de un jardín que llegaría a ser especialmente cuidado por su sensualidad, y donde las plantas tenían un verde tan generoso y efervescente que esa impresión de fragancia vegetal era difícil encontrarla con el mismo equilibrio en ninguna otra parte del mundo conocido. Así fabricó un mundo feliz, aislado y distinto, y eligió una a una las especies que habrían de poblar con sus sombras el Huerto de las Flores, tras haber escogido con particular deleite el mejor lugar de la isla para la ubicación del paraíso: la ribera derecha de un barranco de piedras grises cuyo cauce silencioso y casi siempre seco transcurría por Agaete, hermosísima villa de plataneros y pescadores situada en la costa norte de Salbago. Allí habían nacido todos los Rejón de la isla durante los últimos cuatro siglos. Allí tendría después de muerto la gloria de su recuerdo traducida en una estatua sedente, de piedra roja, a la que unos anónimos gamberros arrancaron la cabeza en una noche enloquecida de farra y alcohol.

Francisco de Rejón contaba ya cuarenta años cuando los vientos de revolución barrieron la isla de Cuba con la fiebre revitalizadora de la independencia. Y, como cada vez que el desflecado Imperio español sufría un infarto, la isla de Salbago temblaba de soledad y desasosiego al socaire del vendaval del Océano. El desgarramiento de Cuba y Puerto Rico fue un tornado histórico que Francisco de Rejón tardó muchos años en digerir y comprender del todo. Para entonces, el Huerto de las Flores era ya una finca sagrada en cuyo jardín respiraban las más raras especies botánicas, que Rejón fue coleccionando en sus múltiples viajes a las Antillas. Famoso en los círculos aristocráticos de la otra parte del Atlántico, los visitantes peninsulares y continentales que recalaban en Salbago de camino o de vuelta de América querían siempre conocer el paraíso de Francisco de Rejón. Estaba tan orgulloso de su obra terrenal que examinaba con atención las peticiones de visita al huerto, permitiéndolas o no a su entera conveniencia, de modo que no todos los desconocidos por muy ilustres que fueran llegaron a tener la suerte de admirar la verde realidad del Huerto de las Flores.

Fue particularmente dadivoso en esa época de principios de siglo, de modo que muchos nobles, criollos y advenedizos pudieron hablar en Madrid de las excelencias de aquella finca en la que nadie en la Corte acababa de creer del todo. Ni siquiera cuando la Duquesa de Tormes, mil veces Grande de España y en cuya complicada sangre fluían siglos de historia y de leyenda, conquistas y nobleza, relató en su escogido cenáculo de la Villa y Corte española la fantástica existencia del paraíso de Francisco de Rejón. Silenció la Duquesa en su relato el motivo esencial de su dilatada estancia en la casa del huerto y en la isla de Salbago. Pero su excesivo entusiasmo al ponderar las infinitas cualidades del huerto despertó en sus amigos más íntimos la convicción de que Blanca Francisca de Tormes adoraba con sus frenéticas palabras al santo en la peana. Conocían la lujuria natural de la Duquesa, y especulaban con la realidad del héroe isleño que pudo retenerla más de dos meses largos entre las sábanas de su lecho y la saliva de sus labios.

—Era como estar con un dios antiguo —confesó finalmente Blanca Francisca a sus allegadas—. Un dios como los que ya no existen. Caprichoso, primitivo, insaciable hasta la más resabiada concupiscencia y duro como un diamante a la hora de clavar el ariete —afirmó recordando el ardor de Francisco de Rejón en la frialdad invernal de su palacete castellano.

Los ojos llegaron a brillarle de una añoranza teñida con ribetes de violeta amargura, porque Francisco de Rejón era ya su paraíso perdido para siempre en el pasado, su recuerdo más claro e íntimo, y la inalterable memoria que la mantenía sin envejecer cuando todas las amigas de su edad se marchitaban irremediablemente para descender al purgatorio físico que les haría llevar la vida con la máxima sobriedad.

Francisco de Rejón conoció a la Duquesa de Tormes algunos años después de cuando los revoltosos cubanos lo invitaron a participar en la conspiración secesionista. El ron de caña pasaba a través de las gargantas eufóricas de los amotinados y los engrandecía ante el futuro.

—Es urgente que te unas a nosotros —le conminó amistosamente Antonio Marcelo, un negro bembudo que haría una considerable fortuna con el tabaco tras la independencia—. Tenemos el apoyo de todo el mundo —le dijo para animarlo.

Convencido de la estupidez de Madrid en las cosas de América y ultramar, Francisco de Rejón siguió sin embargo resistiéndose a participar en la guerra. Entre la fidelidad a la monarquía española, que jamás había aparecido por la isla de

Salbago, y el tirón de su sangre tan mestizada como la de cualquier cubano o puertorriqueño, se decidió por lo primero sin llegar a negar del todo lo segundo. «Es un desgarro muy doloroso», repitió cada vez que trataron de atraerlo a la revolución. Seguía mientras tanto asistiendo a todas las ferias de flores y plantas que tenían lugar en La Habana, Pinar del Río, Santiago, San Juan de Puerto Rico o Santo Domingo. Se codeaba públicamente con los conspiradores más conocidos como si la cosa no fuera con él, y no llegaba nunca a participar en sus planes independentistas. De modo que cruzaba el Atlántico con la sensación de propiedad de quien sale de su cuarto de dormir y atraviesa un largo pasillo azul para entrar en otra habitación de la misma casa. No era nada nuevo este fenómeno, porque los isleños de Salbago vivían a caballo del Océano, galopando sobre la aventura de la fundación americana y el nomadeo marítimo de sus propias historias. Francisco de Rejón no era otra cosa que un privilegiado que pudo permitirse el lujo de conocer los dos mundos, el isleño de Salbago y el caribeño americano, sin tener necesidad de ir alguna vez a Madrid, la capital de aquella monarquía que paradójicamente siempre defendió ante sus adversarios.

—Les ruego que no me mezclen más en sus batallas, caballeros —se excusó Francisco de Rejón finalmente ante la insistencia de Antonio Marcelo y sus otros muchos amigos cubanos—. Ustedes no alcanzan a darse cuenta —les dijo premonitoriamente—, pero esos juegos son artimañas de los del Norte, que son expertos en embustes, en robos y en derramamientos de sangre ajena.

La independencia de Cuba resultó, en efecto, un desgarro temporal que hizo mella en la vida de Francisco de Rejón. Ajeno y desdeñoso con las pasiones frívolas de una Corte caduca que seguía empeñada en desconocer su propio mundo, y entusiasmado con las cosas del Caribe y las Antillas, surcados aquellos mares en más de veinte ocasiones con su propio velero, una porción de su espíritu se quedó para siempre en América, mientras la otra iba y venía por el Océano Atlántico como alma en pena detrás de su memoria partida en dos.

Cuando apareció en la isla de Salbago doña Blanca Francisca de Tormes, el corazón de Francisco de Rejón dio un vuelco de tal naturaleza que él mismo en un instante de lucidez alcanzó a dudar de la axiomática certeza de la ley de gravedad. Comenzó literalmente a andar de cabeza y era como si flotara en el aire, y como si viera a los demás seres humanos muy por debajo del cielo en el que ahora se encontraba. Cuba, el Caribe y su independencia quedaron relegadas a la categoría de archivo histórico, simple poema lírico en comparación con el deslumbrante cuerpo y la presencia de la Duquesa de Tormes. Enamorado de la belleza castellana de Blanca Francisca, Rejón perdió el tino, se encerró con ella en el Huerto de las Flores y puso en conocimiento de Juan Rosa, su mayordomo, que no contara con él hasta que aquella amante religiosa se marchara de Agaete. No atendió a razones familiares ni de negocio alguno. Hizo esperar al inglés que consignaba la fruta de sus propiedades y latifundios, y se dedicó exclusivamente a cincelar con sus manos y su lengua la figura radiante de Blanca Francisca.

—Haz como si me hubiera muerto, Juan. Encárgate tú de todo —le dijo.

Fue así como el desgarro cubano acabó por cicatrizar en la visión horizontal de la Duquesa de Tormes. Juan Rosa notó que el señor de Rejón estaba encendido como una tea, que tenía el alma en carne viva, y que palpitaba alucinado a todas horas por la presencia de aquella dama misteriosa que había logrado desquiciarlo. María Guayedra pensó que Francisco de Rejón estaba embrujado, luego de echar las cartas en su solitario secreto que acabó dándole la razón. Durante ese tiempo, de las aventuras antillanas quedaban sólo las orlas anecdóticas que Francisco de Rejón relataba a Blanca Francisca en sus momentos de sosiego, y los efectos sensuales que en su cuerpo producía la resina del árbol del bien y del mal. Pero Francisco de Rejón sabía que nada podía durar demasiado con Blanca Francisca de Tormes, porque todo iba a terminar en cualquier fecha intempestiva, y porque su mutuo juramento de amor eterno era la manera más justa de anticipar el recuerdo de una ausencia de tempestuosas relaciones.

Todo acabó con la misma fuerza que había empezado, como un rayo repentino en un cielo azul y abierto a todos los vientos. El Duque de Tormes, personaje sumamente influyente en la Corte española, amenazó con acercarse a la isla de Salbago y saldar las cuentas de honor manchado mandando matar a aquel plebeyo con suerte. «Si voy —le hizo saber a Blanca Francisca de Tormes a través de un mensajero de toda su confianza—, es para que ese criollo palurdo no pueda ni contar su epopeya.» Blanca Francisca entendió a la perfección el aristocrático gesto de su marido. Y una mañana de aquéllas, cuando desayunaban juntos en el patio del Huerto de las Flores, le lanzó a Francisco de Rejón la frase que él siempre había estado temiendo oír como un eco anticipado sobre sus cinco sentidos. «Nobleza obliga, Francisco», le dijo. Rejón ni siquiera torció el gesto, sino que siguió desayunando su jugo de papaya como si no hubiera pasado nada. Trató de disimular la tristeza que le sorbía todos los humores del cuerpo y los líquidos de su alma resentida. Por toda respuesta reclamó para sí la irónica capacidad que se reconocía en los peores momentos de su existencia. «Cortando huevos se aprende a capar», dijo asintiendo con la cabeza y hablando como un oráculo.

Después de eso, cayó en un mutismo cerril e infranqueable. Herido en lo más oscuro de sus convicciones vitales, se echó a dormir entre lágrimas y rabietas, dándole patadas a las sábanas y maldiciendo a todo el mundo, al Imperio español que ya cabía en una tinaja sin futuro, al cabrón del Duque de Tormes y a toda la Corte de Madrid, blanco final de sus iras infinitas. En el momento de despertar, luego de siete días y siete noches de sudoroso roncar y tras vencer la voluntad de marcharse al otro mundo con el secreto del árbol del bien y del mal en sus pulmones y en la punta de sus arrebatos sexuales,

Juan Rosa estaba a su lado esperando la resurrección del patrón porque María Guayedra le había dicho después de echar las cartas que el embrujo de la Duquesa estaba desapareciendo para siempre. «Aquí también sabemos defendernos, Juan», dijo María Guayedra. Francisco de Rejón se estiró como si hubiera vuelto a la vida, y como si su cuerpo quisiera recuperar en un segundo el tiempo perdido en el paraíso carnal de Blanca Francisca de Tormes.

—Nunca le había dado tan fuerte, patrón —le dijo Juan Rosa.

—Fue como si me estuviera tirando a toda la historia de España de una vez, Juan —contestó Francisco de Rejón.

Juan Rosa asintió entonces satisfecho, porque se dio cuenta de que don Francisco de Rejón regresaba él solo a la cordura, y no quiso indagar más en los misterios de la conducta del patrón.

V

Durante esos años estalló la Gran Guerra mundial. El señor de Rejón tenía ya sobre sus espaldas algo más de medio siglo conservado con vigor en sus venas gracias a los frutos del árbol del bien y del mal. Había logrado solidificar su fortuna personal, y mantenía sus negocios, vicios y amistades en los dos lados del Atlántico. Seguía profesando una extraña inclinación por las causas históricas llamadas a perecer, de manera que en esos momento de la Primera Guerra Mundial tuvo la prudencia de mantener en secreto sus deseos fervientes de que Alemania ganara la contienda imposible y terrorífica en la que había embarcado al mundo a sangre y fuego. Aferrado a sus ideales monárquicos, defendía la lealtad a la Corona de España por encima de todas las cosas, como si se tratara de una verdad teológica que no podía ser nunca puesta en tela de juicio. En Cuba, Antonio Marcelo se lo había reprochado una vez más, con el desdén del mulato que ha dejado atrás y de un golpe una esclavitud de muchos siglos. «Son vainas del pasado, chico. La monarquía murió en el siglo xix», le dijo.

—La monarquía es una mierda, Francisco, desengáñate ya —insistió el mulato republicano, a quien la independencia de Cuba había duplicado su prestigio como tabaquero, sus privilegios y sus beneficios, porque ahora podía exportar todos sus productos a los Estados Unidos sin traba alguna.

—Ahora sí que no es como antes —le dijo el antillano—, que había que pagarle al Rey sólo por plantar tabaco, carajo.

Francisco de Rejón no se inmutaba con tales ataques. Sabía que la sana intención de Antonio Marcelo era buscar un cómplice más para la causa republicana que se había extendido por toda América. Imperturbable, Francisco de Rejón aguantaba el chaparrón de verdades tabaqueras, porque decía que siempre había algo que aprender en las veguerías y valles donde crecía la mata entre mimos y sombras. En cuanto a los asuntos políticos, se escudaba detrás de una hosca inflexibilidad que estaba lejos de sentir, chupaba del habano la más honda, lenta y arrogante de las bocanadas posibles, y luego permitía que el humo se perdiera en los aires vespertinos, como si ése fuera el mejor modo de hacerse hueco entre las voces caribeñas y ganarse el espacio de silencio respetuoso que necesitaba para contestar en toda regla. Antes de hablar, se regocijaba observando la fina capa, color colorado claro, del tabaco que más le gustaba. Una leve sonrisa se dibujaba sinuosa entre sus labios y, después, contestaba de un tirón porque todos esos gestos no eran otra cosa que apoyaturas para responder al ataque.

—La monarquía será una mierda —replicaba Francisco de Rejón impertérrito, estirando su guayabera color hueso y mirando de frente a Antonio Marcelo y a sus otros interlocutores—, pero es como el mundo. Nunca se acaba. Es una mierda eterna, y mucho menos mierda que todo lo que se ha inventado antes y después de ella en política.

Cuando estalló la Guerra Civil española, Francisco de Rejón contaba algo más de setenta años, y soportaba con sobrada dignidad toda la imagen de un patricio criollo que sabía manejar el entorno con un leve giro de sus ojos, y con la misma habilidad con la que había sorteado las complejas trampas que los tiempos modernos le fueron colocando delante de la vida. Tenía nueve hijos. Cuatro eran mujeres, tres de las cuales permanecieron solteras al lado del padre, acompañándolo en sus malos humores y en sus muchos ratos de recuerdos de correrías y aventuras, válvula de escape que daba rienda suelta a su buen estado de ánimo. Los cinco varones se encontraban ahora en campaña. Uno era capitán médico en Grado, Asturias; dos eran alféreces de los ejércitos de Franco y un cuarto estaba preso de los republicanos en Valencia. El quinto peleaba del lado de los rojos en la defensa interminable de Madrid, y la memoria de su nombre se le había clavado a don Francisco de Rejón como una espina de albacora en el fondo de un estómago quebrantado por los excesos del ron de caña hasta producirle una dolorosa y sangrante úlcera de duodeno.

Al principio de la guerra española, don Francisco de Rejón se puso del lado de Franco, porque pensó que el general sublevado no sólo acabaría con las veleidades y el caos republicanos, sino que terminaría reponiendo a Alfonso XIII en el trono de España. «La Corona bien vale una guerra», dijo levantando la copa de ron en el momento de la insurrección militar, porque el fin venía a justificar los medios. Pero a los pocos meses cayó en la cuenta de su propio error. «Franco es un impostor», se le oyó declarar en público para que todos se enteraran de una vez lo que pensaba del general. «En España —dijo—, cada vez que se habla de algo *civil*, siempre están por medio los militares, sea esta guerra de mierda, sea la guardia civil, sean condecoraciones o dignidades.» Lo tentó entonces la loca idea de marcharse a Cuba y esperar en La Habana que acabara la impostura de la pelea. Cuba se le creció en el recuerdo, y el mar era un estrecho y corto recorrido que nunca resultaba enemigo real. En las noches tranquilas de Salbago, la ilusión lo perturbaba, pero estaba demasiado viejo para una nueva aventura que sus hijas no hubieran permitido nunca, porque sospechaban en silencio que ya no

sacaría un pie de la tumba. Decidió retirarse a la casa de paredes blancas y puertas y ventanas pintadas de verde, que había
sido su sueño durante la estancia en ella de Blanca Francisca
de Tormes, en el Huerto de las Flores.

—No quiero saber nada de esta guerra de mierda hecha
por comunistas y generales traidores —le dijo a Juan Rosa
cuando llegó al Huerto.

Era su modo de dar órdenes. María Guayedra volvió a echar
las cartas para esclarecer la duración de la guerra española y
el tiempo que don Francisco habría de pasar en la casa del
Huerto. Quedó anonadada con la respuesta del solitario, y
corrió a hacérselo saber a su patrón. «Tres años por lo menos,
don Francisco», le dijo.

—Lo sabía —contestó Rejón—. Podían ponerse de acuerdo
mañana mismo, pero les gusta más la sangre que a los perros
del matadero.

Desde entonces, alejado del mundo y cuidando en las horas
de luz los tabacales y los cafetos de su paraíso particular, se
encerró en Agaete haciéndose el sordo a todas las noticias
que llegaban en turbión sangriento desde la Península. Ni un
millón de muertos lograron sacarlo de su aparente tranquilidad. Juan Rosa le oía hablar solo de vez en cuando, y se quedaba absorto cuando se daba cuenta del misterio, porque don
Francisco de Rejón lo único que hacía era establecer un diálogo a una sola voz, la suya, con un ausente mister Beacock,
el inglés que llegó a ser el amo de la fruta de Salbago en todos
los países de Europa durante los años de la Gran Guerra.
«Ahora es cuando tendrían que conquistar la isla, carajo»,
decía don Francisco de Rejón. Juan Rosa lo veía hablándole
al tendido o entretenido en su soledad con una ligera sombra
en la que el prócer presentía la imposible presencia de mister
Beacock. «¿Cómo que no? —se preguntaba indignado don Francisco de Rejón—. Ahora es el momento de tomar Salbago, mister Beacock. Es el único modo de acojonar a este traidorzuelo
vestido de general», repetía una y otra vez.

Casi todas las tardes de la Guerra Civil su hija Dora, que

habría de morir demasiado joven y sin que nadie probara la sal viva de su pulpa rosada, tocaba al piano alguna de las hermosas sonatas de Mozart, que resultaron el mejor brebaje para los malos recuerdos del anciano y aletargaban los espasmos de la úlcera de duodeno que lo iba perforando por dentro. Por esas fechas sus pies fueron perdiendo movilidad, y se le enfriaron hasta quedar yertos para siempre.

—No los siento apenas —se quejó Francisco de Rejón al doctor Cañal años antes de su muerte, acordándose de repente del virus que había echado el ancla en sus huesos mucho tiempo atrás, y que ahora ascendía para dormirle todo el cuerpo.

Aun así, maltrecho y rezumando malos humores, seguía discutiendo con mister Beacock la toma de Salbago por submarinos ingleses, por comandos democráticos y monárquicos que le dieran una paliza a las tropas de Franco. «Si ustedes fueran alemanes —le dijo a la sombra ausente de mister Beacock—, ya todo se hubiera arreglado. Tienen muchos más cojones que toda Europa junta.»

Un fuerte dolor de oídos le estalló como un obús en la cabeza uno de los primeros días de la segunda Gran Guerra, y se lo llevó a una sordera abismal que nunca más habría de abandonarlo, hasta que veinte años más tarde murió de lo que el doctor Maximino Cañal calificaría de cáncer de alma, y que no era otra cosa que el cansancio definitivo de la vejez. A pesar de los achaques de esa época decrépita, a pesar del comunismo que seguía comiéndose al mundo, a pesar de que el General Franco se había quedado con el trono de España como si él fuera de verdad el Rey, don Francisco de Rejón volvió a revivir en aquellos momentos de sordera un viejo sueño que jamás habrían de ver sus ojos: que Alemania ganara finalmente una guerra mundial que, como la anterior, había comenzado con exagerados gritos de victoria.

Durante la Guerra Civil española, Francisco de Rejón vivió casi todo el tiempo en Agaete. «Al menos aquí —le dijo a María Guayedra mientras la veía echar las cartas sobre la mesa—, soy el que soy, gane quien gane.» Y para demostrar su excéntrico sentido de la neutralidad en una guerra en la que estaban inmiscuidos sus propios hijos, suspendió la celebración de la bajada de La Rama, festiva tradición que se remontaba a los tiempos de la conquista de Salbago y que él mismo sufragaba de su bolsillo todos los años. «Una cosa es la neutralidad y otra muy distinta el que me importe un huevo toda esta guerra de mierda. No quiero saber nada de fiestas mientras la gente se siga matando en el país», le dijo a Juan Rosa para que se lo trasladara al alcalde que los falangistas habían puesto en el pueblo de Agaete.

Las secuencias de sus silencios se hicieron más anchas entonces y prefirió las noches de vigilia para que su memoria cabalgara desenfrenada por los tiempos pasados, cuando todavía era capaz de recorrer a caballo cada palmo de sus tierras. Visitaba a sus arrendatarios desde que amanecía hasta que el sol se ocultaba pálidamente detrás del mar, o decidía casi por sorpresa un viaje a La Habana o San Juan de Puerto Rico. «Sólo por unos cuantos días», le explicaba entonces a Juan Rosa. Pero luego permanecía ausente largos meses, deambulando por las tertulias, los tabacales, las fiestas y los burdeles de las islas del Caribe, como si su hacienda de Salbago estuviera para siempre echada al olvido. Sabía que su hija mayor, Dolores de Rejón, tomaba entonces todas las providencias, y era como si él no faltara de Agaete. Administraba las fincas con férrea y admirable dedicación desde que el prócer se perdía con el velero en el horizonte. Compraba y vendía, ejecutando todo tipo de transacciones, y disponía de los destinos del peonaje y de la voluntad de los plataneros de los alrededores como si ella fuera de verdad su propio padre. De modo que a mister Beacock no le hacía gracia encontrarse en negociación alguna con doña Dolores de Rejón, porque era el sucedáneo femenino de su padre, mucho más desconfiada y seria que el mismo don Francisco de Rejón, y una mujer de hierro y memoria tan ancha que no necesitaba echar mano de agenda para acordarse de las cosas en el momento preciso. Se ahondaba en sus ojos un brillo de hombre siempre despier-

to, que oscurecía el menor desacuerdo que con ella tuvieran
los arrendatarios del prócer. Además, Dolores de Rejón no be-
bía una sola gota de ron ni otros licores blancos ni de color
alguno, lo que aún más le ponía las cosas difíciles a mister
Beacock en el negocio de la fruta. Pero montaba a caballo con
la maestría de un consumado jinete cuando se le hacía im-
prescindible recordar a los demás que era la hija de don Francisco de Rejón, y que la ausencia del padre no significaba ningún cambio sustancial en la marcha de las fincas y haciendas.
De manera que en los tiempos de la vejez inaccesible del patriarca, fue ella la encargada de asumir la administración de
las cosas de los Rejón, perseguida por la angustia de ver las
propiedades de la familia deshilachándose al viento de una
época que retorció hasta asfixiarlos todos los valores en los que
siempre se había apoyado el poder de la estirpe.

Cerrando los tres largos años de la guerra española las
puertas de su casa de la ciudad de Salbago, don Francisco de
Rejón creyó que había dejado muy clara su disconformidad
con la prolongada contienda. «Yo no estoy de parte de nadie.
Sé que esta guerra se pudo acabar en tres días, no en tanto
tiempo que ya dura», le contestó con acidez a Marcial Wiot,
el falangista que le había alcanzado a sus oídos la noticia de
la traición de su hijo Juan de Rejón, cuando le llevó la nueva
de la inmediata victoria del Caudillo.

—Sigo en mi postura de no saber nada de nada. No me
interesan los generales ni los caudillos. Lo único que me interesa es que le devuelvan el trono al Rey de España —le dijo
como punto final de la conversación.

Por esa misma ausencia de Salbago, y por su obstinada
negativa a que le contaran nada de la guerra, nunca llegó a
enterarse de las matanzas en masa que los falangistas habían
llevado a cabo en su mansión de la ciudad, en los jardines de
una casa que él pensaba clausurada a cal y canto. Nunca se
enteró del abuso de confianza que Marcial Wiot había come-
tido en su persona, ni de los fusilamientos que al mando del
falangista con correaje y pistolón al cinto se llevaban a cabo

en su casa, después de recorrer en jauría de perros salvajes
las calles de una ciudad destartalada por el odio y el miedo de
la guerra. De modo que cuando decidió regresar a Salbago,
estaba cargado de años y desbordado por el desprecio que
sentía para siempre por el resto del mundo. Tupido por la
sordera que le zumbaba en la cabeza como un avispero despierto a toda hora del día y de la noche, no sólo se olvidó del
escondrijo del árbol del bien y del mal, sino que jamás oyó
los gritos de socorro, los gemidos de desesperación, las lágrimas rodando por las piedras, las oraciones secretas, las
imprecaciones de muerte y las maldiciones y disparos que saltaban las tapias de la huerta y reduplicaban su eco eterno
deslizándose cada noche por pasillos, salones, alcobas, atravesando paredes, subiendo y bajando escaleras, rompiendo
vajillas y muebles, y esparciéndose como aire por todos los
rincones al retumbar en la oscuridad de las estancias como si
la Guerra Civil continuara sólo allí dentro, encerrada con
todo su estrépito de terror.

—Proceden del jardín, señora, y son las voces de los fusilados quejándose —le dijo la vieja María Guayedra a Dolores
de Rejón cuando el rumor de la muerte terminó por adueñarse
de la casa.

»Lo he visto dibujado en las cartas. No van a callarse
hasta que nos vayamos —añadió María Guayedra.

Dolores de Rejón trabajó en vano para que su padre vendiera la casa al mejor postor. «Es grande e inservible, papá, y
ya no están los tiempos para mantener estos caserones viejos»,
le dijo Dolores de Rejón al patriarca. Pero todo era una coartada para huir del horror que allí anidaba, para escapar del
ruido rotundo de los fusilamientos que seguían dejando un
penetrante olor a pólvora navegando por el aire denso de las
habitaciones, mientras toda la casa se impregnaba de un sór-
dido silencio de complicidad. Salbago entera lo sabía. El destino había elegido la casa de los Rejón para reproducir perennemente en ella el teatro de operaciones y los recuerdos de
una guerra cruel e injustificada. Todos lo sabían menos Fran-

cisco de Rejón, que nunca sospechó siquiera que sobre la casa
flotaba un aliento diabólico que marcaba el ocaso de la familia
fundadora de la ciudad de Salbago.

—Con dignidad o sin ella, yo no me muevo de esta casa si
no es con los pies por delante —le contestó el prócer a Dolores
de Rejón, varado siempre en una inveterada tozudez.

Nunca quiso que se supiera la verdadera razón por la que
se negaba a abandonar la casa. No era sólo cuestión de dignidad,
orgullo y tradición. Al fin y al cabo, un terrateniente de
la isla de Salbago era ya, en esos momentos de sequía contumaz,
una figura decorativa, el último resto de un naufragio, y
una imagen del pasado más o menos glorioso e histórico de
aquella región de España. Lo que realmente importaba en
estos tiempos decrépitos era la posesión del agua, elemento
que los Rejón jamás tuvieron en cuenta y que estaba a merced
de la nueva clase surgida de la Guerra Civil, los ganapanes
del estraperlo y los de los negocios grandes del cambullón
y los puertos francos. Ocurría además, que algún tiempo atrás
y al entrar en una de sus últimas temporadas de madurez
vital, don Francisco de Rejón había visto a Dios allí, en aquella
casa, por primera vez, al borde mismo de su cama de hierro
forjado. Fue en plena madrugada veraniega, cuando los
trapos del sueño se mezclan con los resecos humores del sudor
de toda la noche. Lo despertó un estampido luminoso, porque
parecía que la alcoba había saltado por los aires y estaba ahora
fuera de la casa. Incluso esa misma impresión se grabó en la
mente del prócer. Él estaba en su habitación y desde ella, en el
centro de una inmensa claridad que casi llegó a cegarlo, vio
que su casa se iba empequeñeciendo conforme la luminosidad
aumentaba. Después pudo ver por un segundo nada más toda
la ciudad de Salbago allá en lo hondo. Creyó que se moría de
asfixia y de calor. Luego pensó que todo era un milagro. Que
la Duquesa de Tormes, fallecida en su palacete de Madrid en
olor de santidad algunos años atrás, regresaba desde el purgatorio
a recetarle medicinas revitalizadoras para la cochambrosa
senectud que le había caído encima.

—No era Blanca Francisca. Era Dios en persona —le dijo a Juan Rosa algún tiempo más tarde, cuando la fuerza del secreto se fue diluyendo en la certeza de que nadie, salvo el mayordomo, iba a creerse aquel relato religioso—. Tenía la forma de luz cegadora. Una inmensa lengua de fuego fulgurante que oscilaba en el silencio delante de mí —le dijo a Juan Rosa.

Todo el día se quedó don Francisco de Rejón sumido en el esplendor de la luz, flotando y sin saber a quién contarle la alegría, porque estaba seguro que había visto a Dios esa mañana. El padre Echarri se lo había profetizado desde que era pequeño. «Muchos son los llamados y pocos los escogidos», le dijo, y Francisco de Rejón se sintió elegido para siempre.

—Las cosas ya no son iguales para mí desde entonces —le comentó a Juan Rosa.

Pero el mayordomo se resistía a creerse la historia, y mucho menos estuvo dispuesto a ello cuando el señor de Rejón le confesó que había visto la luz cegadora por segunda vez.

—Era la misma luz, Juan —le dijo—. Estoy seguro. El mismo fulgor de entonces, y tan blanco que inundaba la alcoba con destellos que me dejaron ciego por un buen rato.

Juan Rosa le pidió a María Guayedra que echara las cartas para ver lo que salía en ellas. La vieja sabia comenzó a jugar con la baraja entre sus manos, sopesando un silencio que al mayordomo se le antojó de siglos. «¿No sale Dios?», le preguntó. «¿No sale la luz?», le insistió rascándose la cabeza. María Guayedra fue taxativa al enarbolar en sus ojos un gesto torcido por el agnosticismo de muchos años. «Dios no se le le aparece a la gente, Juan. No seas fanático», le dijo por toda respuesta.

Por eso no quiso moverse don Francisco de Rejón de la casa de Salbago, a pesar de los ruegos de sus hijas. Sordo como una tapia, esperando con ansiedad casi sagrada, se le aguzó el sentido de la vista y paulatinamente se fue encerrando en sí mismo, obsesionándose con el fulgor para que la luz se le apareciera por tercera vez. Aguantó sin contárselo a nadie más, ni siquiera al médico Maximino Cañal que lo visitaba de vez en cuando para tomarle el pulso y charlar un par de horas con él. Don Francisco de Rejón sabía que el doctor Cañal era un masón, medio brujo y medio comunista, de modo que poco o nada podría importarle al médico que Dios estuviera allí o no. Un día de su ilimitada vejez, pareció como si la paciencia ya lo anduviera abandonando. «La guerra, Juan —le dijo al mayordomo—, la guerra. Ella es la culpable de que Dios haya desaparecido para siempre de este país de mierda.» Juan Rosa comprendió entonces que don Francisco de Rejón respiraba sólo enloquecido por el milagro de la luz que lo había transtornado de por vida. «Cuando la vuelva a ver —se dijo el mayordomo—, se morirá en paz.»

Pero don Francisco de Rejón tardó tanto tiempo en fallecer que echó por delante a su hija Dora, la que tocaba al piano las partituras de Mozart en las tardes de la Guerra Civil; y a su hija Nieves, la paralítica que se pasó la vida sobando con maniática devoción las cuentas gastadas de un rosario regado con agua de Lourdes; y a su hijo mayor, Francisco, que había sido capitán médico en Grado con las tropas de Franco, y murió repentinamente de infarto de miocardio en la Navidad más oscura de la época decrépita de la posguerra.

—Todo esto lo soporto por la luz, Juan —le comentó don Francisco de Rejón a su perpetuo confidente, poco antes de que el mayordomo se cansara de esperar la luz de Dios y la muerte del prócer, y se marchara a la tumba con la tranquilidad de los que nunca han creído del todo en nada. Don Francisco de Rejón lo supo cuando le comunicaron que su mayordomo había fallecido. Y supo que Juan Rosa se había salvado precisamente por eso, porque era un ignorante y un primitivo, un hombre de campo al que las cosas de Dios siempre le trajeron sin cuidado. El padre Echarri se lo había comentado en su juventud, durante unos ejercicios espirituales que le habían destrozado su fortaleza de ánimo. Los caminos que llevaban a Dios eran insondables, y la mejor manera de salvarse residía en la ignorancia de las cosas sagradas. «El que no cree

—le dijo el padre Echarri—, no puede mover montañas, y no tiene por qué preocuparse. Se salva precisamente por eso. Como nunca ha creído en Dios, nunca tendrá ocasión de dejar de creer», le dijo.

Así, encogido por los años y ensimismado en sus recuerdos. embutido en un lustroso terno negro, reluciente aún su reloj con leontina de oro, fanático de la luz y acechando siempre los lugares en los que Dios podría volver a aparecérsele, conoció Horacio Rejón Frascachini a su abuelo la primera vez que llegó a Salbago de la mano de su padre, el republicano Juan de Rejón, para asistir al incoherente jubileo de una familia que hacía mucho tiempo que había perdido la memoria del mundo moderno. Fue esa la ocasión que Juan de Rejón aprovechó para hacerle prometer a su hijo Horacio que él compraría la casa cuando fuera mayor y volvería a vivir definitivamente a la isla.

—Yo te dejaré el dinero necesario para ello y para más. La fortuna que tengo es tuya con tal que compres esta casa —le dijo Juan de Rejón a su hijo.

Ocultaba el principio oscuro de esa fortuna, los fondos que el ejército y el gobierno republicanos ya en desbandada le habían confiado con el fin de rehacer la resistencia en el exilio. El capitán de las milicias republicanas Juan de Rejón silenció hasta el fin de sus días que se había quedado con ese dinero y que, una vez en México, inició su irresistible ascensión económica invirtiendo en bonos del Estado mexicano, en los tiempos en los que el general Lázaro Cárdenas acogió con legendaria generosidad a los republicanos que pudieron huir de la derrota y de la muerte.

VI

Ningún Rejón acudió a la fiesta de Horacio. Ni los que llevaban con dispersión el apellido en cada trazo de sus rasgos, ni los bastardos que sólo se atrevían a memorizarlo cuando estaban encendidos de alcohol de caña; ni los altivos que se esforzaban en mantener vivos los estereotipados honores de la familia, ni quienes ya tullidos por el peso de su historia se mecían por las calles de Salbago esperando la tabla de salvación en un tiempo venidero que les haría recuperar las glorias del pasado; ni los iluminados y religiosos que creyeron que esta época, paradójicamente monárquica, era un coyuntural paréntesis sin importancia, ni los soberbios entorpecidos por la desidia de la isla.

No hizo falta para ello ningún conciliábulo familiar, ni diálogo alguno que resolviera la arrogante convocatoria del joven indiano. «No somos perros cazadores a los que cualquier advenedizo de última hora puede provocar con sólo tocar el cuerno de su voluntad», sentenció José de Rejón, memoria y herencia de todos los despojos de la familia. José de Rejón procuraba siempre hablar con idéntica autoridad que su padre, calcando cada uno de los gestos del prócer para demostrar una superioridad y una sabiduría inexistentes en su caso. Sacaba la voz desde lo hondo de la garganta, impostándola para asumir todas las cargas del apellido en cada sílaba pronunciada, de modo que llegara a retumbar en los dormidos rincones de cada uno de los Rejón como si su palabra fuera un código dogmático de obligado cumplimiento. Sabía que ésa era la mejor manera de dar una orden a la vieja e indolente estirpe que se había ido quemando a lo largo de la historia, y el camino más corto para que todos, incluso los bastardos que ni siquiera eran tenidos como apéndice en el cuerpo familiar, acudieran a la llamada de la sangre.

—Quienes siempre hemos gobernado a los demás, no tenemos que andar dando órdenes a toda hora. Hablamos y basta —decía José de Rejón sintetizando la filosofía maximalista de la estirpe tropical. Siempre logró imponer su opinión, casi sin elevar la voz, y todos terminaban tácitamente por hacerle caso.

Mara Florido lo había previsto. Sucedía ahora lo que ella profetizara durante los días de la Navidad, cuando la fiebre de la fiesta enredó a Horacio en la interminable confección de la lista de invitados. Horacio Rejón, por el contrario, esperó largas horas paseando por el salón de la casa la noche de la fiesta, oyendo pasar el tiempo en el eco lento de sus pasos sin apenas perder la calma. Luego, conforme se fue espesando en su entorno la soledad, se enfrascó en contradictorias y nerviosas intuiciones, sospechando el desprecio de su condición en el broche bruno de seriedad que se le posó en el rostro hasta arruinarle el sosiego. Finalmente, se vino abajo, cuando un temeroso mensajero que apenas lo miró a los ojos un instante le dejó en las manos la misiva que acabó por crisparlo.

«No tenemos nada que ver con el hijo de un republicano ladrón que, además, no ha nacido en esta tierra», leyó demudado e incrédulo. Debajo del anonimato se escondía el contundente orgullo de un apellido que no necesitaba de rúbrica alguna para rechazarlo y consumirlo en las brumas de aquella casa.

Tragó una saliva de plomo que se le hundió en el estómago, ahondándole en las vísceras el agudo dolor de cabeza que lo atosigaba desde que leyó la nota de desprecio. Se quedó como si hubiera recibido un duro golpe tormentoso en plena cara, con la mente en blanco, bordeando las iras de un precipicio inconcreto, y en las alturas de una ola marina que lo elevaba del mundo hasta inocularle un vertiginoso amargor en la sangre de sus venas. Pero solamente un ligero temblor del párpado superior derecho denotaba su airada decepción. Por unos instantes, Horacio Rejón pareció un niño rabioso a punto de estallar en llanto desconsolado, porque le habían roto un juguete mimoso en el que había puesto todas sus complacencias. Por momentos, era un anciano desvalido mirando a todas partes sin saber qué hacer, incapaz de controlar las compulsivas muecas de su cara temblorosa de impotencia.

Merecía la pena terminar de emborracharse, pensó Horacio Rejón rehaciéndose del desprecio. Merecía la pena celebrar con todo el esplendor pendiente aquel dislate, poner música de piano de Mozart a todo volumen y mantener las luces encendidas como si la fiesta se estuviera celebrando de verdad. Se iban a enterar en Salbago por dónde se pasaba él los mensajes anónimos y el mezquino orgullo de una familia a la que sólo le quedaba de la vida la presuntuosa memoria del pasado. «Están acabados», balbuceó cuando terminó de leer la nota.

De inmediato, dio órdenes a los atónitos camareros para que sirvieran las viandas en las mesas, y escanciaran vinos y licores en todas aquellas copas sin dueño. Se volvió a Mara Florido cuando la música del tocadiscos abrió la oportunidad del baile para la única pareja de la fiesta frustrada.

—Estás radiante esta noche —le dijo transformado, como si nada fuera de ellos estuviera ya ocurriendo. Los ojos estaban encendidos de furor y una rabia contenida le acariciaba todo el cuerpo.

Con Mara entre sus brazos, piel contra piel, el perfume de la mujer inundando sus pulmones, se fue aupando poco a poco desde la condición humana del rencor hasta el paraíso celeste en el que se consideró a sí mismo como un dios inventando el universo. Bailó hasta el paroxismo, hasta perder la exacta dimensión de las cosas, hasta que los volúmenes se oblongaron y achataron, hasta que las habitaciones de la casa fueron llenándose de resuellos y amasijos de palabras que nunca terminaba de pronunciar del todo. Volcado en la incandescencia del amor, metabolizaba el fracaso de su larga venganza sublimándolo en agua que se derretía entre sus manos. De tanto en tanto, distraído, sólo por gustar la diferencia, observaba durante unos segundos a través de los cristales de las ventanas el campo de luciérnagas pobres de luz que era la ciudad de Salbago por las noches, guiñando los ojos en la oscuridad multitud de diminutos relámpagos que encendían y apagaban las lejanías de la ciudad. Él estaba ahora en el palacio de la luz, por encima de la ciudad esparcida y seca junto al mar, por encima de la isla, por encima del respeto a las tradiciones que se conservan en el recuerdo como retratos viejos a los que se venera con toda la fuerza de los tiempos.

Mara Florido le seguía sus ritmos y altibajos, porque sabía que en su interior se libraba la batalla de la sangre contra la sangre. Se apretaba contra sus calores y sus fríos, tratando de socavar las últimas nervaduras de sus recuerdos inmediatos. Ponía en ello toda su profesión de amante y toda su condición de mujer, de modo que lo hipnotizaba con quiebros nuevos que surgían desde su voluntad amadora, enloqueciéndolo con la llama de las insinuaciones que emanaba de su cuerpo. Nadie quedaba ahora en la casa sino ellos dos, y las horas de la noche se quemaban en la ardiente rapidez de un salto mortal de trapecista. Confundieron entonces sus respiraciones y sus fronteras, confundieron sus cuerpos extendidos tibiamente en la alfombra del salón. Exhalaba fuego de alcohol Horacio Rejón, y Mara Florido perfume de opio sagrado. Estaban a dos pasos del cielo al mezclar mil veces sus salivas a la búsqueda de los más insólitos sabores de la vida.

Cuando decidieron apagar las luces del palacio, era ya entrada la madrugada sin llegar al albor del día. Se encaminaron a la alcoba. Atravesaron un camino de rosas entre las mesas del festín, que quedaron intactas, casi vírgenes petrificadas a la espera de un amor imposible. Las copas de cristal de roca refulgían hasta los bordes de líquidos de colores que los invitados, con su ausencia, no quisieron degustar.

—Me cago en los Rejón —dijo Horacio mirando alrededor.

Cada mueble seguía ocupando su lugar inicial en el salón, anuladas sus anatomías rectilíneas por una tenue oscuridad que cernía las sombras aquietadas del amanecer a través de los pasillos y las galerías. Zumbaba el silencio total en el entorno, y sólo ellos dos componían la figura del mundo vivo al que habían llegado para abrazarse y, tal vez, morir. Cuando llegaron a la habitación, insistieron en las caricias. Mejoraron incluso el tacto en las yemas de sus dedos, exquisito ahora el gusto al reconocerse los amantes entre jaculatorias de estímulo. Con esmero y parsimonia, Horacio desnudó a Mara hasta el final de su piel. Hurgó después con maestría los mojados recovecos de su cuerpo, encontrándose en esos lugares ocultos como cuevas con la humedad siempre placentera del secreto recién descubierto. Eran fiebres de amor los virus que movían cada impulso de Horacio Rejón. Mara vibraba con una intensidad desconocida, oscilando entre la lujuria desatada y una irreprimible sensación de ternura. Horacio jugaba con ella, entregado, obcecado, contándole en la oscuridad imaginarias puertas por las que se divisaba la cara oculta del alma transparente de Mara, luz contra luz, crecida ahora en la cama ella, olvidada absolutamente de otras experiencias, abierto de par en par su espíritu por el palo mayor que la penetra una y otra vez de abajo a arriba, arrastrándola desde la quemadura del fuego hasta el borde mismo de un mar inmenso y desconocido. Horacio Rejón sobre ella una deidad antigua, solícito cada vez que el susurro de la amante sugería el juego caprichoso de los cuerpos.

Toda la noche la habían pasado midiéndose el aceite de sus

vientres inflamados, sacando aguas brillantes de las profundidades de sus pozos, revisando en silencio cuantos pliegues aparecían de repente en la piel ya de bronce de sus carnes. Perdieron el sentido del tiempo en el mismo momento en el que salieron del salón, y no se dieron cuenta de la mirada de fuego que irradiaban los ojos del retrato aparentemente sin vida de doña Amalia Medina de Rejón, la abuela que Horacio nunca conoció, la historia empecinadamente relegada al silencio por toda la familia desde la época decrépita. De doña Amalia Medina ningún recuerdo florido, ninguna tumba con flores, ninguna anécdota entrañable, ningún episodio legendario que la trajera a la intrascendente conversación del día y la convirtiera en un capítulo singular de los Rejón. Al contrario. Doña Amalia Medina cernía el silencio en torno a su figura, y solamente aquel cuadro la recordaba tal como había sido en su madurez. Sólo sombras ambiguas su paso por la casa, un muro de silencios sus modales, sus maneras, su voz y sus labores. «Murió cuando yo era casi un niño y no me acuerdo apenas de ella», le dijo Juan de Rejón a su hijo ante la curiosidad del joven por reconstruir completa la historia de la familia lejana. La mirada de Juan de Rejón, no obstante, se volvió oscura y evasiva, aunque ausente de nostalgias. Horacio lo notó. «Sólo sé que se pasaba todo el tiempo del día y de la noche envuelta en la penumbra de su habitación. María Guayedra siempre nos contestaba lo mismo cuando preguntábamos por ella. Tu madre está estudiando sus deberes, no la molesten ahora, decía. Pero nosotros sabíamos que no hacía otra cosa que peinarse y empolvarse para una visita que siempre fue un misterio y que nunca llevó a cabo», le dijo. Juan de Rejón hablaba a su hijo de memoria, forzando mecánicamente los retazos de un pasado remoto para él, archivado en el polvo del olvido. «Yo creo que estaba un poco loca», dijo Juan de Rejón. La entrevió ahora, después de tanto tiempo, ya muerta, horizontal y recta en el féretro de madera de pino que colocaron en el *hall* de la casa para el velatorio, adustas las facciones, el rostro blanco, negro el vestido que la cubría

desde el cuello hasta los pies, las manos juntas sobre el rega-
zo como si desgranara oraciones incluso después de haber
muerto, resbaladiza de tristeza y melancolía toda su figura.
En esa postrera ocasión, María Guayedra le había peinado con
dolor los largos cabellos de cola de caballo. Era la única persona en el mundo que de verdad conocía la silenciosa amargura de doña Amalia Medina, que abandonó para siempre en
plena juventud el lecho conyugal cuando se enteró que don
Francisco de Rejón tenía un hijo bastardo andando por el
mundo.

—Lo hacen todos los hombres, señora, y no tiene mayor
importancia a la vuelta del tiempo —se atrevió a decirle la
mayordoma para calmarle su rabia.

—Ni así —le contestó Amalia Medina atravesando a su ama
de llaves con la mirada—. Antes muerta que embarcada una
vez más en la cama de ese lascivo mentiroso.

Fue irreductible. Siguió peinándose en silencio, con el gesto frágil de quien ha sufrido una hecatombe repentina en
sus convicciones más íntimas. María Guayedra pudo comprobar entonces que un fuego al rojo vivo salía de los ojos de la
señora y penetraba el espejo donde se miraba haciéndole saltar esquirlas de humo sulfuroso. Se santiguó como pudo. Desde esa época, doña Amalia Medina de Rejón se hizo invisible
para todos, se encerró en sus aposentos y tomó por costumbre
cotidiana la extraña manía de teñirse su larga y hermosa cabellera con los colores más exóticos del mundo conocido.

—Es el único modo de no envejecer rápidamente —le confesó Amalia Medina a María Guayedra.

Usó primero el calabaza, porque pensó que esa tonalidad
cromática le quitaría el recuerdo caliente de los diez años que
pasó revolcándose en el lecho con Francisco de Rejón. Pero
fue inútil. Después le dio por el lila vegetal, conseguido a
través de un complicado cocimiento de yerbas vegetales, especies aceitosas y colorantes ignotos, mejunje que mixturaba con
la exactitud de las santeras experimentadas. Más tarde probó
el azulmarino, con la imposible pretensión de atraer a su ca-

beza las milenarias sabidurías de las deidades que pululan las honduras atlánticas de la isla. Y luego el amarillo, cuando llegó a la conclusión de que era el color de la buena suerte, que daba poderes para ahuyentar las tentaciones superfluas y la mantendría incólume frente a las vanidades carnales del mundo. Finalmente cayó, sin salir para nada de su alcoba, en una frenética actividad de pringues y jarabes que daban colores distintos varias veces al día a sus cabellos.

—Se va a arruinar su hermosa cabellera —le dijo María Guayedra.

Pero Amalia Medina se creyó más joven que nunca, a pesar de haberse olvidado ya de sus largas cabalgatas juveniles por las calles de Agaete, el galope de sus caballos de tiro levantando tolvaneras de ciclón que hicieron leyenda en el lugar durante los primeros años del siglo. No quería ahora acordarse de los viajes prometidos, porque nunca habría de hacerlos ya con Francisco de Rejón, ni de los bailes que jamás gozó ni de las fiestas en las que en ningún momento llegó a ser reina. Desde que se casó con Francisco de Rejón vivió para su cama, brutal y enloquecidamente. Los años sucesivos fueron naciéndole hijo tras hijo sin que apenas se ocupara de ellos, enfrascada en la pasión que le había producido el hombre único, soberbio en el lecho como un guerrero solitario luchando con su propia sombra. Amalia Medina se abandonó al delirio, a la quemazón de la carne del marido, a la violenta dulzura de las noches en las que su cuerpo desnudo saltaba por los aires hasta quedar convertido en cristal escarchado entre sollozos de satisfacción, incendios y líquidos salados que embadurnaban de almidón las sábanas.

De los consejos de las monjas que la educaron durante tantos años, sólo quedaba una estela desangelada a golpes de furia lujuriosa en las alturas blandas de la cama. No más duchas de agua helada para ahuyentar los espasmos paroxísticos del maligno, acechando siempre en la adolescente austeridad de los claustros del colegio. No más plegarias para huir del infierno tan temido. Mejor sumergirse como una caña en la tormenta, entregarse al torrente blanco del diablo y alcanzar cada noche el pórtico de la gloria de la mano de aquel dios de carne y hueso que la vida le había regalado. Cuando menos lo esperaba Amalia Medina, llegó como un rayo la visita del rencor, el final del vértigo donde estaba suspendida y la época del cabello pintado de colores. Paralelamente, le entró una rara sensación de claustrofobia, que mataba refugiándose en la lectura apasionada de una enciclopedia geográfica con la que resolvía los problemas de horario de las otras partes del planeta que nada tenían que ver con la isla de Salbago. Llegó a saber en cada momento la hora exacta de Lima, Buenos Aires, Caracas, Tijuana, San Francisco, Karachi, Pekín, Sidney, Helsinki o Atenas, sin que ninguna capital del mundo se resistiera a sus conocimientos. «Nosotros tenemos aquí, en esta mierda de isla, la misma hora de Londres —le advirtió a María Guayedra—. Es algo que no alcancé a comprender hasta darme cuenta que los hombres lo hacen todo por convención gratuita», le dijo. Era una sabiduría inútil, según rezaban las cartas de María Guayedra, cargada de retórica y de terminologías que estaban fuera de todo uso, porque además el conocimiento de aquellos horarios exactos despistaba a la mayordoma. María Guayedra aguantaba durante horas la retahíla de nombres de ciudades y capitales que nunca había oído nombrar. Y a continuación Amalia Medina, con los ojos cerrados, le repetía una a una la hora de todas juntas. «Me las sé de memoria», le dijo Amalia Medina a la mayordoma.

—Se ha convertido en sabia, don Francisco —le contestó María Guayedra a don Francisco de Rejón la vez que el prócer le preguntó por su mujer—. Lo sabe todo del mundo, y marca de memoria las horas de muchos lugares como si tuviera un reloj de brujo en la cabeza.

—Aquí siempre es la misma hora, María —contestó con escéptica socarronería Francisco de Rejón.

Amalia Medina usaba de la superchería del horario internacional para liberarse de las vanidades de la carne, del acoso de la tentación en las interminables noches de Salbago y de la claustrofobia que la afligía a lo largo de muchas jornadas.

Ni así se le pudo borrar de la mente la imagen de Francisco de Rejón, multiplicada en sus sueños y en sus pensamientos solitarios. La carne le seguía hirviendo por dentro cada vez que en el duermevela soñaba con Francisco de Rejón. Tampoco sirvieron para nada los variados teñidos del cabello, y los usos horarios fueron perdiendo poco a poco su encanto iniciático para convertirse en pasatiempos rutinarios. María Guayedra vio en las cartas que no había otro remedio para intentar curarla que hablarle de Requilorio, un estelero que vivía como un ermitaño en las estribaciones del roque del Tamadaba, entregado a la oración, al sacrificio corporal y al cocimiento de yerbas mágicas.

—No es un brujo —le dijo María Guayedra—, sino un hombre santo que tiene cumplida fama de curandero de ponzoñas y males de cabeza, señora.

Amalia Medina dudó al principio en ponerse bajo los consejos de un ser primitivo como Requilorio, pero acabó haciéndole caso a su mayordoma porque el deseo seguía desangrándose por todo el cuerpo y la necesidad del remedio para la urticaria del placer contenido se le hizo una obsesión urgente.

—Ve tú de mi parte —le ordenó una mañana a María Guayedra—. Págale lo que te pida, pero díle que me lo arranque de la cabeza para siempre.

María Guayedra no quiso que nadie la acompañara. Las cartas siempre le habían aconsejado que más vale andar sola que mal acompañada, y que las cosas secretas debían mantenerse en la más absoluta reserva, so pena de pasar en poco tiempo a ser del dominio público. «Las medias crían pulgas», se dijo, y embozada se fue a ver a Requilorio como quien va buscando de verdad la voz de un santo. El estelero, que alejaba los demonios del cuerpo sólo con un pase mágico de sus manos, puso cara de escepticismo cuando oyó la historia que le relataba María Guayedra. De Requilorio se sabía muy poco en Salbago.

Despreciaba la medicina tradicional y científica como si alguna vez hubiera constatado su inutilidad, y hablaba como un
profeta al que pocos entendían en sus acertijos. «Dentro de
algunos años, lo único importante será la medicina nuclear y
el rayo láser», dijo una vez en un bar del pueblo de Agaete,
y quienes lo oyeron se santiguaron con rapidez refleja porque
pensaron que estaban ante una aparición del diablo. Ignoraban que Requilorio había estudiado en Salamanca algunos
años de medicina y que había hecho un corte de mangas al
cientifismo hipocrático después de ver tanto sufrimiento superfluo rodando por la tierra. «El láser —añadía para quien
lo quisiera escuchar sin comprenderlo—, curará como el fuego,
pero sin quemar ni nada. Como la magia», dijo ante el asombro de la parroquia del bar en el que solía sentar cátedra en
Agaete, cada vez que bajaba de las faldas del Tamadaba.

—Esto sólo les pasa a los ricos, María Guayedra —le dijo
el estelero a la mayordoma—. Demasiado dinero para nada.
Mucho tomate para dos huevos nada más. Y eso le pasa a la
señora por entregarse a ese demonio durante tantos años. Ahora el remedio que ella busca es imposible. No hay nada más
fuerte que la carne dando leña a la carne. Ni siquiera la oración va a sacarla del infierno en el que está metida.

Después, Requilorio se metió en las oscuridades de su cueva. María Guayedra, que veía entre las sombras, lo observó
revisando libros viejos que mantenía abiertos por páginas se-
ñaladas con su propia letra y sobre atriles de madera y alu-
minio, de manera que su biblioteca terapéutica semejaba una
orquesta silenciosa en el fondo de una covacha de anacoreta.

—Díle, de todos modos —le dijo a María Guayedra—, que si
quiere saber lo que hace ese demonio fuera de su casa, que le
pinte con esta tintura azul la punta de la pinga todas las
mañanas cuando vaya a salir a la calle. Así sabrá si ha mojado
la pluma por ahí o no. Es lo único que se puede hacer contra la lujuria de ese hombre. Quizás a él acabe dándole vergüenza que ella sepa lo que hace.

A Amalia Medina la solución propuesta por Requilorio le

pareció extemporánea, humillante y vulgar, impropia de un hombre santo y sabio. Pasaba por las aventuras pasajeras de Francisco de Rejón. Había pasado también por el tortuoso recuerdo del amor de su marido por Blanca Francisca de Tormes, y pasaba incluso por la infidelidad callejera y cotidiana del señor de Rejón. Pero no estaba dispuesta a pasar por la presencia del hijo bastardo que Francisco de Rejón le había metido en casa a compartir con todos los demás techo, mesa y cariño familiar. Juan de Rejón no era hijo de ella, y ahora tampoco estaba dispuesta a pasar por guardia civil caminera en la punta eréctil del cañón de su marido. A punto de perder toda la razón de la cabeza, afiebrada por las tentaciones y temblorosa hasta la histeria, se decidió a refugiarse por unos días en el convento donde había pasado toda su infancia y adolescencia, tiempos que estuvieron siempre libres de diablos y demonios de carne y hueso. «Cuando ya no puedas más con el mundo, hija —le había sugerido la madre Teresa, cuya experiencia en vencer al malvado se había enriquecido en los largos años de misión apostólica en Calcuta—, en este claustro de pobreza encontrarás la paz perdida en los pecados del mundo y en los ardores del maligno.» Amalia Medina suplicó el exorcismo que aplastara el dolor de sus maldades y la pegajosa impertinencia del deseo que llegaba incluso a llenarle de prurito todo el cuerpo.

—Lo mejor es agarrar al diablo por los cuernos, hija mía —recomendó la madre Teresa, luego de escuchar la larga confesión de Amalia Medina—. Cuando se ha llegado tan lejos como tú, el único remedio es el cinturón que evite para siempre la recaída y que te salve de una vez por todas de las tentaciones movedizas de la carne. En todo ser humano hay dos partes. Una mala, que es la debilidad, y otra buena, que es la fuerza de nuestro espíritu para salir de la ciénaga en la que nos metió el malvado.

Las monjas comenzaron entonces por tomarle las medidas exactas de sus partes, cintura e ingles. Después le probaron los hierros y los cueros, los cables y los nudos de metal que

iban componiendo aquel artilugio de salvación, que guardaría
hasta su muerte el bosque apetecido día tras día por Francisco
de Rejón. Paulatinamente fueron amoldando a su vientre el
cinturón, y después se lo implantaron en el cuerpo fundiéndo-
selo con puntos de fuego justo donde empezaba la cintura
y terminaban las ingles y los glúteos, aún espléndidos a pesar
de los hijos. Cada golpe de sutura de fuego que le daban era
para Amalia Medina una puerta del infierno que se cerraba
para siempre, y hasta que el cinturón de castidad no quedó
pegado a sus carnes más íntimas formando con ellas un todo
insobornable, no abandonó el convento para enfrentarse de
nuevo al mundo. Era una obra maestra que le hizo sentirse in-
cómoda durante algunos días, porque aquel insólito aparato
no sólo cambió de repente las frecuencias de su vida, sino que
le costaba mucho trabajo hacerse a la idea de la imposibili-
dad definitiva de amarse con Francisco de Rejón o con cualquier otro hombre, circunstancia última e impensable para los
tiempos de principios de siglo.

El señor de Rejón casi se convirtió en estatua de sal cuando pudo ver de nuevo el cuerpo desnudo de Amalía Medina,
rodeado en sus húmedas oquedades por una armadura de hierros y cueros cruzados que impedían la entrada de su ariete
triunfador y hasta entonces todopoderoso. Intentó, no obstante, un repetido asedio al inexpugnable castillo de su mujer.
Todo fue inútil, porque la punta del tolete, otrora hermoso
espolón de gallo de pelea que arrasaba los bosques de Amalia
Medina con su mechazo placentero, quedó reducida a un mu-
ñón impotente y fláccido que palpitaba inútilmente entre sus
piernas, mientras él iba asumiendo la fuerza inagotable del
artefacto que cerraba las puertas del amor.

—Estas cosas deberían estar prohibidas para siempre —dijo Francisco de Rejón cuando se convenció de la irrefutable
realidad.

Fue una derrota en toda regla, que lo hizo lanzarse a la
calle dándose al puterío más vulgar y desorbitado a lo largo y
ancho de una extensa temporada de escándalos, recordada en

Salbago como la etapa más loca y florida de Francisco de Rejón. Fueron los años en los que sin ningún arrepentimiento tiró casi la mitad de su fortuna en viajes interminables por las Antillas, en putas caras, de todas las nacionalidades, que transportaba en su barco hasta la ciudad de Salbago, y en festejos que duraban más que el diluvio universal, como si su desfogamiento colérico obedeciera de verdad a un inapagable deseo de venganza. A los requerimientos de prudencia de Juan Rosa, contestaba Francisco de Rejón con frases sumamente bordadas que destrozaban de un plumazo la buena voluntad del mayordomo. «No hay mal que por bien no venga», decía. Pero después de aquellos orgiásticos acontecimientos, que hicieron de los burdeles de los puertos de Salbago un remedo feliz del mejor Pigalle exportado jamás de Francia y sus vicios, Francisco de Rejón, en el epicentro de la resaca y el hartazgo, se marchaba a visitar al padre Echarri, ya muy anciano y medio ciego, e hincado de rodillas reclamaba una absolución que le infundía de nuevo en las venas la fuerza del pecado.

—No dejes de venir, Francisco —le aconsejaba el padre Echarri, echado en la cama de la vejez—. Tú mejor que nadie has llegado a comprender que el que reza y peca, empata. No te dejes llevar por la lujuria hasta el abismo definitivo. No olvides que el joder corrompe, y el joder absoluto corrompe absolutamente —le explicaba recordando las lecciones enciclopedistas que había recibido de un lord inglés en su juventud francesa, en San Juan de Luz, detrás de la falsa frontera del Bidasoa.

Amalia Medina de Rejón murió en campaña, con el cinturón puesto sobre su cuerpo, luchando a brazo partido con todos sus sueños imposibles, joven aún y con la imponente fuerza del sexo contenido por los cueros y los hierros de la castidad supurándole las vísceras de su voluntaria abstinencia. Sólo quedaba de ella, presidiendo el testero mayor del salón y flotando por encima del bien y del mal, aquella tela inmensa que reproducía su figura de fuego negro, visiblemente vívida a la hora de reclamar en silencio, y desde más allá de la vida, el respeto obligado para los muertos de la familia.

Pero Horacio Rejón no prestaba atención alguna a los detalles de ultratumba. De manera que le importaba muy poco no advertir la mirada de los ojos terriblemente vivos que vigilaban cada uno de sus movimientos a través de la casa, los preparativos de la fiesta sacrílega que jamás llegó a celebrarse y los pasos iniciales de la danza de amor que interpretaban a la perfección en el interior de la mansión familiar una intrusa insolente y obscena y el hijo del bastardo por culpa del cual ella, Amalia Medina, había abandonado la incurable concupis-cencia de Francisco de Rejón, y todos los demás placeres del mundo, para encerrarse en un tajante mutismo dentro de la armadura de castidad que la madre Teresa le fundió a la cintura de su cuerpo.

VII

Aunque entregada en cuerpo y alma a las deliciosas maniobras de Horacio Rejón, quizá para descansar de tan excesivo y riguroso ardor, Mara Florido entreabría los ojos y los paseaba de vez en cuando por las sombras de la recámara. Pudo notar entonces que la hoja de la puerta de la alcoba se movía con timidez, y que detrás aparecían tres pares de ojos ansiosos, reluciendo sus tonos turquesa desde el foso inconcreto de una oscuridad nocturna que ya pugnaba por desvanecerse. Con un respingo imperceptible rechazó de inmediato la loca idea que se le vino a la cabeza. Pero fue imposible.

Allí, a dos pasos de quienes se agitaban entre las sábanas húmedas del amor, resplandecían de lujuria tres pares de ojos de gata al tiempo que una jaculatoria escandalizada se esparcía por toda la habitación. Sobre los oídos de Mara, acariciándolos con la lengua, caían los ecos de las frases de Horacio Rejón que, mientras se doblegaba de fiebres de amor en el cuerpo de su mujer, componía interminables poemas de cuya letra exacta no guardaba después ninguna memoria. Eran endecasílabos que brotaban de su inspiración, y que se perdían en el interior de alguna caricia procaz o en el dibujo de un beso de lengua convertido en tornillo de humedad.

Nunca antes de ahora había padecido aquel inmenso placer. Fino y suave, como el acariciante picotazo de una aguja en la superficie de su piel, le recorrió el alma al sentirse tan fijamente observada por los tres pares de ojos de gatas en celo, y al encontrar en ellos el fulgor de un espejo con el que se identificaba poco a poco entre los versos y los escalofríos de Horacio Rejón. La curiosidad ajena no había roto para nada su propia intimidad. Desde el primer momento de sorpresa hasta que la alcanzó aquella extraña complicidad con las gatas, se sintió protegida y acompañada en sus dislates de amor, y era como si en su interior vibrara la fuerza de cuatro mujeres a la vez. Tampoco notó nada anormal Horacio Rejón en la mujer, ni la más mínima duda o balbuceo en las caricias, ninguna pérdida de intensidad o atención en sus desvaríos. Al contrario. Un paroxismo frenético y desconocido ascendió de súbito por las vértebras de Mara Florido, le retorció la garganta hasta casi asfixiarla, y la hizo saltar vertiginosa y repetidamente sobre la cama como una gigantesca anaconda atacada en pleno nido fangoso. Estaba excandecida. Su mirada se agrandaba fija en los ojos que aparecían detrás de la hoja de la puerta entreabierta, regocijada ante la descomunal curiosidad de las gatas. Como por ciencia infusa, injertada en su mente a través de recovecos subterráneos y escondidos más allá de toda geografía física, comenzó a reconocer las sombras blancas de aquellos tres pares de ojos de gata que la perseguían hasta devorarla de deseo en el mismo vértice del éxtasis.

Eran las tres tías vírgenes de Horacio Rejón: Dolores, la que montaba a caballo como cualquier hombre, Nieves, que se había pasado la vida entre cuentas de rosario rogando por la salvación del mundo, y Dora, que interpretaba al piano pequeñas piezas de Mozart que sedaban el ácido humor de Francisco de Rejón en las turbias tardes de la Guerra Civil. Al bor-

de de la habitación, en los umbrales de la añoranza, observa-
ban ahora bien de cerca lo que antes no se atrevieron ni a
soñar: el profundo perfume del pecado y las zarzas crepitan-
tes de unos cuerpos enfebrecidos en el lecho del infierno. Com-
prendían a destiempo que toda su existencia había sido una
estafa de tamaño natural, un embuste repentinamente convertido en castillo de naipes que el oloroso viento de la carne,
que ya no les pertenecía, desperdigaba por toda la casa. Después de muertas, se habían vuelto albinas gracias a una cu-
riosa concesión del mundo de ultratumba para quienes no
se habían enterado de las cosas verdaderas durante el tiempo
de sus vidas en la tierra. Paseaban por las galerías de la casa,
hablaban en los salones, retozaban sus oscuros cansancios en
las alcobas más frescas, como si nunca hubieran abandonado
la vida del todo, como si la muerte que se las llevó para siempre no hubiera ido con ellas hasta el último silencio. Envuel-
tas en la majestad de sus blancas sombras, la piel etérea y
fluorescente por las noches, caminaban por la oscuridad a
pocos centímetros por encima del mundo, sin mancharse ni
tocarlo, para marcar la única diferencia con los seres vivos,
dejando tras de sí huellas de lácteas luminiscencias que desaparecían después de brillar intensamente durante algunos segundos.

Cuando subió de repente la ola incontenible del clímax,
las palabras poéticas de Horacio Rejón se descompusieron
en sílabas rotas por entrecortadas imprecaciones, y todos los
sentidos de Mara revolotearon como plumas de colores en el
aire condensado por la pasión. Sus cuerpos entraron en un
múltiple y vibratorio desasosiego, sosteniéndose en lo alto del
cielo sólo con el equilibrio de sus voluntades. Al otro lado de
la puerta, las gatas en celo, los ojos agrandados por la inmensa espesura del amor, hacían visajes contradictorios, se rega-
ñaban y santiguaban con rápidos manoteos que intentaban
inútilmente reprimir la magnitud del escándalo. Gozaban del
frenético espectáculo de los amantes con especial deleite, ru-
borizadas en su cándida condición de vírgenes sin vida. Co-

rrieron después en un vértigo nervioso que nunca habían experimentado, huyendo por el pasillo central de la casa, aturdiéndose entre murmullos y reproches que aceptaban finalmente la sorprendente epifanía del placer humano. En la plenitud del estertor, cuando los huesos de los amantes estuvieron a punto de hacerse trizas y saltar por los aires, Horacio Rejón las oyó con la nitidez sobrenatural del instante. Pero no reparó con atención en ese detalle hasta que se fueron aquietando sus músculos, terminó de estremecerse, y su cuerpo fue adensándose en tranquilidades de sueño. Entonces recordó con mal sabor de boca la conversación que había sostenido con Dámaso Padilla el día en que compró la casa.

—¿Tú también los oíste? —le preguntó a Mara Florido minutos más tarde.

La mujer respiró profundamente, como si despertara de un lejano sopor. Se volvió sobre sí misma para mirarle a Horacio Rejón una brizna de preocupación extendiéndose por sus ojos de indiano.

—¿El qué? —preguntó Mara Florido.

—Los ruidos, mujer, los ruidos —contestó Horacio Rejón—. Eran como voces de mujer que corrían por el pasillo, como si huyeran de algo que les asustara.

—Serían los gatos —dijo Mara Florido, maravillándose de su propia respuesta.

—¿Qué gatos, amor? Aquí no hay gatos —dijo Horacio con sorpresa.

—Los gatos están en cualquier parte —insistió ella, y le arrulló suavemente los cabellos con la punta de sus uñas—. Son como sombras que resbalan por nuestros oídos, imaginaciones en celo que acabamos por creer que existen.

—Pero la puerta de la alcoba está abierta —dijo Horacio defendiéndose—. ¿Se abren solas las puertas?

Mara Florido dudó unos instantes antes de contestar, al tiempo que acariciaba el rostro del amante. «Quizá nunca estuvo cerrada, Horacio», dijo luego. Comprendió entonces que ya estaba totalmente poseída por el espíritu y la complicidad de las gatas vírgenes. Notó que desaparecía de su cuerpo la pesadez y el sueño de la noche, y que un gaseoso convencimiento penetraba en ella hasta tomar por asalto los últimos reductos de su alma. Supo que aquella sensación remota que la embriagaba eran las sombras blancas de las tías de Horacio Rejón aposentándose en su cuerpo para gozar, de allí en adelante, del escalofrío de la carne viva de una mujer en el momento de hacer el amor con todas sus fuerzas.

Amanecía con una extraña cadencia, impropia de las latitudes tropicales de la isla de Salbago. Clareaba por partes, de modo que era casi de día en ciertos rincones de la alcoba, aunque la oscuridad seguía dominando la mayor parte del espacio cerrado de la casa. Una ventolera infrecuente comenzó a levantarse poco a poco en las calles de la ciudad. Se acercaba la calima. Persistente como una bruja milenaria que viene a cobrar sus diezmos, solemne como una diosa del lugar, penetrante como una semilla invisible, revolvía los cielos en remolinos de aire tórrido hasta dejar baldía la tierra de la isla, quemada por un fino polvo arenoso que descendía como lluvia a cámara lenta y amarilleaba durante días enteros toda la geografía de Salbago.

Cada vez más fuerte ululaba el aire en la amanecida, y en los cristales de las ventanas de la casa de los Rejón la rebelde arenisca repiqueteaba su insistente melodía de fondo. La calima era siempre precursora de colectivas desgracias, de imprevisibles desconsuelos y de omnipotentes epidemias que ya se suponían desterradas de los tiempos contemporáneos. Horacio Rejón trataba las inequívocas señales de la meteorología insular como si fueran cosas de la ultratumba: las ignoraba hasta el desprecio, porque carecía para él de interés alguno el mundo de los espíritus y las enfermedades del alma. De manera que le importaba un carajo que fueran los gatos o el viento quienes lloraban ahora en las galerías de la casa o abrían y cerraban puertas, aunque una cierta incomodidad empezaba a carcomerle el lugar secreto donde guardaba las satisfacciones más perfectas. En toda la madrugada no pudo conciliar el

sueño, porque estaba escuchando cómo chirriaban las copas
en el salón en brindis confusos que finalmente terminaba atri-
buyendo a su imaginación encandilada por el alcohol y el amor.

Mara Florido lo escuchaba dar vueltas en la cama, reso-
llando intranquilo. Ella misma estaba sobrecogida en un punto de temor por culpa de los vientos secos, recordando los
relatos que había oído de niña sobre las desgracias que solía
acarrear la calima: contumaces sequías, nefastas enfermedades de nombres desconocidos que atacaban sin compasión hasta pudrirlas a personas, animales y cosas, desapariciones de
próceres y notables de la isla, y apariciones que transgredían
las normas elementales del universo, carcoma, herrumbre en
todos los resquicios de Salbago, humedades excesivas que terminaban por convertir la isla en una pecera irrespirable y mar-
ginada del mundo. Atracadores anónimos, que nunca llegarían a ser descubiertos por la ley y la justicia, pululaban por
las calles a su entero antojo, secuestraban, mataban a la gente
y violaban a expensas de la historia. Destrozaban los almacenes
de ultramarinos y abarrotes, y sembraban el pánico en una
ciudad pacífica que en esos casos llegaba a ser, como ella misma había oído decir al doctor Maximino Cañal, el más grande
sumidero de intrigas y conspiraciones de todo el mundo, a pesar del exiguo territorio en el que podían moverse. «A río
revuelto, ganancia de pescadores», sentenciaba Maximino Cañal cuando contaba las historias de la calima.

Cayeron en un duermevela nervioso cuando la mañana se
filtraba amarillenta por debajo de las persianas batidas. Horacio Rejón estaba seguro de estar oyendo a lo lejos las notas desperdigadas de alguna sonata de Mozart. Pero en lugar
de histerizarlo, la música lo amansaba, arrimándole un sopor
dócil y persuasivo. Mara Florido sabía que Dora de Rejón se
había puesto a tocar el piano en la madrugada de la calima.

VIII

Cuando la calima africana asoló una vez más la isla de Salbago, los campos de labranza, los barrancos, las presas vacías, las cumbres, las carreteras, los pueblos, las medianías, los cementerios, los puertos de mar, la ciudad y los barrios aledaños a ella no escaparon a los tentáculos de la ventolera, sino que sintieron en sus carnes la picadura venenosa de la arenisca, quedaron teñidos de polvo seco y fueron barridos por la metralla fulminante de un terrible golpe de calor. Ocurrieron además en un mismo día varios episodios, que marcaron con claridad solar el comienzo de un nuevo ciclo de disturbios y cataclismos.

En la madrugada, cuando la polvareda pintaba de amarillo ocre los cielos y las tierras, el tabaquero Eufemiano Fuentes, el más influyente industrial de la isla durante la época decrépita de la posguerra, se hizo invisible por espacio de varias semanas, como por arte de mafia, sin que al principio ningún investigador encontrara explicación lógica al descabellado su-

ceso. Era de la casta de los intocables, un personaje sobre el
que pendían numerosas leyendas de invulnerabilidad. Finalmente, su cuerpo sin vida apareció hecho un irreconocible ama-
sijo de huesos verdes en el fondo de un pozo encenagado, extramuros de Salbago. Lo habían secuestrado sigilosamente ante
el estupor de propios y extraños, y lo mataron sin que nunca
dieran del todo con los responsables de la fechoría. El médico
forense Maximino Cañal afirmó con la cabeza cuando terminó
de examinar los restos mortales del tabaquero. «Los tiempos
cambian a velocidades tremendas», dijo pensando en voz alta
ante los inspectores de policía y el juez que instruyó el caso.

A media mañana de ese día nefasto, el alcalde de Salbago,
un tal Giménez, dio un estornudo de alegría cuando le notifi-
caron la detención del urbanista internacional César Manrique, premiado en sus proyectos por alemanes de Berlín, franceses de París, italianos de Milán y Roma, suecos de Estocolmo e ingleses de Londres, y se le partió en pedazos una de las
costillas que flotan en el cuerpo de los hombres. Hasta ese
momento, Giménez respiraba afiebrado por la humedad, por la
decadencia de la dictadura que él había encarnado en la ciudad
durante más de veinticinco años de paz macilenta, y porque
milagrosamente había encontrado un novio para una de sus
ocho hijas casaderas, que languidecían de aburrimiento bajo
la rigurosa autoridad de su padre. Se había levantado de la
cama con la nueva de la desaparición repentina de Eufemiano
Fuentes, por el que sentía un irremediable y contumaz respeto.
«Se lo deben haber llevado en helicóptero hasta altamar; y de
allí a cualquier barco, un paso», pontificó mientras se tomaba
el primer ron de la mañana. Un mal sabor de boca le inundó
los sentidos, como si la mierda le subiera a trompicones por la
tráquea, pero no supo interpretar los presagios del peligro inminente porque estaba imbuido de la naturaleza divina del
poder. Era un hombre tan cerril y arcaico que se creía culto
y al día en las cosas del mundo porque hablaba tres frases en
inglés, y porque había hecho un par de viajes a Venezuela para
arengar políticamente a las gentes de la emigración insular.

«Mi pueblo, mis gentes», recitaba a toda hora refiriéndose a
la ciudad de Salbago. El calor exasperante de esa jornada le
levantó un ataque de nervios que se le colgó de las raíces de
las muelas, y la úlcera que tenía engarfiada en el carácter le
acidaba en todo momento los jugos del estómago. Vivía dando
gritos a todo el mundo desde el interior de su despacho consis-
torial, de toda la vida, y al borde de una supuesta angina de
pecho con la que amenazaba a sus íntimos sin que nunca llegara de verdad a arrugarle el corazón. Como tantas otras jornadas, hoy se pasaba los minutos buscando víctimas entre
sus conciudadanos notables para chuparles la sangre de la
libertad recién estrenada tras la muerte del Caudillo, inter-
pretando la ley nueva a su imagen y semejanza.

—¡Ya era hora, carajo, ya era hora! —exclamó Giménez
lleno de júbilo, mientras la costilla flotante le saltaba los te-
jidos interiores sin que él lo percibiera.

—Inicien el papeleo —ordenó lleno de júbilo a los agentes municipales.

Inmediatamente después encerró en la cárcel a César Manrique, acusándolo de escándalo público porque el artista se
había permitido un insólito rasgo de universalidad: tomar el
sol de una manera excesivamente autodidacta en una playa de
piedras negras, en las afueras de Salbago.

—Esto se hace en todas las playas del mundo y no pasa
nada —reclamó Manrique en su defensa.

Adujo también que Franco ya se había muerto, y que las
nuevas leyes democráticas no entraban ni salían en el desnudo
integral de los ciudadanos que tomaban el sol en playas solitarias. Exaltó las libertades, los derechos humanos y civiles.
Habló del mundo moderno y argumentó que cada uno con su
cuerpo y su vida hacía lo que le daba la gana. Pero Giménez,
tosco y empecinado como la madera del pinsapo, le respondió
sin pestañear y con el aplomo que concede el prolongado ejercicio de los cargos públicos.

—Pura literatura la de ustedes, los demócratas —le dijo
a Manrique—. Yo las libertades me las paso gloriosamente

por el arco del triunfo. Usted no me sale de este cuartelillo ni con la cuña del almirante Carrero Blanco —afirmó rotundo, olvidándose de que el ilustre marino había volado al cielo en cuerpo y alma desde el asiento trasero de su coche oficial, años atrás, cuando la desintegración física del franquismo.

La detención de César Manrique provocó un alboroto escandaloso en todas partes y la inmediata repulsa de muchos movimientos ciudadanos que estimaban sinceramente al artista internacional. Pero Giménez no cabía en sí de gozo, porque no todos los días se presentaba la oportunidad de maniatar a un intelectual volcánico tan obscenamente respetado por el mundo entero. Así que el resto de la mañana lo dedicó a celebrar su éxito, bebiendo ron sin medida alguna y sin salir de la Alcaldía, dando hipidos de jolgorio como si ninguna otra cosa importante estuviera pasando en la ciudad.

Al mediodía, completamente embriagado de euforia alcohólica y luego de un intento frustrado de cantar algunas arias de Verdi, envió al gobernador de la isla de Salbago un telegrama ininteligible que semejaba un jeroglífico de los aborígenes prehispánicos. «Calima —decía el inarticulado mensaje—, amenaza ruina. Polvo lleva ciudad. De los pueblos del interior nada se sabe. Viva Franco. Arriba España, Alcalde Giménez.» Era una síntesis de la situación general, confusa y deteriorada por la invasión del polvo africano.

—A mí no me jode ningún godo —se dijo después, satisfecho de sí mismo, y se refociló recordando que el gobernador, un asturiano que nunca llegó a comprender la isla, le había sugerido que soltara a César Manrique inmediatamente porque la detención vulneraba la legalidad vigente en todo el país.

—Me la suda la legalidad —se dijo el alcalde Giménez en medio de la gloria.

Fue entonces cuando un nuevo estornudo le despertó un agudo picor en el centro de la espalda. Se quitó la guayabera sudada por la euforia del cargo público y descubrió una sombra azulada, como de moretón sangriento, corriéndole como una lagartija por la epidermis hasta alcanzarle la cintura. Casi se muere del susto, porque creyó como siempre que era la temible angina de pecho que esta vez se le había bajado hasta el estómago. Con los riñones de corbata, gritó como un energúmeno y pidió encarecidamente que lo llevaran con urgencia al hospital más cercano. «Me muero», dijo, porque estaba convencido de que le quedaban pocos minutos de vida. La ciudad se enteró poco después de la aflicción del alcalde, y quedaron suspendidos por la sorpresa de muerte que pesaba sobre otra personalidad perteneciente a la casta de los intocables históricos.

Por la noche, cuando trescientos policías y guardias civiles buscaban entre las plataneras al secuestrador de Eufemiano Fuentes e investigaban los misterios que rodeaban la desaparición del tabaquero, y el alcalde Giménez reposaba adormecido entre oxígenos en la unidad de vigilancia intensiva del hospital insular, una pandilla de jóvenes arrogantes, hartos de parranda, de whisky y de chocolate marroquí, decidieron gastar una broma sacrílega a la historia más excelsa de la isla de Salbago, ocultando su personalidad entre el polvo amarillento que regaba las calles. Los más arriesgados se hicieron con una sierra de dientes afilados, y cortaron de un solo y artístico tajo la cabeza de la escultura sedente de don Francisco de Rejón, obra maestra de un escultor de moda que vivía retirado en los alrededores de la Costa Brava catalana, sumido en sus fantasmagorías sobre la antigüedad clásica y vestido siempre con clámides y togas de senador romano, porque sostenía que el único mundo digno de ser tenido en cuenta era el antiguo. Barral hablaba en latín, como expresión refinada de su repulsa por el mundo contemporáneo, y sólo era capaz de pasar del siglo XIII cuando hacía referencia a su propia obra artística.

—No me extraña nada que estas cosas ocurran en Salbago —dijo el escultor al enterarse del atropello—. Tengo el derecho moral a quejarme a gritos, porque no es la primera vez que esto le pasa a una obra de arte. Yo mismo he podido ver el estado de salada putrefacción en el que se encuentra la estatua de don Benito Pérez Galdós, cumbre escultórica de mi colega Victorio Macho. Han permitido que el salitre acabe carcomiéndosela como si fuera la lepra —denunció en latín clásico, hablando en versos elegíacos y yámbicos, y adoptando el aire de los artistas pasados por la experiencia de los largos años del surrealismo parisino. Después zanjó definitivamente el desagradable asunto, negándose a restablecer una réplica de la cabeza de la escultura de piedra. «Ni siquiera Pablo Picasso asumiría semejante vulgaridad», declaró usando a la perfección los casos de la declinación latina y las palabras exactas. De modo que allí, en Agaete, continuaría don Francisco de Rejón perfectamente vestido de piedra roja, con su leontina de oro cincelada en relieve sobre el chalequillo, sus piernas cruzadas con exquisita elegancia de patriarca, pero sin la cabeza de estilo romano que desapareció para siempre bajo la silenciosa tierra de la isla.

—Es cosa de maricones y comunistas —acusó don José de Rejón en el momento de presentar la denuncia en el juzgado de guardia.

—Siempre fue un hombre sin cabeza, sobre todo para las faldas —comentó la opinión pública en cosa de horas.

Resultaban, en efecto, signos terribles, más que suficientes para despertar el aletargado ánimo de cualquiera, pero la ceguera de esta latitud era una enfermedad endémica que terminaba por confundir los conceptos de las cosas, la realidad con el deseo, la ambición con la codicia, la prudencia con el miedo, y la derecha con la izquierda cada vez que el fulgor del calorazo del simún abotagaba los espíritus de los insulares.

—Está más claro que el agua —le dijo Maximino Cañal a María Pía—. Vamos proa al marisco de aquí en adelante.

María Guayedra seguía teniendo los mismos ojos de lince que cuando se casó con Juan Rosa a los dieciocho años, y fue la primera persona en descubrir la escultura descabezada de don Francisco de Rejón. Todas las mañanas, desde el patio abierto de su casa, en los altos del pueblo de Agaete, se asomaba para ver la amanecida panorámica de la villa dormida y, finalmente, posaba una mirada piadosa en la escultura de piedra de don Francisco de Rejón. Se persignó inmediatamente al percatarse del ultraje. Después hizo un pase mágico de manos, que le había enseñado Requilorio para evitar al mal de ojo. Delante de la estatua percibió también una silueta etérea, que estaba allí como si no estuviera de verdad y que, sin embargo, parecía gozar increpando en silencio al descabezado. A María Guayedra, acuciada por la confusión, sus ojos de lince le dibujaron una sombra familiar cuya imagen trató de ahuyentar con una nueva y rápida señal de la cruz. Tuvo seguridad absoluta de quien era cuando la mujer, vestida de negro brillante desde la cabeza hasta los pies y con el cabello de un vivo color castaño, giró sobre sí misma en el aire para sonreírle antes de comenzar a caminar con lentitud y desaparecer entre los vericuetos de los callejones aún apenumbrados. Los ojos de Amalia Medina de Rejón se clavaron por un momento en los suyos, y fue como si el sol los hubiera quemado por un instante para emborronarle la visión.

María Guayedra volvió a persignarse, porque recordó que don Francisco de Rejón le había relatado con frecuencia, y con todo género de detalles, los ritos africanos del Caribe en los que él mismo había participado como espectador en más de una ocasión.

Son cosas del diablo, don Francisco —le contestaba María Guayedra al prócer, entenebrecida entonces en un charco de pánico.

—Más a mi favor —insistía don Francisco de Rejón—, porque cuando se quiere joder a alguien, lo joden de todas todas. Se meten en un turbión de bailes y piruetas enloquecidas hasta que el frenesí les hace perder el tino. Luego traen la gallina y le cercenan el cuello con los dientes. Acaban descabezando al muñeco de la persona que desean que desaparezca para siempre. No la salva ni el médico chino —dijo don Francisco de Rejón exhalando con parsimonia el humo espléndido de su tabaco de ligas habanas.

Juan Rosa torcía el gesto cada vez que se hablaba de estas

cosas, porque tales historias siempre terminaban por quitarle el sueño y lo hacían caer contradictoriamente en la superstición más angustiosa.

—Con las cosas de comer no se juega, patrón —sugería Juan Rosa a cada rato.

María Guayedra entró en su casa consternada por las visiones terribles de la amanecida y se puso a echar las cartas sobre la mesa camilla que usaba para estos tragos mágicos. Sorbió de paso el café sin azúcar que tomaba siempre a esas horas y se asustó al ver la carta que le temblaba entre las manos. «Coño, la bruja», dijo con pesadumbre.

Esa mañana los rumores resbalaron por toda la isla de Salbago con la misma celeridad implacable con la que el polvo amarillo había cubierto la superficie de todo el territorio. El atropello estaba consumado por los profanadores. De manera que también se enteró del suceso Horacio Rejón, y apareció en Agaete para admirar como un curioso más el tajo quirúrgico con el que tan limpiamente habían descabezado a don Francisco de Rejón. Le cortaron el cuello justamente en el borde de la camisa. De ahí para abajo, la corbata, el chaleco fantásticamente punteado por Barral, la chaqueta, la leontina de oro, los puños perfectos de la camisa, las manos de Greco toledano y el relieve de sus venas, el pliegue exacto de los pantalones, las piernas cruzadas y las botas que usaba en vida don Francisco de Rejón continuaban allí, pétrea e intacta toda su figura.

—Tal vez fue un ajuste de cuentas. La política de siempre —oyó decir Horacio a su alrededor, porque de todas estas aberraciones los insulares tenían la inveterada costumbre de culpar a la política. Y cada vez que los hechos no les cuadraban en su modo muy particular de interpretar el álgebra de la vida, y la maraña de móviles les retorcía las hipótesis más ingeniosas en las tertulias vespertinas, echaban mano de la política, pócima maldita y causa final de todas sus desgracias, enfermedades, sequías, barranqueras repentinas, escaramuzas, secuestros, fusilamientos, accidentes y desapariciones. Luego dejaban que el tiempo bañara de silencio la memoria de las cosas, para que las aguas del olvido lo arrastrara todo mar adentro y sólo quedara en el ambiente el ligero recuerdo de un simple suceso ilusorio, que si tuvo lugar alguna vez fue por mor de los excesivos desatinos de la política.

Pero en esa misma fecha un pordiosero sin nombre y apellidos murió en plena calle, echando por la boca una espuma compacta del color de la bilis. Había fallecido con los nada ambiguos estigmas de una de esas enfermedades que eran moneda común en los siglos anteriores, pero que ya se suponían vencidas para siempre por los adelantos técnicos y científicos. Así se atrevió a diagnosticarlo el médico forense Maximino Cañal, después de realizar la autopsia.

—No hay nada que hacer —dijo enarcando las cejas, con el escéptico fatalismo que caracterizaba sus análisis—. Es un virus que ya casi no existe, y para el que no hay vacuna que valga. Caeremos como moscas —pronosticó impertérrito.

Maximino Cañal tampoco mostró prudencia alguna a la hora de bautizar la extraña enfermedad.

—Se llama *legionella*, aunque allá en Madrid —añadió con acusado desdén— le dicen para disimular síndrome tóxico o neumonía atípica, que es como no decir nada y decirlo todo al mismo tiempo.

Maximino Cañal arrastraba consigo la fama y el provecho. Era un pájaro de mal agüero que no sólo solía dar siempre en el clavo, sino que luego sus tesis se cumplían a rajatabla, de manera que cuando él hablaba así lo hacía un oráculo inexorable. Se pasaba la vida escribiendo unas memorias de muertos siempre inconclusas, porque comprendió que la muerte era precisamente el enigma que había que desentrañar para entender definitivamente la historia de la isla. Además, amenazaba con ellas a todo el mundo, porque conocía a la perfección la vergonzosa enfermedad de todos los que durante los últimos cincuenta años habían muerto sobre la superficie de Salbago. «Todos los muertos están en mis memorias, fotográficamente», decía en las tertulias ante el estupor de sus conciudadanos.

Vivía con una sobrina, que había aparecido con él como un misterio en uno de los viajes que había hecho a la Península, y de la que pocos ignoraban ya en la isla su verdadero destino y función: era su amante, aunque la diferencia de edad entre ambos resultaba tal que podía incluso haber sido su nieta. El doctor Cañal la había iniciado en toda su sabiduría de brujo. Le enseñó los cocimientos, las mixturas exactas de las yerbas en los brebajes y filtros mágicos, los remedios secretos para las enfermedades sin nombre y todo lo que había experimentado en plena juventud con la ayuda de Esteban Padilla en su laboratorio clandestino, todo lo que la ciencia moderna jamás iba a reconocerle, porque no podía ni siquiera imaginar que siguiera existiendo. Desarrolló además una memoria portentosa y desmesurada, que alimentaba con largas horas de entrenamiento cotidiano rebuscando entre los olvidos de todos los demás, incorporando a su archivo de muertes materiales de desecho, accidentes y episodios diversos, fechas exactas y sucesos de todo género que ocurrieron en los últimos cincuenta años en Salbago, de modo que una bandada de pájaros se volvía enjambre tumultuoso en su cabeza durante las veinticuatro horas del día. Eran los recuerdos de los demás, que él tenía que espantar como si fueran moscas hambrientas para darles un orden en el tiempo y entregarlos a su fantástico archivo personal. No se equivocaba jamás, y su segura lealtad para los hechos del pasado despertaba las más entrecruzadas sospechas entre la inmensa mayoría de los parroquianos de Salbago, partidarios por naturaleza de la autodestrucción inmediata y del olvido total de las cosas.

—Cuando uno —dijo siempre Maximino Cañal como máxima absoluta de su existencia— no tiene riqueza, su única fortuna reside en la memoria.

—Dicen, doctor, que la memoria es la inteligencia de los tontos —le intentó aclarar una vez don José de Rejón en la tertulia del casino de Salbago. Quería aguijonearle hasta el fondo el amor propio, pero el médico se tomó su tiempo para responder al heredero del prócer, cuyo empeño por fumarse los puros habanos a la manera elegante de su padre resultaba del todo punto ridículo.

—Eso, don José —replicó el forense un minuto más tarde, cuando Rejón casi se había olvidado de su picotazo—, lo dicen precisamente los tontos que no tienen memoria ni inteligencia alguna en la que apoyarse.

Por saberlo casi todo, Maximino Cañal sabía también que la *legionella* había sido introducida en Salbago por un agente transmisor al que le importaba muy poco envenenar a toda la población del mundo, acostumbrado como estaba a ser él mismo una máquina imparable de matar gente. Vino a la isla desde las tierras desérticas del Sáhara, durante la vergonzosa descolonización española, y había ido a parar allí huyendo de sí mismo y atraído por los rumores de riqueza que bullían en torno a las minas de fosfatos de Bucraá. Era un soldado curtido en la crueldad de los infiernos y el apocalipsis de la guerra, un experimentado mercenario centroamericano que escapó de milagro, tras espolvorear por toda la región el polen maldito de la violencia y de la muerte, a la cólera justamente desatada de las brigadas populares que hoy mandan en Nicaragua.

Se llamaba pomposamente Anastasio Somoza, no hablaba nunca en español sino en inglés macarrónico y nasal, y llevaba tatuadas en el fondo de su alma las más burdas mezquindades del orbe conocido. Como si fuera una condecoración, prendía cosido a su cuerpo un apestoso olor a perros muertos y a bosta de vaca de la que usan los agricultores como abono orgánico para hacer crecer las plataneras. Su particular hidrofobia le impedía cualquier aseo, de modo que para recordar que alguna vez debía lavarse los pies no le bastaba con el tufo inextinguible que lo había hecho famoso en todos los círculos internacionales de la guerra, sino que tenía que apuntarlo indefectiblemente en su dietario de trabajo, entre las múltiples chapuzas de su quehacer cotidiano. Para dormir se quitaba la ropa, pegada a su desproporcionada gordura a lo largo de las horas del día, con extraordinarios esfuerzos y no necesitaba de perchas ni de armarios donde colgarlas, porque su uniforme caqui se mantenía en pie, enhiesto y almidonado, como si estuviera velando el reposo del guerrero invencible. Tal era la cantidad de mierda que su indumentaria militar soportaba dentro de sus fibras. Maximino Cañal pensaba en todas estas cosas, en el momento de echarse silenciosamente a la espalda la ardua tarea de eliminarlo por el bien de la comunidad de Salbago y de las de cualquier parte del mundo.

Nadie pudo evitar que los rumores de la epidemia se esparciaran como pólvora a través de la ciudad y los pueblos de la isla, sobre todo cuando los enfermos del síndrome tóxico empezaron a contarse por centenares. Se supo que su piel se plagaba de moretones verdosos, y que sus huesos se volvían hierros caprichosamente retorcidos entre sus carnes invadidas por el contagio. Respiraban febrilmente, como si el aire fuera a acabárseles en los próximos segundos. Tenían los pulmones agostados por la humedad que les chorreaba de agua el estómago, y les cubría de líquido pegajoso la superficie de la piel sin dejar a salvo resquicio alguno. Sus brazos se atrofiaban en pocas horas, llenos de pústulas, y las piernas se les doblaban como si pertenecieran a futbolistas retirados por el reuma y la vejez. Sus gemidos de dolor sonaban a cacharro de ferretería, y la tos y el sudor de sus cuerpos arruinados desprendían un mal olor de mineral podrido. Finalmente, morían bañados en herrumbre, entre chirridos de dolor metálico que ningún bálsamo del universo alcanzaba a remediar.

—La ciencia ya no sirve para nada —dijo Maximino Cañal, para quien las autopsias habían dejado de tener el más mínimo interés médico, porque era evidente que todos los fallecidos padecían los mismos síntomas.

—Ahora comenzarán los desmanes —apostilló como un profeta que ya hubiera vivido aquella misma experiencia en otra vida.

—La cosa va a durar por lo menos tres meses —advirtió para que los insulares tomaran todas las medidas precautorias.

IX

Horacio Rejón se dejó convencer por Mara Florido. Siguiendo su consejo compró en el cambullón una escopeta de caza de cañón doble, de fabricación inglesa, capaz de derrumbar de un solo disparo a un rinoceronte en plena carrera y a la distancia de más de cien metros. Trajo también hasta su casa un camión lleno de provisiones y conservas, laterio, botellas y salazones de cherne, cuarenta sacos de papas, y dos magníficos frigoríficos blancos, cromados en sus picaportes y embellecedores, para depositar en su interior los alimentos que habrían de mantener a la pareja durante los tres meses de asedio que Maximino Cañal dio de plazo para la erradicación del virus.

Parecía como si la tercera guerra mundial estuviera a las puertas, y en la casa de los Rejón se hubiera refugiado un regimiento entero de hombres hambrientos. Después mandó ponerles trancas insalvables y blindajes a todas las puertas exteriores de la casa, tras clavar un calendario en la cabecera de su cama con el que poder seguir el rastro exacto de las huellas mortuorias. Desde la ventana del *hall*, en el piso superior, después de encerrarse en la casa para salvarse de la hecatombe que se venía encima de la ciudad, vio que la arena seguía cayendo sobre el asfalto, que los automóviles estaban ya casi tapados por la tormenta seca, y que las pocas personas que deambulaban despistadas aún por las calles semidesiertas se hundían hasta la cintura en el inmenso océano amarillo.

En su fuero interno, Horacio Rejón sostenía la falsa certeza de que estarían allí totalmente amparados, y se armó de paciencia para irse acostumbrando al lento paso del tiempo en su lujoso encierro. Comenzaron entonces a desprenderse cadenciosamente del almanaque los días enclaustrados, mientras la pareja iba enroscándose en el camino de la gloria, al margen de Salbago y sus desgracias, entre el paraíso cada vez más fulgurante del amor humano y la invencible naturaleza de la muerte que los rodeaba por fuera.

Las hiedras de hoja perenne, plantadas por Mara Florido en la casa de los Rejón, ascendieron con lujuriosa rapidez por las paredes y las tapias de los patios, y se arrastraron por la tierra de los parterres en los jardines, cubriéndolos con caprichosos murales y zigzagueantes vértigos de color verde violáceo, que daban una condición casi bucólica a la imprevisible conducta de aquel mundo vegetal. Horacio Rejón ejercitaba su ocio obligatorio en artes domésticas y pacíficas, que para sí hubieran deseado muchos como objetivo final de su destino perdido por el tiempo. Se extasiaba aprendiendo a oír la música clásica cuyos ecos se desperdigaban por la casa hasta los primerizos momentos de la madrugada de cada día. Y durante las horas de sol llegaba casi al éxtasis abstraído en la lectura de libros raros, escritos por autores fuera de uso, que había rescatado en su mayoría de la apolillada biblioteca de su abuelo.

Como preludio de amor, dialogaba sobre misterios insondables, estrellas del firmamento e historias extraterrestres con

Mara Florido, tratando quizá de encontrarle al universo la puerta escondida por donde finalmente ambos se elevarían hasta los cielos. A través de las paredes de las alcobas, en los pasillos y en los salones, se escuchaban los pianos de Mozart y de Schubert, el clavicémbalo de Domenico Scarlatti, los largos violines de Vivaldi, el suave tacto romántico del adagio de Albinoni, las extravagancias sonoras de Gustav Mahler o la rotundidad exageradamente perfecta de Ludwig van Beethoven, tramadas en una soberana sinfonía que saltaba incluso por encima del más alto volumen del tocadiscos.

Con igual pasión se ensimismaba en los plomizos tomos que Menéndez Pelayo escribió sobre los herejes españoles, en los encendidos dogmatismos de Donoso Cortés y, sobremanera, en las obras casi completas de Ortega y Gasset, doctrina cuyos cien mil mandamientos filosóficos se encerraban en dos, como si se tratara de las leyes divinas, yo y mis circunstancias, erudita síntesis de millones de palabras que no añadían nada nuevo a la evidencia inventada más de mil años atrás por la sabiduría popular de todas las latitudes del mundo, que terminaban siempre proclamando que cada uno es cada uno y cada cual es cada cual. Tales monumentos de cultura se trasegaba, adosado en insólita fruición, el hijo adorado de un republicano español que logró salvar la vida por el canto de un duro, para enriquecerse después en América a expensas de los fondos que la Segunda República sacó de España con la exclusiva finalidad de fundar una resistencia exterior, capaz de devolver la democracia a un país esquilmado por la codicia de tantos a lo largo de los siglos, cuyo instinto de supervivencia era tan increíble que a pesar de que todos los gobiernos habidos en él, desde la Reconquista de los Reyes Católicos hasta el día de hoy, trabajaron con inaudita devoción para hundir lo aún no habían podido conseguirlo.

Juan de Rejón, capitán de las milicias populares de la República en guerra, escapó al degüello huyendo por el puerto de Valencia, antes de someterse como otros miles de ciudadanos españoles a los santos oficios de los ejércitos nacionales del General Franco, y llegó a Veracruz, al otro lado del Océano, con los ojos derrumbados por la desilusión, las espaldas dobladas y el alma pegada a los pies. Era portador secreto de los dineros republicanos, y con la sana y loca intención de crear un ejército internacional que volviera a la carga imposible contra Franco, al sueño de la reforma agraria y a la soberanía popular, se instaló en Coyoacán en un cuartel general que hacía las veces de embajada oficiosa, a dos pasos de la Ciudad de México, justo donde otro español con los cables cruzados en la cabeza se atrevió a conquistar la confianza del viejo León Trostky para terminar reventándole las venas de la vida con un pico de alto voltaje mortal. Ahí fue donde empezó Juan de Rejón su sorprendente e irresistible resurrección, al amparo de ciertos funcionarios del gobierno de Lázaro Cárdenas, cuyas influencias mordían beneficios en todos los negocios de México.

—Olvídate de la aventura. Franco ha ganado la guerra, y tú, Juan, tienes que buscarte la vida —le dijeron ante su asombro—. Lo mejor es que inviertas en bonos del Estado. Ahora hay una gran ocasión y dan unos millones de la chingada por ese dinero que tú traes.

Juan de Rejón siguió al pie de la letra las recomendaciones de sus nuevos amigos. Estaba demasiado cansado para oponerse a la tentación, e incluso para ver cómo en pocos meses subía desmesuradamente su fortuna personal, por mor de una magia tan nueva y espectacular que el mundo comenzó a antojársele un lugar genial, plagado de dulces maravillas. Aprendió a ser definitivamente inteligente cuando se enteró de una vez por todas que el dinero nace, crece, se reproduce multiplicándose por mil, y finalmente no muere como ocurre con todo lo demás, sino que su materia se transforma si se le encierra debidamente en las silenciosas cámaras de los Bancos que lo echan a caminar por los más insospechados senderos. Había descubierto el milagroso misterio del capitalismo. Surgieron después sus pozos de petróleo, sus acciones en las mismas entidades de ahorro en las que se apareaban y parían como conejos sus dineros indebidamente apropiados, sus condominios en sociedad con influyentes políticos mexicanos, sus empresas constructoras, sus haciendas, sus torres de cemento, sus fábricas de maderas y todo un resplandeciente prestigio conseguido a través de la derrota más cruel e injustificada de las guerras contemporáneas.

Cuando era niño, María Guayedra le había echado las cartas y se lo pronosticó en Agaete. «Dios, mi niño —le dijo la mayordoma haciéndole la señal de la cruz en la frente—, aprieta, pero no ahoga. Nunca desampara a quien cría.»

Juan de Rejón se convirtió en un hombre de suerte irreductible, con armadura de héroe mitológico a los ojos de su único vástago, tenido en veleidosa coyunda con una actriz de origen italiano, Silvana Frascachini, cuyos descomunales encantos despedían tal grado de electricidad que, después de tres años de tumultuosas relaciones, la piel del republicano presentaba ostensibles huellas de quemaduras de pasión, se volvió de un color moreno azulado y se llenó de pequeños cráteres como si la hubiera picado una viruela insaciable. Todo acabó repentinamente, porque Silvana Frascachini se cansó de ser el lujo más preciado del republicano español, y se decidió a marcharse sola a Broadway para seguir su ascendente carrera de actriz. Pero más que conseguir el estrellato, la Frascachini se estrelló como una pita contra la tramoya inexpugnable de los teatros y agentes newyorquinos, y su fracaso fue absoluto. Al final, convencida de su ruina y acuciada todavía por las vanas ilusiones que le rondaban la cabeza como moscardones gigantes, se suicidó ahogándose en champán mezclado con ginebra, no antes de escribir un arrogante testamento para enviárselo a Juan de Rejón. «Prefiero morir con honra que vivir con vilipendio. Prefiero ser una muerta alcohólicamente anónima, que un vivo tan borrachamente famoso como tú», leyó anonadado Juan de Rejón, y aunque su mujer nunca le había hablado tan claro a la cara dio de inmediato al olvido la altivez testamentaria de la actriz. Anduvo tres días guardando un luto lleno de rigor y de silencio, y embriagándose por compromiso en la soledad de la alcoba en la que había vivido el amor con la vedette italiana. Pero después volvió al trabajo como si tal cosa, porque se acordaba que nada tan horrible le había ocurrido en su vida como la derrota de la Segunda República y el triunfo de Franco. Todo lo demás eran gajes del oficio, nervaduras añadidas a la sal de la existencia.

Horacio Rejón Frascachini, que en ningún momento usaba el apellido de su madre, jamás llegó a saber que la casa que ahora habitaba en la isla de Salbago, rodeada de *legionella* por todas partes menos por una, la del amor de Mara Florido, había sido comprada por él mismo con el dinero robado por su padre a la Segunda República española. Ignoró para siempre que la fortuna que heredó en Valencia y en Maracaibo, en Venezuela, la adquirió Juan de Rejón gracias al interesado apoyo del presidente Marcos Pérez Jiménez, con quien llegó a un sustancioso acuerdo para empicharle todas las autopistas del país con un asfalto japonés de ínfima calidad, además de ahorrarse el gasto del peralte en las curvas y en las rectas, razón entre otras por la que los coches de los venezolanos se resbalaban sobre el firme y acababan echándose a volar y estampándose contra el silencio de los alrededores. Para entonces Juan de Rejón era ya tan rico y ambicioso que no guardaba recuerdo alguno de sus escrúpulos ideológicos ni de la Guerra Civil española, porque su conciencia se había comido del todo cualquier alarido sentimental que se le hubiera quedado colgado en el fondo del alma.

Como un papagayo repetitivo, como si fuera el primero de la clase, como un opositor a la abogacía del Estado durante la época decrépita de la posguerra, Horacio Rejón le contaba a Mara Florido la multitud innumerable de batallas que Juan de Rejón se había inventado para levantar en el corazón ·de su hijo la leyenda de una biografía inexistente. De vez en cuando, Horacio Rejón se enardecía reverdeciendo los recuerdos y revisando con devota admiración el álbum de fotografías de la vida de su padre, para cerciorarse sobre todo de que seguía allí, impertérrita, la imagen casi sepia que inmortalizaba al capitán de las milicias republicanas luchando a brazo partido en las calles de la capital de España, en la Ciudad Universitaria, en el Campo del Moro y en el Parque del Oeste, disfrazado siempre con una estrafalaria indumentaria militar. Ahí estaba también el fastuoso momento del triunfador en pleno éxito, fénice surgido de las cenizas temblorosas de la guerra, posando en la terraza más alta del mundo, en la cima del Empire State, en New York. O esta otra fantástica instantánea captada felizmente en el restaurante de la Torre Latinoamericana, en el Distrito Federal de México, junto a su madre, Silvana Frascachini, saludada con un afectuoso cariño en ese mismo instante del flash por un viejo sonriente que se llamaba Luis Buñuel, director de cine. Porque lo que ocurría es que Horacio Rejón estaba tan ciego, tan engañado, tan encerrado en la leyenda de oro creada por su padre que, aunque se lo hubieran jurado, justificado, argumentado y constatado hilo por pabilo, nunca habría estado dispuesto a creer que detrás del mito se escondía un bastardo de verdad, un hijo de puta en toda regla, por cuya presencia Amalia Medina de Rejón se exilió en la más absoluta y pertinaz abstinencia de su propia carne, y que finalmente se había adjudicado sin pudor alguno los fondos de la República española, hasta llegar incluso a perder del todo la memoria histórica de la Guerra Civil y la deuda de esperanza que contrajo con los derrotados y consigo mismo.

Ahora estaban en el *hall*, hablando de la batalla de Brunete, la preferida de Horacio para contársela a Mara Florido porque lo hacía con la frescura y la verosimilitud de quien la hubiera vivido personalmente.

—Aquí, Mara, estábamos nosotros, los leales —explicaba Horacio Rejón sudoroso por el fragor de la pólvora recién estallada—. Y dos metros más allá esos cabrones de los fascistas con los moros borrachos a la cabeza y una artillería que nos reventaba las líneas a cada rato.

Entonces Horacio Rejón se arrastraba por el suelo de madera del salón para marcar las alternativas del combate, haciendo con los tacones de sus zapatos el golpetazo seco de los cañones en plena descarga. Se movía como un felino de un lado a otro del *hall*. Saltaba del Ebro desbordado por los cuerpos de los muertos a la llanura de Guadalajara, por donde los italianos corrían como gamos muertos de miedo. «Se creyeron que esto era Abisinia», dijo poniendo voz militar en su tono. Situaba a Líster en primera fila, hablando con Modesto y El Campesino. Se dirigía a Miaja en voz alta, dándole órdenes, tuteándolo como si el general estuviera allí mismo. Desplegaba los soldados de plomo que había comprado como si fueran la vanguardia del Quinto Regimiento, y montaba una guerra en miniatura usando los objetos más diversos del salón de la casa. Se volvía de repente sobre sí mismo, accionaba los percutores de ficción, lanzaba granadas sobre las tropas de Muñoz Grande y Alonso Vega, soltaba gritos de júbilo cuando daba en el blanco o de muerte cuando los enemigos daban con sus ejércitos, caía despedazado en una esquina del *hall* para levantarse un segundo más tarde lleno de ira y descargar toda la munición disponible sobre los batallones enemigos, parapetados detrás mismo del sillón de terciopelo rojo, lugar privilegiado para la observación desde donde Mara Florido seguía las evoluciones bélicas de los contendientes inventados por la dislocada imaginación del amante. El suelo quedaba siempre regado de moros al final de las batallas, que inexorablemente ganaban los soldados de plomo de la República, de manera que no importaba gran cosa saltarse a la torera fechas, matanzas, asedios, bombardeos, derrotas o victorias, con tal que las tropas de los nacionales fueran vencidas y despatarradas en aquella guerra chiquitita e interminable, plagada de muertos invisibles y sometida al capricho intempestivo de un fabulador cuya virtud fundamental era haberse aprendido de memoria las hazañas que su padre le inculcó desde niño en el exilio mexicano.

Estaba a punto de conseguir que el General Franco se rindiera incondicionalmente, cuando sonó repentinamente el timbre de la puerta de la calle. Horacio Rejón despertó del pasado, salió de un solo golpe del frente del Ebro y agarró entre sus

manos la escopeta de caza de cañón doble. Después miró con
atención por una de las ventanas entreabiertas. No había nadie
en la calle. Eran exactamente las seis de la tarde, y la calima
había dejado de llover sobre la ciudad de Salbago.

X

El suceso se repitió durante varias semanas. Todos los días, a las seis en punto de la tarde, el timbre de la puerta sonaba con la misma estridencia que la primera vez. La casa entera se despertaba puntualmente del silencio, alborotada de repente por la impertinencia de aquel zumbido.

El timbrazo restallaba sobre los espacios vacíos, llenándolos con un eco de zureo repentino, cruzaba relampagueante las solitarias galerías y levantaba un crujido de pavor en las maderas del suelo, distendidas por el calor, hasta perderse hacia las lejanías del jardín, como si voces que parecían serlo de verdad inundaran de jolgorio todos los habitáculos de la casa. Puntualmente, Horacio Rejón Frascachini cargaba la escopeta inglesa de cañón doble y se atrincheraba en el patio central de palmeras, parapetándose a media docena de metros de la puerta principal, cerrada a cal y canto para que ni siquiera por sus resquicios pudiera penetrar el microbio portador de la enfermedad del herrumbre. En la penumbra siempre ambigua del amanecer, Horacio Rejón soñaba de ansiedad esperando entrar en combate, cuando por allí irrumpiera de un momento a otro una intempestiva jarca de cuatreros, hampones y muertos de hambre que tomarían la casa por asalto, violarían ante sus ojos repetidas veces a Mara Florido, robarían todos los alimentos y huirían de nuevo como sombras hacia el interior de la epidemia, después de haberles dado a los dos una muerte horrible tras prender fuego a los cuatro costados de la casa. Horacio Rejón estaba dispuesto a ser un héroe de la resistencia, como su padre en el Madrid republicano de la guerra de Franco, y a vender cara la derrota final ante los descamisados de Salbago, como la República ante las tropas desalmadas del general faccioso, si esa ocasión se presentaba cualquier día de estos a las seis de la tarde en punto, segundos después de sonar el timbre de la puerta de la calle.

Horacio Rejón vivía obsesionado durante la cuarentena, porque no había sabido digerir el rechazo de su familia y tampoco comprendía los desajustes naturales de la epidemia. Frecuentes altibajos lo hacían cambiar de estado de ánimo, de modo que muchas veces discutía con Mara Florido problemas que estaban fuera de hora y de lugar, sólo por convencerse de que la mujer seguía amándolo con todas sus fuerzas. Enclaustrado a su pesar, Horacio Rejón vigilaba cada paso de Mara Florido porque había caído en la cuenta de que ella era ahora la única razón que lo mantenía unido al mundo de la vida. Lo demás era un sopor a su alrededor, horas muertas de tedio y de aburrimiento, recuerdos apoltronándose en su memoria revuelta por los viajes y los más recientes acontecimientos.

Pero salvo esa bocina insistente y enloquecida de las seis de la tarde, la calma se aposentó en la casa de los Rejón sin ser turbada por ningún otro motivo. Mara Florido se había vuelto más comprensiva y magnánima, más casquivana y dadivosa en el amor que nunca lo fuera. Su vitalidad de hembra quedó reduplicada a primera vista por el encanto del encierro, asumido por ella silenciosamente el pacto tácito e inmortal con las tías albinas de Horacio Rejón. Mara Florido no podía hablar con ellas, porque estaban muertas, pero se entendían por señas y muecas que le salían del interior de su alma con absoluta y natural espontaneidad. Su apetito carnal se desató hasta volverse maniáticamente científico y su curiosidad afrodisíaca arribó a zonas perdidas y enfermizas, que habían permanecido hasta entonces rigurosamente ocultas en el cuerpo de Horacio por la fuerza de la educación al uso. Mara Florido lo dejaba jugar con los soldaditos de plomo durante las tardes del encierro, porque sabía que la guerra de juguete era un sedante óptimo para los nervios de Horacio Rejón y además le daba el tiempo libre más que suficiente para entrevistarse entre gestos extraños con las tías albinas de su amante.

En los ratos de amor, resbaladizos y flotantes a un tiempo, Horacio Rejón disfrutaba como un niño cabalgándole a la mujer todas sus geografías, como si en realidad ella fuera el mapa extendido de la madre Europa y él, Horacio Rejón, el bárbaro Atila, rey de los hunos atravesando con sus fantasmales ejércitos las llanuras, los montes y las selvas negras de un continente nacido para la violencia y las guerras mundiales. En los ijares sudorosos de la yegua domada por la pasión, hincaba Horacio sus dientes bañados por la saliva, y la obligaba a galopar relinchando de placer hasta bosques interminables y tupidos a los que se alongaban sólo para sentir el vértigo que entraña siempre penetrar en un territorio desconocido.

Fue en una de esas cabalgatas cuando Mara Florido descubrió la insólita y morbosa mutación de Horacio. Una y otra vez había bañado en saliva el cuerpo del amante y, casi al final, se detuvo en el dedo gordo del pie izquierdo que curiosamente se inflamaba de una sensación placentera que no acababa de licuarse en semen porque era imposible que ese fenómeno milagroso llegara a producirse. Mara Florido aplicó allí sus labios, insistiendo artesanal y lujuriosamente hasta que provocó una transformación que era muy difícil de explicar desde las rígidas leyes físicas que siempre han gobernado el mundo. Ese masaje bucal de la mujer, otorgado con total entrega por los cinco sentidos femeninos, fue poco a poco reblandeciendo la

uña del dedo hasta hacerla desaparecer del todo para dar paso
a un glande espléndido, brilloso y pulido, que se llenaba de
sangre con la pasión animal de un amor raro y descomunal.
Para ser perfecto el falo insolente que a Horacio Rejón le
había crecido en el dedo gordo del pie izquierdo, sólo le faltaba
eyacular como si tal cosa. Pero, de todos modos, Horacio Rejón fue en esa temporada de enclaustramiento un hombre con
dos pingas: la de siempre, que cumplía el juego final del rito
amoroso, y esta otra nueva sin testículos ni vello que la ro-
deara, surgida en el finisterre inferior de su cuerpo por la
excelsa voluntad de Mara Florido. Aunque nunca consiguió
correrse por allí, Horacio Rejón gozaba de tal manera con la
masturbación labial de Mara Florido que en el éxtasis sostenido largaba por la boca versos completos de *España, aparta
de mí este cáliz,* que su padre le había inculcado como lectura
obligatoria cuando vivía en Coyoacán.

   —«*¡Cae agua de revólveres mojados!*» —declamaba Horacio
Rejón en el centro de la euforia amorosa, mientras Mara Florido lamía alternativamente los dos glandes de su cuerpo.

   Y un segundo más tarde, entrando en el delirio a la velocidad de la luz, empalmaba el poema elegíaco de César Valle-
jo con algún texto de Donoso Cortés, perdido en su propio
subsconsciente, extendiéndose en un monólogo incomprensible
en torno a las consideraciones del cristianismo como una civilización completa.

   —«*Mientras que la civilización de los gentiles fue una im-
perfecta cultura*» —decía Horacio Rejón segundos antes de
embeberse ya totalmente borracho en el relato a media voz de
las crónicas ficticias de la toma de Madrid o de la batalla de
Teruel, narradas cada vez con mayor riqueza descriptiva.

   Incluso dormido, casi un sonámbulo, llegó a revolverse
en la cama para cabalgar a Mara Florido como un luchador
febril e incansable, de noche o de día, al pleno sol del patio o
en el cobijo sombreado y soporífero de las alcobas, porque su
furor erótico no encontraba fin en el silencio y en el descanso,
sino como si en su interior habitara un demonio desconocido

hasta ahora, que sólo descabalgaba de su yegua de amor cuando el timbre de la puerta sonaba exactamente a las seis de la tarde con la exquisitez británica de un visitante puntual.

Entonces saltaba como una pantera negra de dondequiera que se hallara. Salía del letargo en un momento de lucidez y, regresando a la realidad, se aprestaba a la defensa de la casa.

—No es nadie, Horacio. No es nadie —le repetía Mara Florido tratando de tranquilizarlo.

Pero Horacio Rejón desoía las sugerencias de Mara Florido. Estaba nervioso, sometido a una tensión que nunca antes había sentido en su ánimo, y seguro de su triunfo final sobre los espectros que querían invadirle la casa. Así, en un solo suspiro desvanecido a las seis de la tarde de cada día, pasaron las semanas sin que Horacio Rejón acabara por acostumbrarse al zumbido del timbre en sus oídos. Un día cualquiera decidió abrir desde dentro la puerta de la casa que daba directamente a la calle, después de levantar las trancas polvorientas. Armado con la escopeta inglesa de cañón doble, destrozó a culatazos el timbre alborotador y arrancó de cuajo los hilos metálicos de la luz para quebrar de un golpe la impunidad constante del timbrazo. Pero ese mismo día, cuando creyó que había derrotado para siempre a su invisible enemigo, el timbre volvió a sonar a las seis en punto de la tarde como si el complicado mecanismo que había desarticulado con sus propias manos siguiera vivo para robarle la paciencia con su chirrido espantoso.

Sólo Maximino Cañal, el médico forense, podía recordar que don Francisco de Rejón había fallecido a las seis en punto de la tarde en aquella casa secularmente monárquica que ahora habitaba Horacio Rejón Frascachini. Fue en un día calimoso y gris, que presagiaba desgracia, y Maximino Cañal se aprestó de inmediato a señalar en su diario secreto todos los detalles de la ceremonia fúnebre.

—Son demasiados cavando mi fosa —le dijo el prócer isleño con un gesto de cansancio, mientras observaba con ojos distraídos el incesante besamanos de cientos de parientes que habían acudido ante su lecho a darle la despedida, sin poder ocultar en sus muecas reprimidas que ya sólo esperaban que de la muerte del viejo se desprendieran las migajas de la herencia.

—Por eso se lo he dejado todo sólo a mis hijos legítimos, Maximino. Los demás son tantos, que lo más seguro es que quién sabe —le dijo don Francisco de Rejón.

Todavía el pueblo de Agaete era un predio del señor de Rejón, aunque los tiempos habían ido eliminando el privilegio absoluto de su voluntad sobre la de los demás. Al menos la parte derecha de las tierras aledañas al barranco seguía siendo de su propiedad a la hora de su muerte, desde la entrada del pueblo por la carretera de asfalto que llegaba de Salbago hasta las cumbres que ascendían hacia el valle y se perdían en las verdosas medianías del Tamadaba, justo donde estaba la cueva de Requilorio y sus plantaciones de yerbas curativas. El Huerto de las Flores había conseguido en esa época una envoltura de leyenda y mito de tal envergadura que la Universidad de Montpellier había enviado, poco antes de morir don Francisco de Rejón, a un experto científico descendiente de españoles de la Guerra Civil, Charles Delicadó, para que recopilara todos los datos posibles sobre las raras especies botánicas de las que tanto se hablaba ya en los departamentos académicos de toda Europa.

Charles Delicadó sólo pudo hablar una vez con don Francisco de Rejón, en la casa de la ciudad de Salbago, pero el prócer estaba ya en plena decadencia psíquica porque esperaba únicamente volver a ver a Dios convertido en fogonazo blanco para morirse, y esa manía persecutoria le impidió a Delicadó sacar alguna conclusión seria y rigurosa sobre los amores históricos de la Duquesa de Tormes y don Francisco de Rejón, capítulo que le sirvió como perentoria excusa para llegar al fondo del misterio que tuvo lugar en el Huerto de las Flores y que, de ser cierto, volvería del revés toda la botánica universal, porque el cultivo y florecimiento imposible de un árbol que daba frutos de casi todas las especies conocidas, que don Francisco de Rejón consiguió con fantásticos injertos de inverosímil codificación científica, valía la pena darlo a conocer al mundo. De sus ramas pendían racimos de naranjas maduras y dulcísimas, de piel olorosa que se desprendía con suma facilidad de la pulpa, ciruelas agridulces, limones cuyo jugo se acercaba al sabor del malvasía afrutado tras años de paciente maceración, manzanas, pitangos, nísperos con gusto de alcohol que trastornaba los sentidos más firmes, duraznos de cáscara dura y de carne sabrosísima, limas, plátanos, guayabas, y toda una variada y heterodoxa infinidad de frutas tropicales que rompían el esquematismo de las leyes naturales de la época.

Maximino Cañal recordaba que don Francisco de Rejón, en sus años de obsesiva lucidez botánica, le había comentado repetidas veces que estaba a punto de fabricar un secreto que enloquecería al mundo y borraría del mapa científico tanta dogmática solemnidad. Se lo había dicho porque sabía que el doctor Cañal era creyente de las maravillas, y porque al final se había convertido en uno de sus más cercanos confidentes a pesar de las distancias ideológicas que separaban a ambos.

—La Duquesa ya lo sabe —le dijo don Francisco de Rejón harto de ron de caña—. Cree que en Madrid me van a tomar por loco y por brujo. Es un modernismo que no te van a permitir y a lo mejor hasta te queman por hereje, me dijo cuando vio el experimento.

Don Francisco de Rejón se lo comentó con un deje desazonado en sus palabras, pero con la ritual alegría de quien sabe que tiene la trama de un secreto revolucionario escondido en la palma de su mano. Salvo la Duquesa de Tormes nadie había llegado a ver de cerca el árbol imposible de don Francisco de Rejón, pero todo hacía suponer que aún vegetaba triste y solitario en algún recóndito lugar del Huerto de las Flores. En la ciudad de Salbago y en Agaete, Charles Delicadó encontró a mucha gente dispuesta a hablar del árbol. Pero sólo lo hacían de oídas, porque eran muchos los diletantes de la leyenda y muy pocos los que podían sostenerla como testigos. De

modo que el descubrimiento era tan sólo una hipótesis de trabajo que había sido publicado en algunas revistas especiali-
zadas de Europa, dibujada su cornucópica silueta en páginas
de papel cuché, y adornada con una literatura que llenó de
curiosidad y asombro el espíritu emprendedor y aventurero
de muchos estudiantes universitarios.

Cuando Charles Delicadó le habló a don Francisco de Rejón del árbol de las frutas, el anciano sonrió con la desgana
de los derrotados por la vida, tiró fuertemente del puro habano que saboreaba como golosina tempranera, miró al francés
con una ironía que sólo los isleños alcanzaban a traducir en
gesto distanciador y dijo: «Si se refiere al árbol del bien y del
mal, está usted jodido y perdiendo el tiempo. Es una patraña,
un embuste que me colgaron hace tiempo para que las autoridades de Madrid me quitaran el Huerto por brujería. Fíjese,
todavía no he podido sacudirme de encima esa mentira.» Un
prolongado silencio se espesó a lo largo de la sala de visitas
de la casa de los Rejón, dándole a entender al científico francés que la conversación con el anciano había terminado para
siempre. Toda insistencia para volver a verlo resultó completamente estéril.

—Ya se lo dijo don Francisco, señor —le espetaba María
Guayedra cada vez que el francés se acercaba a la puerta de
la casa de los Rejón como si fuera un limosnero—. El árbol no
existe, ni para bien ni para mal, sino para todo lo contrario.

Pero Charles Delicadó no calmó sus ansias investigativas
con ese galimatías popular de la vieja mayordoma. Al contrario. No podía ya cejar en sus furores y estudios, porque el
árbol del bien y del mal había crecido tanto en su cabeza que
resultaba para él imposible poner en duda la existencia del
fenómeno por el mero hecho de haber pensado tanto en él. Iluminado por una imaginación desmedida, recopiló cuantos detalles sobre el extraño árbol descansaban en escritos apócrifos
y olvidados en las escuálidas hemerotecas de los museos y gabinetes literarios de la ciudad de Salbago. Martilló con su fe
arrolladora a cuantos científicos y diletantes se le pusieron a

su alcance, aunque algunos trataron de pararle los pies con la sana intención de que volviera a posarlos sobre la tierra, abandonara aquella locura y regresara a su cátedra de Montpellier. Dio por toda la ciudad, y por todos los pueblos de la isla que lo acogieron en principio como a un sabio europeo, conferencias incontables en torno al árbol del bien y del mal, y puso numerosos anuncios en los periódicos y publicaciones ofreciendo recompensas por los datos que le aportaran sobre el fenómeno, sin parar de hablar en las tertulias intelectuales sobre las características básicas del árbol del bien y del mal, convencido él mismo de que ésa era la mejor manera de convencer a los demás.

Pero el árbol no apareció por ninguna parte, aunque Delicadó había engrosado ostensiblemente el informe inicial que lo llevó hasta la isla. Cábalas, leyendas, testimonios, documentos, lucubraciones de todo género, artículos de opinión, gacetillas y una resma inmensa de papel escrito y sin catalogación exacta fueron llenando su archivo personal, que sólo por existir hacía paradójicamente imposible la inexistencia probada del árbol del bien y del mal. Finalmente, toda la ciudad de Salbago le fue dando la espalda, lo dejaron por loco y lo degradaron de su condición de científico universitario a parlanchín de feria perdido en su propio laberinto. Charles Delicadó cobró conciencia de su estado cuando se dio cuenta de que estaba solo, totalmente a merced del albur y de la suerte, en una tierra que no era la suya y que lo rechazaba por charlatán y mentiroso.

—Con menos ilusiones, Cristóbal Colón descubrió América. Con menos motivos, la Reina Isabel le dio su confianza frente a los sepulcros blanqueados de la Corte —se consolaba Charles Delicadó en su soledad científica.

En Agaete, donde se avecindó en el clímax de su locura para estar más cerca de la realidad que andaba buscando, escarbó hasta la extenuación cada palmo de terreno del Huerto de las Flores. Con paciencia bíblica catalogó cada planta de cada parterre hasta recuperarle a todas la belleza y la tersura natural. Limpió con afectación enfermiza los troncos y las ramas de los árboles frutales que desfallecían por esa época de abandono y de incuria, y a toda hora recorrió alucinado las sombrías latitudes del Huerto buscando la ubicación exacta de un árbol místico que nadie había visto nunca. Todo mimo de la tierra y los jardines resultó inútil, porque sus pesquisas no dieron resultado alguno. Cuando lo detuvieron por décima vez, porque no pedía permiso para sus investigaciones y se metía en el Huerto de forma clandestina, terminó por conformarse con la plaza de jardinero oficial en los tiempos decrépitos en los que el paraíso terrenal de don Francisco de Rejón pasó a propiedad pública, porque la familia se lo había quitado de encima vendiéndoselo al Estado por cuatro perras con la excusa de no poder ocuparse de su limpieza con el debido interés y dignidad.

Enloquecido por la frustración, Charles Delicadó decidió arrastrarse por las calles del pueblo de Agaete como si fuera un poeta maldito llegado de la civilización al tercermundo, farfullando un francés ambiguo mezclado con fonética argelina para maldecir en todas sus borracheras a don Francisco de Rejón, ese hijo de puta que se ha llevado a la tumba el secreto universal del árbol del bien y del mal por un simple egoísmo de cacique decimonónico, decía a gritos en cualquier parte. «Así es de agotador y ciego el fin del mundo», proclamaba como un profeta en el desierto. El ron de caña le agrió el carácter hasta atravesárselo de parte a parte, y el rencor líquido del alcohol le devoró totalmente la médula del alma, mientras la voluntad se le iba achicando y se fue atrofiando su propia estatura física. Poco a poco perdió el conocimiento de quién era en realidad, y le creció en el pecho el tatuaje perfecto de un destierro definitivo. Todo el mundo acabó por reconocerlo: jamás abandonaría Agaete o la isla de Salbago antes de encontrar el árbol del bien y del mal. Y cada vez que Charles Delicadó declaraba en el mostrador de cualquier cafetín del pueblo que estaba a punto de marcharse a Francia, los contertulios le contestaban con comentarios que provocaban risotadas de insolencia en toda la concurrencia bebedora, con la seguridad de quienes saben de sobra que tienen delante a un prisionero de sí mismo atado a lo más hondo de su voluntad y respirando por una herida incurable.

Así, golpeado por la vida y todavía disertando con cualquiera sobre el árbol del bien y del mal, lo encontró algunos años más tarde Horacio Rejón Frascachini en plena Bajada de La Rama, el día en que quiso matarlo con su escopeta inglesa de cañón doble porque creyó ver en él la transparencia rediviva de Alain Dampierre, que se había fugado de la muerte regresando del camposanto de París donde habían sido enterrados sus restos, envuelto el francés en la miseria inmortal del recuerdo de Mara Florido y con la firme voluntad de llevarse a Europa a la mujer robada.

XI

Maximino Cañal sabía que el padre Echarri le había aconsejado a don Francisco de Rejón que dejara ordenado, cuando estuviera en peligro de muerte y antes de que le aplicaran la extremaunción, que amortajaran su cuerpo envolviéndolo completamente en un hábito de la orden franciscana, porque el diablo se mantiene siempre alejado de cuantos están en evidente posesión de un talismán divino.

—Nadie está libre de pecado —le dijo a Rejón el jesuita vasco—, y menos a la hora de la muerte, Francisco. Lo mejor es saber nadar y guardar la ropa, y para volar hacia el Altísimo es conveniente una apariencia que enternezca al Padre. Después toca a tu humildad e inteligencia que se olvide de tus torpezas en la tierra y de tus debilidades humanas. Pero si el maligno te impide llegar hasta Él, te jodiste. Estás acabado para toda la eternidad.

De este consejo, Francisco de Rejón se acordó en cada momento de su vida y no lo apartó de sí ni siquiera en las épocas

floridas de su jolgorio caribeño ni en su aventura de amor con
Blanca Francisca de Tormes. Momentos antes de morirse, Francisco de Rejón seguía tratando de ver a Dios en su casa, convertido en haz de luz deslumbrante, y tal vez obsesionado por
esa sinrazón se atrevió a asegurarle al médico forense que
volvería allí con esa única intención, aun después de haber
muerto y cuando ya sus restos mortales fueran polvo de la
tierra.

—¿Cuándo será eso? —le preguntó el doctor Cañal acu-
ciado por una morbosa curiosidad de brujo secreto.

—Cuando las condiciones objetivas lo aconsejen —contestó Francisco de Rejón, anonadado ya por los vapores de la
inminencia mortuoria, porque la luz lo había enloquecido hasta tal punto que le parecía imposible morirse sin llegar a verla de nuevo.

Pero Maximino Cañal no estaba en estos momentos para
desentrañar adivinanzas de próceres muertos, adagios desce-
rebrados de la realidad, ni para identificar analíticamente los
símbolos metafísicos de la casa de los Rejón. Entre calimas
y herrumbres, soportando el mayor calor del siglo en la isla
de Salbago, andaba por las calles como un samaritano reco-
giendo enfermos y heridos por la epidemia y trasladándolos
a los edificios que habían sido preparados a toda velocidad
por las autoridades como hospitales de urgencia. El día se le
iba en un soplo, sorteando una inmensa tullidera de enfermos
que cubría hasta el techo todas las camas disponibles y las
literas de todos estos hospitales sin condiciones sanitarias suficientes, que amenazaban con desplomarse y caer como una
ruina sobre la ciudad de Salbago. El doctor Cañal caminaba
absorto entre las víctimas, procurando en silencio el modo
de establecer los guarismos y los mejunjes necesarios para
dar con la vacuna que liberara a la población isleña de la
hecatombe mortal. Después de visitar por última vez cada día
los hospitales inflamados de toses y ruidos de cacharrerías
viejas por causa de los gritos de dolor de los agonizantes, las
pocas horas libres que le quedaban las pasaba en su laborato-

rio clandestino, a escondidas de los ojos de todos, cruzando números extraños con ecuaciones vírgenes y pronunciando al aire plegarias en extrañas lenguas africanas, aprendidas de memoria en sus expediciones al Camerún y al Senegal, y cuya traducción resultaba infructuosa incluso para su cómplice más cercana, su sobrina y amante María Pía de Cañal.

Exasperado por la masacre de la herrumbre, Maximino Cañal se embarcó desesperadamente a la búsqueda de la fórmula escondida de un veneno inédito que acabara con la vida del mercenario Anastasio Somoza. Había llegado al convencimiento de que ésa era la única solución para que la epidemia empezara a remitir y la normalidad regresara a las calles de Salbago, antes de que la isla entera sufriera para siempre el polvo estéril de aquella herrumbre mortífera. De vez en cuando, se volvía hacia el mapa de la ciudad clavado con cuatro chinchetas en una de las paredes de su laboratorio, y lo estudiaba con detenimiento. Después se detenía en algún lugar perdido recorriéndolo con un círculo de tinta roja de rotulador, porque ése era el modo más imaginativo y científico de seguir los pasos y las andanzas que Anastasio Somoza realizaba en la ciudad de Salbago. «A río revuelto, ganancia de pescadores», se decía al doctor Cañal cada vez que acotaba un nuevo barrio con un círculo de tinta roja.

Casas de putas baratas, que olían al moho humillante del sexo comprado, tugurios de mala suerte, bares de puertos casi escondidos en las calas de la isla cercanas a la ciudad, barrios sin ley en los que era necesario pagar peaje para penetrar en sus miserables geografías, apestosos cafetines convertidos en refugios de todos los maleantes que afluían a la isla, casinos de baraja española troquelada por la trampa y loterías de cartones marcados, eran las latitudes más visitadas por Anastasio Somoza en los momentos de la epidemia, vestido siempre el mercenario con su indumentaria militar llena de mierda, sus condecoraciones de hojalata ganadas siempre en guerras que había perdido en cualquier continente y una locura estrábica asomándole por la rendija de la boca en cada una de sus palabras y gestos. Contaba las batallas al revés de como habían ocurrido en la realidad, mostrándose ante la corte silenciosa de sus oyentes como un héroe invencible ante el avance del comunismo internacional. Sobre Nicaragua hablaba poco, porque no quería desvelar que ésa había sido su derrota definitiva. Al contrario. Cuando alguien más o menos informado de los últimos acontecimientos del mundo sacaba a relucir aquella parte del continente americano, Anastasio Somoza se enfurecía, cerraba la boca rechinándole los dientes y soportaba durante algunos segundos un perceptible ataque de epilepsia que hacía cárdeno el color de su cara.

—Volveré —esgrimía como único comentario Anastasio Somoza.

De manera que resultaba fácilmente reconocible por cuantos, igual que él, se daban a la farra y a la diversión indiscriminada porque ya habían perdido la esperanza en la vida, y sostenían que para lo poco que les quedaba lo mejor era prenderle fuego a los cuerpos, a las almas y a sus deseos, y arrasar por el exiguo contenido de sus bolsillos, dilapidando en cuatro días de concupiscencias enloquecidas los esfuerzos acumulados para poder sobrellevar una vejez digna que en los isleños, por mor del clima y la humedad, se presentaba siempre prematuramente. Además, Anastasio Somoza se había convertido en un traficante de penicilina y poseía unos almacenes al norte de la ciudad en los que, de forma clandestina, había hecho acopio de ese tesoro que los médicos necesitaban ahora como primera medida para paliar la epidemia. La penicilina de Anastasio Somoza entraba en sus almacenes perfecta para ser usada, pero en el interior de los silos del mercenario sufría una transformación asesina que los compradores del mercado negro no llegaron nunca a imaginarse. La mitad del contenido de las botellitas de penicilina era absorbido por una jeringuilla de las de inyecciones e, inmediatamente, trasladadas a botellitas de igual medida, tamaño y modelo que las verdaderas. De modo que todas las botellitas estaban a medio llenar por el líquido salvador de la vida de los humanos. Luego, Anastasio

Somoza rellenaba los envases de la penicilina con agua del chorro y los lanzaba al mercado negro con el consiguiente resultado para los ingenuos que se acercaban a sus agentes para calmar los dolores con el bálsamo milagroso.

—Todo esto parece más un carnaval que una epidemia —rezongaba el doctor Cañal, observando desde su silla los barrios que había señalado en el mapa como los más frecuentados por Anastasio Somoza.

Al viejo médico forense no le costaba hacerse con los datos apetecidos y seguir las soñolientas huellas de Anastasio Somoza a lo largo y ancho de los más hediondos vericuetos de la ciudad. «El cochino y la mierda siempre se han llevado bien», pensaba el doctor Cañal, sometiendo sus reflexiones tópicas a la evidencia. Todas las noches que duró el asedio, en lugar de acostarse a descansar, Maximino Cañal se tomaba un litro de café puro sin azúcar, se tragaba una pastilla verde que le transformaba el cansancio en ilusión y el sopor en insomnio, y se encerraba de nuevo en su pequeño laboratorio. Punto a punto había ido señalando en el mapa de Salbago el recorrido cotidiano del mercenario corrompido por el dólar y el fracaso, hasta que supo que era de una pasmosa y rutinaria simplicidad para un general asesino que llevaba encima su propia condena de muerte. Horarios puntualísimos, anécdotas del día, escaramuzas varias y cuantos detalles servían a la perfección de un minucioso plan, trazado para destrozarlo sin remisión posible, quedaban apuntados en el libro de notas del médico forense. Todo lo iba escribiendo Maximino Cañal en aquel diario de notas. Sabía ya de antemano el pulso de la voluntad de su enemigo, sus manías y querencias, sus ambiciones, las calles por las que solía balancear su figura alternativamente, como si fuera un actor de viejas películas del oeste aún en la reserva activa, los andurriales en los que entraba para entretenerse durante algunas horas, los rincones en los que abrevaba su sedienta voracidad, los nombres de las pocas personas en las que llegó a confiar y los de quienes hablaban con él a corazón abierto, los licores y las drogas de las que gustaba para ponerse a bien con su propio cuerpo, las putas preferidas con las que se acostaba y los lugares predilectos en los que llevaba a cabo sus placeres vulgares, el tiempo que dedicaba al amor rápido y los cubículos en los que descargaba su hartazgo resoplando en las madrugadas con la arrogancia de quien se caga impunemente sobre la piel del mundo. Cuantas veces hizo la prueba, Maximino Cañal tuvo al general Anastasio Somoza bajo el punto de mira de su arma secreta, acorralado en su memoria, imaginándole siempre una muerte segura que consiguiera el final de la epidemia. Pudo acribillarlo a cualquier hora del día o de la noche, como le hubiera dado la gana de hacerlo, en una emboscada o de un pinchazo con un cuchillo de cocina, pero no estuvo seguro de llegar a matarlo del todo si no le administraba directamente el ensalmo insalvable para el cuerpo del delito, cuando de una vez tuviera en sus manos el veneno en el que ávidamente trabajaba en la soledad de su laboratorio.

—La confianza lo va a matar uno de estos días —le dijo Maximino Cañal a María Pía cuando se convenció del éxito de su plan.

—Ni siquiera se guarda las espaldas como debiera —le comentó a María Pía una noche en la que el cansancio acumulado durante tantas jornadas de exceso lo tumbó para dormirlo con una profundidad que la mujer no recordaba haberle visto desde que comenzó en Salbago la cuarentena de la epidemia.

María Pía de Cañal intuyó entonces que el doctor había descubierto la fórmula del veneno, y que felizmente se acercaba el final del asedio y de la prolongada enfermedad del hierro, que había hecho que las autoridades de Madrid enviaran a la isla a especialistas de todas las dolencias para que atajaran el mal de cualquier manera.

La repentina rapidez del virus mortal cortó de raíz las cálidas conversaciones vespertinas entre Maximino Cañal y Horacio Rejón Frascachini, cuando los dos empezaban a conocerse de verdad, a estudiarse los defectos y las virtudes, y a estimarse como amigos. La enfermedad del herrumbre arras-

tró al médico a obsesionarse exclusivamente con los oficios
de la vida y la muerte, desde salvador de cuerpos dominados
por el mal hasta sepulturero de cadáveres devorados por el
hierro.

Mara Florido y Horacio Rejón se afanaban mientras tanto
en la religión del amor propio, dándole cuerda a una bomba
de relojería que ambos arropaban en sus manos como si fuera
una inocente pelota de trapo: el eterno retorno del pasado,
dispuesto siempre a regresar a buscarlos. En aquella ciudad
bañada por el sudor enfermizo de la herrumbre no había
lugar ahora para las tertulias distendidas, como cuando se
tumbaban los tres, la pareja y el doctor, en los balancines de
colores estampados de la terraza del Hotel Madrid. Desde
el principio de la cuarentena, el médico se olvidó de los Rejón
porque los supuso a salvo en la casa que había sido de don
Francisco, mientras él se lanzaba como un apóstol a velocidad
de crucero para salvar del naufragio a la ciudad azotada por
aquella tisis agobiante que volvía tornillos inservibles los huesos de los humanos.

Horacio Rejón seguía haciendo la guerra en otra parte, entregado a moldear a su imagen y semejanza la silueta del tiempo pasado que nunca vivió por sí mismo, y encendido a toda
hora por el fuego amoroso de Mara Florido. Tanto el médico
como el joven criollo se olvidaron sin esfuerzo de las tardes
que habían pasado en la terraza del hotel arreglando un mundo que no tenía remedio, colocándole nuevas trincheras a las
hazañas bélicas y a sus recuerdos personales, para terminar
Maximino Cañal hablando siempre del árbol genealógico de la
familia que había fundado la ciudad de Salbago cuando los
castellanos del Imperio se entregaron como locos a la avidez de
conquistar el planeta en diagonal y revirándole los cuatro costados, los Rejón, la estirpe de la que el médico forense parecía conocer todos los secretos.

—Usted es un archivo viviente, doctor —dijo Horacio Rejón, luego de una minuciosa relación que Cañal había hecho de
ciertos pormenores históricos de la fundación de la ciudad

de Salbago. Habló de murallas y castillos, de playas en las que desembarcaron los castellanos y de masacres que nunca estuvieron muy claras. Se explayó en detalles que Horacio Rejón jamás había oído, en la leyenda de los perros verdes que habitaban los montes de la isla y en los amores sacrílegos que don Juan de Rejón tuvo durante mucho tiempo con la mora Zulima. El doctor Cañal sonrió visiblemente satisfecho por la admiración que despertaba en Horacio Rejón su conocimiento de la primera historia de Salbago.

—Lo que ocurre, Horacio —le dijo Cañal— es que con frecuencia tendemos aquí a olvidarnos de quiénes somos. Nos ocupamos poco de reconstruir nuestra propia memoria y acabamos perdiéndonos en un laberinto teórico que nos distrae demasiado de la realidad. Siempre hemos creído que nos están engañando, que somos víctimas de una conspiración eterna que ha caído sobre nosotros como una ceguera bíblica, cuando no somos otra cosa que parte consciente de nuestra propia culpa.

Hablaba sonriendo el doctor Cañal, muy seguro de lo que estaba diciendo.

—En mi opinión —dijo después, casi con sarcasmo—, yo sólo soy un poeta lírico en el desierto. Un observador de la historia que nadie mira, y si parece que sé mucho más que el resto es porque nunca he tratado de ocultar la evidencia, nuestros vicios, nuestras debilidades, todo eso que compone también la forma de ser, bajo el manto protector de la amnesia histórica.

Durante esas tertulias amistosas, Horacio Rejón llegó a encontrarse tan distendido que hablaba efusivamente de su padre al doctor Cañal, entre confidencias y leyendas blancas de la Guerra Civil española.

—Era un genio —decía moviendo la cabeza llena de mitos. Porque en todas las esquinas del diálogo surgía la presencia heroica del capitán republicano Juan de Rejón, convertido en boca de su hijo en el adalid paradigmático del triunfo, de la moral, del hombre que supo hacer de su derrota un templo para erigir su estatua de dios en el altar mayor de la vida.

De su madre, sin embargo, Horacio Rejón procuraba hablar lo menos posible, como si quisiera alejar de sí un espectro de celuloide al que sólo era deseable recordar como algo borroso, como una fotografía en blanco y negro, curtida en sepia por el tiempo, que nunca llegó a concretarse en figura de carne y hueso.

—Tengo de ella recuerdos muy buenos —le dijo Horacio Rejón al doctor Cañal—. En realidad, vivió muy poco con mi padre y conmigo. Lo único que llegó a interesarle en la vida fue el teatro y el cine. Su carrera —añadió lacónicamente, frunciendo el ceño como muestra evidente del rechazo que todavía le provocaba el recuerdo de la madre.

Era verdad que Horacio Rejón guardaba escasa memoria de Silvana Frascachini, y que apenas reparaba en aquella fotografía del álbum en la que la actriz besaba saludándolo al director de cine Luis Buñuel. Secuencias sin orden temporal ni lógica alguna mantenían en la oscuridad del pasado una figura dispersa y siempre errática, el vivo retrato de una huida disuelta en pequeños contactos gráficos revividos por la mente de Horacio Rejón a la velocidad de un vértigo desagradable. Simples *flashes* conectados a su recuerdo por un hilo sumamente delgado y momentáneo que escapaba de inmediato por el aire, serpenteando como cometa de papel hacia regiones mucho más espesas hasta perderse entre las nubes. Una vez en el salón de la casa de El Pedregal, en México, en plena fiesta y ella deslumbrantemente vestida con un traje rojo cargado de brillantes que encendían su cuerpo como una luciérnaga reina que atrae hacia ella toda la luz de la noche; una vez en otra madrugada indefinida, las voces bajas, roncas y confusas, el rumor gaseoso del cansancio y el ruido de unos pasos deslizándose de puntillas sobre el pavimento de mármol blanco en esa misma casa de México, y él bajándose de la cama por instinto de sonámbulo, abriendo los ojos para llegar a ver las siluetas de sus padres abrazadas y tambaleándose en el amanecer, antes de entrar los dos en la alcoba de matrimonio y

cerrar la puerta tras de sí. Y después aquellos sollozos como
gritos que no eran de dolor ni de pena de su madre, dentro de
la alcoba, donde el furor de una pasión que no comprendía de
niño le impedía llevar a cabo el deseo curioso de abrir la puerta y ver lo que estaba pasando en el interior de la habitación.
Una vez más a media tarde, hablando ella italiano mientras le
arreglaban las uñas de los pies y de las manos en la habitación de estar, sus piernas cruzadas con una esbeltez única, y
una bata esplendorosa de color violeta ocultando la escultura
de un cuerpo cincelado en exclusiva para el cine y la fama de
las revistas del mundo. Una vez que quizá llegara ella a acari-
ciarle el cabello, pero casi sin prestarle la más mínima atención porque estaba hojeando las últimas modas llegadas de
Europa en los folletines de lujo. O la última vez que la vio,
cuando gritaba desaforadamente, y él corrió hasta la biblioteca
llegando a tiempo para ser testigo del bofetón que rompía
sobre el rostro de su padre. «¡Hemos terminado, hemos terminado para siempre!», repetía histérica, al tiempo que su padre
la miraba con un gesto de idiota convulso por la sorpresa, y
se dibujaba en su cara una mueca de impotencia que nunca
le había visto antes y que jamás volvería verle después, aunque lo vigilara al trasluz de la mirada a lo largo de tantos años
de devoción, ni siquiera cuando Juan de Rejón recibió la sarcástica misiva del suicidio de su mujer, ocurrido en la sórdida
habitación de un hotel de New York usado con frecuencia para
esos macabros menesteres por cómicos acabados por la bo-
hemia, el fracaso y el vicio licencioso del alcohol.

Eso es lo que quedaba de su madre para Horacio Rejón:
sombras nada más acariciando un vacío, hilachas transparentes paseando su crueldad por el fondo de un estanque de
aguas mohosas, siluetas chinescas de un *puzzle* interminado
para siempre que flotaba en su memoria como un muñeco de
corcho roto antes de empezar a disfrutarlo.

XII

Maximino Cañal, sin embargo, retenía en su memoria una visión muy distinta de Silvana Frascachini. Llegó a observarla bien de cerca cuando ella vino a la ciudad de Salbago rodeada de una estrambótica corte de peliculeros, cámaras, luces, extras, animales, productores cinematográficos, periodistas, peluqueros, músicos y modistos que la actriz gustaba de arrastrar por el mundo para levantar una expectación que la había ya elevado a la categoría de diosa mediterránea con rasgos físicos más que legendarios.

En esa época decrépita de la posguerra española, cuando el General Franco se empecinaba en alimentar al país con himnos triunfales de leche en polvo y con el potaje de lentejas de una paz ficticia, Silvana Frascachini se balanceaba gloriosa en la cresta de la ola de la popularidad universal, mientras el médico forense ya se había dado cuenta de que era peor la posguerra que la infelicidad de la querella librada cuerpo a cuerpo desde los Pirineos hasta la Guinea Ecuatorial. Los grandes ojos negros de Silvana Frascachini, rasgados como almendras africanas, una piel escrupulosamente agarena y generosa con sus apasionados admiradores, cada uno de sus gestos lúbricos y transgresores de una aparente belleza angelical que ocultaba los fuegos internos de una gata solemne y encelada, los pechos perfectos, enhiestos como volcanes en erupción que se dilataban perennemente con la ardiente respiración de la actriz, el cabello azabache recorriéndole en libertad toda la espalda hasta alcanzar una cintura de bailarina egipcia sacada de un escenario faraónico, las piernas sólidas y gráciles a un tiempo, entre pantera negra y gimnasta olímpica, la lisura sublime de sus rodillas que despertaba en los hombres de todas las latitudes un calor de alma que terminaba por fundir en ellos la corrosiva labor de la desidia, sus andares de capricho sinuoso y febril, propios de la serpiente hindú que revuelve su cuerpo ardoroso para hipnotizar el hueco del corazón más salvaje; toda esa figura engalanada siempre con una sensualidad glamorosa, vestida con pieles exóticas y con abrigos de visón blanco en las portadas de la revistas del séptimo arte, toda ella a prueba de modernidad y de futuro perfecto, hicieron de Silvana Frascachini el símbolo cinematográfico de la mujer de la época, cuyos escándalos y jolgorios formaban parte del *atrezzo* necesario de la industria de la superproducción y el cinemascope.

En la ciudad de Salbago casi nadie estaba en el secreto. Don Francisco de Rejón no pareció inmutarse en su soledad senil cuando leyó en la Prensa de la mañana la llegada de la actriz para hacer una película en la isla. A pesar de las cartas y de la perfección con la que ya manejaba el solitario, a María Guayedra no se le pasó por la cabeza imaginar que Silvana Frascachini era precisamente la misma mujer de la que Juan de Rejón le había echado el cuento la vez que vino a Salbago al jubileo familiar del patriarca de la familia fundadora. «El mundo es una mierda llena de generales farsantes, de comunistas y de putas», dijo don Francisco de Rejón después de ver la fotografía de Silvana Frascachini en los diarios, alejando de sí el repentino escalofrío que le produjo el fugaz parecido de la actriz con Blanca Francisca de Tormes. «Ahora sí que es verdad que ya no somos nadie», concluyó para consolar su vejez antes de encerrarse en un mutismo absoluto, abandonando sus ojos en la visión parcial del patio de la casa.

Excepción hecha de los mundanos de vocación y de algunos profesionales que volaban durante los inviernos a Londres y a otras capitales europeas porque se dedicaban a la exportación del tomate, del plátano isleño y de la papa quinegua, nadie en Salbago sabía hasta entonces que Silvana Frascachini había llegado a ser durante más de tres años predio exclusivo de Juan de Rejón, el único hijo republicano de don Francisco de Rejón, que se había hecho millonario en el exilio mexicano después de arrimar a su sardina la parábola de los panes y los peces, y encontrar la verdad de la vida eterna en el dólar americano y en el mundo capitalista contra el que había luchado en la Guerra Civil. Incluso algunos de esos viajeros isleños cuando leían en las noticias de las revistas del mundo que un tal Juan de Rejón, magnate inmobiliario español con residencia en México, se paseaba del brazo por los *cabarets* americanos con Silvana Frascachini, negaban la evidencia de los hechos achacándolo a un error de imprenta o a una mala información del reportero sobre la vida social de las candilejas, porque simplemente no querían creérselo aunque fueran desmentidos de inmediato por la realidad de las magníficas fotografías que publicaban las revistas.

Silvana Frascachini se hospedó en el Hotel Madrid durante el tiempo de su estancia en la ciudad, junto a la tropa peliculera que levantaba oleadas de asombro en los isleños que nunca habían visto hasta ese instante tan aparatoso lujo de movimientos. Pero desde el principio la italiana mostró delirios atrabiliarios de excesiva grandeza, negándose a hacer declaraciones a los diarios y a las emisoras de Radio, desdeñando las invitaciones privadas y las oficiales, y no asistiendo siquiera a los festivales benéficos que las ingenuas damas del *Garden City* de Salbago se habían esforzado en organizar para festejar la presencia de la actriz internacional en la ciudad. Se excusaba siempre afirmando que le dolía la cabeza, cuando no estaba harta del trabajo y de las horas de rodaje, y tenía que acostarse a descansar. Mandó al carajo a media isla, y la otra media tampoco escapó a su desprecio europeo, que enchumbó por igual a los pobres y a los ricos, a los imbéciles y a los inteligentes, a las arrogantes autoridades franquistas que gozaban de la vida como si estuvieran en un virreinato imperial, y a los profesionales liberales cuyo entretenimiento ideal para librarse de un compromiso obligado consistía en mirar a España a través de un vaso de whisky en las rocas y al borde de una piscina de club de lujo, como si la dictadura del General Franco no fuera francamente con ellos.

La desgracia del rechazo alcanzó incluso al futbolista Eulogio Borines, catalogado por la sociedad insular como el mejor poeta de todos los futbolistas y el mejor futbolista de todos los poetas. De él se hablaba no sólo como futuro Premio Nobel, que vengara la injusticia que se cometió antaño con don Benito Pérez Galdós, sino también porque había nacido con la estrella del triunfo sobre la frente y gozaba de un sólido prestigio social, adquirido como irresistible rompedor de corazones de mujeres inexpugnables en su voluntad y en su virtud. Pero Silvana Frascachini no se dignó siquiera recibir en sus recámaras las toneladas de rosas que el futbolista le enviaba cotidianamente desde la cancha del Santa Catalina Club de Fútbol, esperando el asalto a la actriz como los gallos de pelea domingo tras domingo: seguros de vencer. Silvana Frascachini ni siquiera se dejó impresionar por los galardones literarios del futbolista. Eulogio Borines sufrió la mayor derrota de su carrera. De modo que el ridículo fue tan espantoso que hizo las maletas y se marchó de la isla para siempre, hablando de envidias y de resquemores que los isleños no sabían digerir. Años más tarde intentó en Madrid un suicidio frustrado en el que nunca creyó del todo, cortándose las venas de la muñeca derecha con una navaja de Albacete. Lo salvaron de milagro, porque él mismo avisó a unos amigos para que lo sa-

caran del infierno que se le venía encima. Acabó dedicándose
al melancólico vicio de la poesía mística, escribiéndole poemas
al amor de su vida que jamás quiso aceptarlo, y arrastrándose
por las esquinas de la capital como si fuera un fantasma de
otro siglo.

Sólo una entrevista concedió Silvana Frascachini a una
emisora de Radio mientras estuvo en Salbago. El periodista ni
siquiera se atrevió a preguntarle por su vida privada, y ella se
encargó con su silencio de que sus amoríos con Juan de Rejón
quedaran al margen del conocimiento del gran público. Además, la italiana se enfadó al final con los patrocinadores del
programa de Radio, porque no la habían avisado de las cuñas
publicitarias que intercalarían en cada pregunta del periodista
y en cada respuesta de la actriz. De modo que una voz impos-
tada se hacía lugar entre pregunta y respuesta, y decía con
desparpajo: «*Lo dijo el loro: coñac Real Tesoro*», una reco-
mendación que nada tenía que ver con la película ni la carrera
de la actriz internacional.

No se conformó tampoco Silvana Frascachini con la *suite*
de lujo del Hotel Madrid, utilizada por Francisco Franco Ba-
hamonde en los días inmediatos a su levantamiento militar
contra la Segunda República y guardada desde entonces como
si fuera un tabernáculo sagrado, sino que exigió de sus productores la última planta del hotel con todas sus habitaciones para
ella sola. Y más tarde se hizo pedir un piano de cola en el que
pudiera tocar alguna pieza extraña cada noche antes de irse a
dormir, porque el agobiante calor de la isla le impedía descansar y la embarcaba en una claustrofobia nerviosa, que es-
tallaba con frecuencia en llantos histéricos y dolores de cabeza que la enloquecían hasta altas horas de la madrugada. «La
música me amansa —dijo cuando le propusieron una gramola
con discos—. Pero directamente ejecutada. Jamás me han jodido con condón», aclaró gráficamente a los que intentaban convencerla de las comodidades del tocadiscos. Para subir el piano de la Frascachini hasta las habitaciones del hotel hubo que
montar grúas y poleas que ejecutaban en el aire una verdadera

pirueta de ingeniería, y vino a representar un elemento aña-
dido y un espectáculo gratuito para los cientos de curiosos que
se arracimaban en el centro de la ciudad para ver entrar el
piano de cola de la actriz italiana en el Hotel Madrid. Pero
para introducir adecuadamente el instrumento musical en los
gineceos de la Frascachini tuvieron que tumbar antes a golpe
de martillo parte de la fachada modernista del edificio que
albergaba el hotel, y tres tabiques de respetables dimensiones
que dejaron abierto un hueco enorme por donde los obreros
entraron con el piano a hombros, con una solemnidad tan
religiosa que hizo recordar a muchos la liturgia de un enterra-
miento de lujo.

Así y todo, la actriz siguió adelante con sus caprichos, ame-
nazando a los productores de la película con escabullirse de
aquella isla tan aburrida y arruinar el rodaje de las escenas
que aún faltaban para terminar del todo la película. Se que-
jaba a todas horas del calor, de la gente que la rodeaba, de sus
propios compañeros, burlándose a carcajadas de su personaje,
la princesa Guayarmina, y del papel de su *partenaire*, el actor
mexicano Gustavo Rojo. Por todos esos inconvenientes, y porque la historia no se repite una segunda vez sino como una
farsa, la película terminó siendo un esperpento, un parche im-
presentable de una leyenda que desde entonces tuvo menos
crédito que nunca. Pero el fracaso del *film* arrastró a la Frascachini a una depresión nerviosa que la tuvo aherrojada en sus
habitaciones durante algunas semanas, alimentándose exclusivamente con botellones de champán francés, que los camareros acarreaban sin cesar dentro de heladeras gigantescas
para mantener el líquido espumoso a la temperatura apete-
cida por la estrella del cine internacional. Aunque los mozos
del hotel guardaron un riguroso círculo de silencio en torno
al caso, y no pudo nadie confirmar la veracidad del suceso,
llegó a publicarse en un diario de Salbago que Silvana Frascachini vaciaba el champán dentro de la tina del baño y su-
mergía después su cuerpo en la espuma del alcohol de cava

hasta emborracharse por completo en la vaporosa soledad de sus habitaciones.

Maximino Cañal la recordaba todavía saliendo del Hotel Madrid, camino del mundo y empapada de champán como una esponja cargada de líquido. Daba besos inútiles al público absorto que acudió a despedirla, y sonreía agradeciendo al populacho premios y homenajes que nunca habría de obtener en la realidad.

—Una mujer espléndida su madre, Horacio, así la recuerdo yo ahora, créame —le dijo a Horacio Rejón Frascachini el doctor Cañal.

Desde la isla de Salbago voló en avión hasta Madrid, y desde allí a New York, donde ni siquiera deshizo las maletas ni se cambió de ropas, sino que enlazó directamente con Caracas porque era la invitada oficial del Presidente Marcos Pérez Jiménez, un general todo locura de poder, sexo y dólar, que se quedó prendado de la hermosura italiana de la actriz en los tiempos en los que Juan de Rejón viajó a Venezuela para cerrar con el dictador el negocio de las carreteras sin peralte cubiertas con asfalto japonés de segunda mano.

—Quedamos para después de mi película —le dijo entonces Silvana Frascachini a su Excelencia, dado que su relación sentimental con Juan de Rejón marcaba ya sus últimos compases.

Marcos Pérez Jiménez recibió a la actriz con todo género de honores y con todo tipo de agasajos, acudiendo al aeropuerto de La Carlota acompañado por todos sus edecanes y el gobierno en pleno, para rendirle honores militares de Jefe de Estado a su huésped extraordinaria. No faltó otra cosa en este recibimiento sino que las bandas de música tocaran los himnos oficiales de Italia y Venezuela y que, finalmente, la actriz pasara revista a una compañía de honor caminando con un espléndido ramos de flores junto al dictador venezolano.

Después, Marcos Pérez Jiménez se trasladó con ella a la isla caribeña de La Orchila, reservada a los ilustres visitantes de la República y donde el general se había montado un picadero de lujo por todo lo alto, para organizar francachelas que llegaron a codificarse como novelescas gracias al particular fervor que la oposición democrática venezolana puso en el empeño de divulgarlas por el mundo entero. Mientras Silvana Frascachini estuvo en La Orchila, el General Pérez Jiménez se desentendió de las engorrosas tareas del gobierno de la República, y puso toda la carne en el asador del cuerpo y del alma de la hembra sagrada que le caía del cielo cinematográfico. Mandó que todos los diarios de Caracas se pusieran a los dorados pies de la actriz, y la italiana se atrevió a decir en sus páginas que la película que había terminado de hacer en España, en la isla de Salbago, sería un éxito sin precedentes en la historia del cinemascope y del technicolor. Meses más tarde, las revistas del mundanal polvo de estrellas lanzaron a los cuatro vientos la noticia del encuentro amoroso de la bella y la bestia, incorporando al reportaje una fotografía de Silvana Frascachini corriendo por las blancas dunas de La Orchila, completamente desnuda, perseguida a toda carrera por Su Fogosa Excelencia, Marcos Pérez Jiménez, en uniforme de campaña militar y montado en una moto último modelo de marca alemana. El escándalo no causó ni la más ligera contrariedad en el carácter de la actriz. «Es un montaje de los políticos comunistas, que no tienen escrúpulos con tal de conquistar el mundo», declaró la bella en la puerta de su camerino de Broadway, restándole importancia a un reportaje cuya repercusión marcó sin embargo el principio del declive de una carrera artística cuando apenas había empezado en esa época decrépita de la posguerra.

Horacio Rejón dormitaba haciendo guardia en el interior del patio de su casa. Sobre sus oídos soplaba aún el eco del timbre que cuatro horas antes le había obligado a levantarse de la siesta de amor con Mara Florido, a las seis en punto de la tarde. Todavía abrazaba la escopeta de cañón doble, mientras soñaba con los turbios recuerdos de una madre que casi no había conocido. Nunca conseguiría saber si en aquellos momentos abrió de verdad los ojos, pero la noche había oscu-

recido para entonces todos los rincones de la casa y apenas
se oían lejanos rumores de ruidos indefinidos a los que nunca
prestaba mayor atención. A poca distancia de donde Horacio
Rejón estaba reclinado, se movía con lentitud conventual la
ingrávida silueta de un monje franciscano que le daba la espalda con desparpajo aristocrático. La característica más extraordinaria del fantasma era que estaba decapitado, y a Horacio Rejón casi se le paró el ánimo al echarse al hombro la culata de la escopeta inglesa dispuesta para ser disparada sobre
el intruso. Se contuvo unos segundos, reprimido por un sexto
sentido que todos los Rejón portaban inconscientemente en el
fondo de la sangre para reconocer a los miembros de la estirpe. El fraile echó a andar por el patio, subió con tranquilidad la escalera principal, recorrió con paso seguro todos los
departamentos de la casa, se detuvo algunos instantes ante
el inmenso cuadro desde cuyo interior doña Amalia Medina miraba con ojos de rencor de fuego las cosas elementales de los
vivos, se encaminó hacia el patio que Horacio Rejón había
mandado tapiar cuando restauró la casa de su abuelo y, con
la imponente facilidad que poseen los seres del otro mundo
para hacer cuantas cosas imposibles se les viene en gana, des-
clavó la puerta del patio de atrás, levantó las hojas verdes de
las hiedras que Mara Florido había plantado para que cu-
brieran aquella parte de la pared, y se internó silenciosamente
entre la maleza de olor a azufre que envolvía la región olvidada de la casa. Cuando la sombra del fraile se detuvo al final
del jardín, Horacio Rejón tuvo el terrible sentimiento de estar
en las manos de visiones del infierno. Allí había un árbol fantástico, que se había encendido como una zarza en la oscuridad, exactamente donde antes él mismo, Horacio Rejón, sólo
había visto el matojo estéril de un tronco seco que semejaba
naturaleza muerta. Era el fenómeno botánico que había en-
fermado de tristura de loco a Charles Delicadó, el árbol del
bien y del mal, florecido de todos los frutos del mundo, que
años atrás don Francisco de Rejón había trasladado hasta

allí en el más absoluto secreto desde los parterres del Huerto de las Flores.

Horacio Rejón salió corriendo hacia la habitación de Mara Florido. Desde la puerta de la alcoba la vio tendida sobre el lecho, durmiendo plácidamente y al margen de aquella visión que no podría sostener del todo con argumentos de realidad por temor a incurrir en un falso testimonio de dimensiones desproporcionadas.

XIII

—Sí existe, Francisco. Yo mismo he probado algunos de sus frutos —contestó Antonio Marcelo cuando Francisco de Rejón le confesó su incredulidad en torno al árbol del bien y del mal.

Desde que cayó sobre la isla de Cuba la festiva fiebre de la libertad, en esa geografía se bailó al son de alegres turbulencias y todo fue como un carnaval que descubría el mundo con sus ritmos. Cambiaron de color, de la noche para el día, las tierras y sus dueños con el vértigo enloquecido de los tiempos, y se disparó la euforia tabaquera por culpa de la desaforada voracidad de los compradores norteamericanos, que no dejaban hoja sobre hoja antes de ponerle la mano encima.

Hasta entonces, Antonio Marcelo había sido tan sólo el amigo mulato de Francisco de Rejón, y su consejero en la elección de la hoja del tabaco y en la compra de las labores cubanas. Era un torcedor de magníficos cigarros, que cultivaba la hoja en los alrededores de la miserable soledad de su bohío, en las afueras de Santiago. Francisco de Rejón le compraba cantidades de cigarros puros, y conversaba largas horas con él viéndole separar las hojas del tabaco bueno del malo, mirando cómo las iba secando con paciencia y maravillándose ante la belleza y el perfecto terminado de los vegueros. Un día Francisco de Rejón llegó por sorpresa al lugar de Antonio Marcelo. Dio algunas voces para llamarlo y se entretuvo en los aledaños del bohío, admirando los tabacales y los sembrados de Antonio Marcelo. Durante algún tiempo no encontró a nadie. Después, se bajó del caballo, avanzó unos pasos y levantó la lona que guardaba en sombras el interior de la cabaña de Antonio Marcelo. Quedó estupefacto y sin apenas poder reaccionar. Allí había un arsenal, una partida enorme de viejos y empolvados fusiles Remington que venían ya de vuelta de cientos de querellas coloniales. Justo en ese momento, en la frontera de la cerviz, notó un escalofrío que le corrió como un calambre hasta los pies. Lo estaban observando. Cuando se volvió con la fusta dispuesta para el castigo, vio acercarse a Antonio Marcelo mirándolo fijo. El mulato se paró casi delante de él, pero sin desafiarlo.

—Ahora ya lo sabes —dijo Antonio Marcelo—. Son para la rebelión.

Eran los primeros tiempos de la insurgencia, y Francisco de Rejón pensó que aquellos fusiles nunca iban a ser disparados, porque la aventura le parecía entonces un sueño de locos. Asintió en silencio, porque nunca había mantenido discusión alguna con Antonio Marcelo y no quería indisponerse con él. Después de la libertad siguieron siendo amigos. Pero ahora Antonio Marcelo se había convertido en un respetable hacendado, cuya riqueza hizo olvidar muy pronto a la aristocracia blanca y heredera de la colonia española que él no era otra cosa que un negro bembudo, a quien la suerte de la historia había sacado de un sombrío estado de esclavitud. Nunca olvidó Antonio Marcelo la escena de Francisco de Rejón paralizado al descubrir los viejos fusiles de la libertad, y tampoco el silencio que el prócer de Salbago guardó sobre el asunto con exquisita delicadeza. Antonio Marcelo seguía poseyendo en el silencio de sus cinco sentidos la audacia soñadora del tabaco, que impregnaba el cultivo de sus veguerías en Vuelta Abajo. De modo que la hoja que llevaba el sabio terminado de sus ligas lo había transformado en un famoso tabaquero, que no daba abasto a la demanda de los fumadores de Florida y New York.

—Pero lo mejor —agregó Antonio Marcelo acariciando con deleite su cerrada barba— es la resina del tronco. Te la friegas en la punta del tolete y se te aguanta dura como una estaca por lo menos quince horas seguidas —se rió—. Puedes hacerlo sin cansarte hasta siete veces y la sangre te corre por el cuerpo como si fuera ron de caña con miel caliente.

Inmediatamente, la cara de Antonio Marcelo se tiñó con superficiales visos de amargura, siguió columpiándose en la tumbona de palo de rosa y soltó un aromático chorro de humo por la boca y la nariz antes de hablar de nuevo.

—Lo que pasa ahora —dijo pesaroso— es que todo ha cambiado demasiado rápido. Todo es un saqueo, mi hermano. Nadie se preocupa ya por las cosas de la ilusión, y lo único que le importa a la gente es correr como locos detrás del dinero. Todo lo demás no vale una mierda pinchada en un palo. Comprenderás que así no hay nada que hacer...

Antonio Marcelo ya se había convencido de la feroz rapacidad de los tiempos, y daba por hecho que poco a poco iba a caer en el olvido un mundo hecho de sortilegios y de secretos salvadores

Pero desde ese momento, Francisco de Rejón se embebió con la manía del árbol del bien y del mal. Se lo imaginaba durante las noches tibias de Cuba y casi no atinaba a conciliar el sueño, porque apenas cerraba los ojos le caía encima el espejismo en duermevela de un árbol que daba toda clase de frutos, y por cuyo tronco resbalaba el fulminante talismán líquido que alargaba el tiempo del amor hasta la frontera del infinito. Pensó que el árbol del bien y del mal era su destino y su vocación de botánico diletante. Emprendió entonces, sin notar el cansancio, veinte largas expediciones por el mapa acaimanado de la isla de Cuba. Rastreó pueblos y ciudades, investigó en bohíos olvidados y villas dejadas de la mano de los vivos. Visitó la casa de los brujos de cada lugar, subió a las sierras más arriscadas y solitarias, recorrió palmo a palmo los llanos, las medianías y los sembríos de la costa, los puertos de las pesquerías, las playas de arenas amarillas y los acantilados cortados a pico sobre el mar, y revolvió todos los andurriales en los que antaño escondieron sus nidos los cimarrones, bandoleros y clandestinos. Se arriesgó por los barrancos llenos de silencio, por los bosques y los cauces secos de los ríos que se había cansado de caminar antes de alcanzar sus desembocaduras. Cuadriculó como un geólatra enfebrecido todas las latitudes de la isla, atravesándola de parte a parte, de Norte a Sur y de Este a Oeste, para darse siempre de bruces con el mar. Volvió muchas veces sobre sus propios pasos para aquilatar los errores que iba cometiendo sin darse cuenta del todo, y reorganizó la marcha de nuevo, exhausto e incansable, en línea recta primero y diagonalmente después, agotando todas las posibilidades de la búsqueda. Y, cuando ya desesperaba, encontró las huellas escondidas y los orígenes primigenios del cultivo. Compró las semillas exóticas de árboles antiguos que no habían vuelto a plantarse sobre la faz de la tierra desde muchos años atrás. Memorizó en su cabeza todos los rincones en los que le hablaron en voz baja del engendro imposible, estudió los complicados injertos de los guajiros cubanos, y no hizo maldito caso de quienes se santiguaban visajeando contra el mal de ojo a su paso por los caminos y los pueblos. Supo de las temperaturas y de la mezcla exacta de las tierras para conseguir que el árbol resurgiera, porque estaba seguro que llegaría a pegar en alguna umbrosa parcela de su paraíso particular, cuando él volviera a la isla de Salbago y se pusiera a fabricar el invento en el pueblo de Agaete.

Durante el viaje de regreso sólo durmió sobre la cubierta la mala digestión de algunas siestas, en las que siempre aparecía la silueta de Antonio Marcelo, y las noches las pasó todas en blanco, volcado de un tirón sobre los documentos botánicos que había recopilado con fervor religioso en tres largos meses de investigación. «Para que una cosa exista de verdad, Francisco —le había dicho alguna vez en el pasado el anciano padre Echarri—, sólo hay que cerrar los ojos y creer profundamente en ella. La fe ciega —apostilló el jesuita—, mueve montañas. No lo olvides nunca.»

En todo ese tiempo de ausencia, Juan Rosa se había encargado de la hacienda de Salbago porque sabía que don Francisco de Rejón lo perdonaba todo menos la desidia con la tierra cuando él estaba fuera de Agaete. Así que cuando regresó de Cuba lo encontró todo exactamente igual que si él lo hubiese cuidado con el verde esplendor del valle cabalgando sobre los cañaverales y entre las plataneras. Francisco de Rejón llegó a Salbago ensimismado, con el corazón dando brincos incandescentes por el vicio del invento y con el cerebro bombeando ideas locas inflamadas por la ansiedad. Como si fuera un guerrero ilustre a quien se rinde honores al llegar de lejanas tierras, inspeccionó rápida y protocolariamente sus fincas y sus predios y se encerró después cono fuera del mundo en el Huerto de las Flores.

—Estoy metido en un proyecto que revolucionará la vida y tú me vienes con esas tonterías de negocios —le dijo a María Guayedra cuando la mayordoma se acercó a comunicarle que el consignatario de la fruta mister Beacock quería hablarle sin mayor tardanza.

—Comprenderás que en estas circunstancias no puedo ocuparme en dineros ni en mercaderías, carajo. Que hable con Dolores o que lo arregle Juan Rosa —le dijo sin apenas quitar los ojos de los frascos de vidrio llenos de raíces retorcidas en agua turbia que descansaban sobre las repisas de su laboratorio.

María Guayedra había leído en las cartas las rara fiebre de don Francisco de Rejón, y sabía que estaba diciendo una verdad de la que estaba convencido. Porque don Francisco de Rejón trabajaba en esas fechas olvidado de la familia, de modo que para él Amalia Medina era ahora tan sólo una sombra sin contenido de interés, una mera apariencia que esperaba suspirando las esporádicas visitas de amor de un marido que le había arrebatado la brujería del Caribe, los viajes y el iluminismo botánico en el que únicamente él llegó a creer del todo. Francisco de Rejón se acordaba de ella cuando el deseo de la carne de mujer le reventaba el olfato y lo llevaba hasta la cama de la esposa. Entonces cumplía sobriamente, como si hubiera alquilado un servicio rápido y eficaz, y luego se despedía de su mujer para dirigirse al silencio rumoroso del huerto y esconderse entre sus investigaciones. Amalia Medina se resistía a creerlo, pero Francisco de Rejón no estaba loco, sino transportado en sus trastornos temporalmente por los viajes, las aventuras y el delirio de la botánica de las brujas caribeñas.

—Ya se le quitará, señora —le dijo María Guayedra.

Encendió velas al Corazón de Jesús y a los santos que adornaban su capilla individual, donde incluso se arrodillaba a pedir perdón por las pasiones cometidas. Todos los días rezaba cinco rosarios y cinco letanías completas, con la esperanza de recuperar el alma del marido.

Francisco de Rejón se hacía servir las comidas por las noches, cuando el cansancio serenaba un poco su ánimo lleno de fervor por el engendro, permitiendo que María Guayedra fuera la única persona que pudiera verificar sus avances en la oscuridad del refugio que usaba como laboratorio para su experimento. Francisco de Rejón le había asegurado a María Guayedra que andaba buscando un árbol nuevo que curaba todas las enfermedades que se conocían de antiguo como incurables y las que llegaban con el siglo, desde la flema de pecho al pomo desarretado, pasando por cuantas maldiciones de dolor le echa al cuerpo y al alma la locura de la existencia. María Guayedra lo miró descompuesta y se santiguó, porque ésa era la mejor manera que la mayordoma tenía para demostrar su escepticismo y exorcizar el miedo de las cosas sobrenaturales, dado que ella sí estaba segura de que don Francisco de Rejón había enloquecido con el vudú durante su última estancia en La Habana.

—¿Una medicina? —se atrevió a preguntarle María Guayedra.

—Más que eso. Un injerto —le dijo don Francisco de Rejón—. Un injerto que da todo tipo de frutos. Pero no se lo comentes a mister Beacock ni de broma, no sea que me empiece a dar la lata desde ahora para comprármelo —le dijo levantando con resignación los ojos de los papeles revueltos en los que bullían los problemas aún sin resolver del árbol del bien y del mal.

Sólo María Guayedra y Juan Rosa supieron del lugar exacto que Francisco de Rejón había reservado para plantar la semilla del árbol en el edén de Agaete, después de sorribar con prudencia y delicadeza de eremita media fanegada de tierra que nunca antes había sido cultivada. Estiércol de bosta de vaca en una altura de dos centímetros cubrió la superficie en la que, finalmente, Francisco de Rejón plantó las semillas del experimento, grandes como pipas de aguacate, luego de haber probado en su laboratorio las leyes de la vida del árbol imposible. Cuando terminó su trabajo, se estiró de rodillas imaginando el triunfo. Se sentó después a esperar resultados y a descansar del esfuerzo que casi le había terminado por quemar las pestañas y el cerebro. Paseó de nuevo por el pueblo, saludando a las gentes como si en efecto estuviera recién llegado de un viaje por las Antillas, se acercó incluso a la ciudad de Salbago, volvió a vivir en su casa y a acostarse con María Amalia Medina para hacerle el amor al decaer de cada día. Pero la fiebre de otro deseo más fuerte que el de la mujer lo obligaba a desplazarse a Agaete y a pasar largas horas sentado en el emplazamiento en el que habría de crecer el invento del árbol del bien y del mal.

—Tardará, María, tardará —le dijo a la mayordoma con la escondida esperanza de escaparse él mismo de las dudas que lo agobiaban durante jornadas enteras.

Fueron los tiempos en los que estalló la Gran Guerra europea. Francisco de Rejón empezó a apasionarse lenta y tardíamente con la Gran Guerra, leyendo las noticias de los diarios con un cierto regusto supraterrenal.

—Son cosas de europeos, Juan —le dijo a Juan Rosa, mientras el mayordomo tiraba de la cachimba, nervioso porque ya contaban en la ciudad de Salbago que los terrores de la guerra iban a llegar a la isla.

—Han visto barcos ingleses en el horizonte, don Francisco —explicó Juan Rosa—. Tomarán la isla y nos meterán en la guerra. Eso dicen.

—Tranquilízate, Juan —le contestó don Francisco de Rejón—. Esto no va con nosotros. España es tan diferente que incluso es neutral en todos los conflictos. Figúrate. Además, nosotros dentro de España somos también un mundo diferente.

En su fuero interno, Francisco de Rejón se figuraba la Gran Guerra como una batalla interminable y fría, que se desperdigaba corriendo por encima de mapas, naciones y fronteras, asolándolo todo como un ciclón manchado del color del almagre. La veía desde Agaete, que era como no verla desde ningún sitio real, reflexionando sobre las noticias de los diarios y sentado tranquilamente en su mecedora de caoba. Era un juego lejano para ellos, los isleños, un rompecabezas de otro lugar y otro tiempo, un universo en el que los uniformes de los oficiales de los ejércitos contendientes luchaban para lucir su brillantez, y se fundían en el fragor de los gestos del honor, las patrias y las dignidades que habían configurado la guerra en el mundo por los siglos de los siglos hasta llegar a hoy.

—Lo que ocurre —le dijo a Juan Rosa— es que estos europeos no se cansan de jugar con la vida y la muerte. Creen que lo han inventado ya todo, y son una mierda de gente que no se estarán quietos hasta que ese continente sea un camposanto de tristeza y soledad —añadió con la certeza de los tropicales cuando dan por zanjada una conversación enojosa.

Francisco de Rejón estudiaba con especial atención los gráficos que mostraban los diarios, las ciudades y los nombres de las batallas que vomitaban los corrillos de los reporteros de la guerra y las plasmaban después en la letra impresa de los periódicos, los avances y los retrocesos de los ejércitos enfrentados, los territorios y las acusaciones mutuas que formaban parte de la estrategia que las diplomacias europeas largaban sin parar en torno a la ruptura de los pactos de paz y para justificar la violencia en territorios pacíficos, que eran las primeras víctimas de la gran contienda. «Es como si se pusieran a picarle los cojones a un tigre que está fuera de su jaula», llegó a pensar mientras leía los sueltos de Prensa sobre la guerra, porque había constatado que los alemanes eran el único pueblo del mundo que trabajaba más a fondo el futuro y creía en el esfuerzo con los ojos cerrados. Investigaban, arro llaban con sus industrias y sus cerebros, y no era nada raro que acabaran llevándose por delante todo lo que creían un obstáculo para que el mundo siguiera caminando hacia delante, aunque fuera a cañonazo limpio. De todos modos, no creyó nunca demasiado en la Gran Guerra. Dudó de quienes iban finalmente a ganarla, y creyó que la ganarían quienes acabaron perdiéndola. Porque desde Agacte, la visión de la Gran Guerra no era otra cosa que una apuesta por los mercados de la fruta, el azúcar y sus industrias derivadas, el tabaco, y la locura de los europeos que no se cansaban de ensayar maquinarias de guerra en las que invertían todo lo que ganaban en largos años de paz.

El árbol del bien y del mal tardó dos años en salir a flote. Germinó de repente, despuntando en su tronco una cabeza fulgurante que rompía la tierra para buscar el sol casi con la misma velocidad de la luz de Salbago. Como si hubiera engordado antes en las profundidades del Huerto de las Flores, el árbol creció desde la oscuridad de la tierra como una planta grande, hecha y derecha, con un tronco robusto y frondoso que sudaba a todas horas una resina cuyo aroma emborrachaba de placer a los que respiraban cerca de él. Fue ése el momento en el que don Francisco de Rejón les hizo jurar a Juan Rosa y a María Guayedra que ellos no sabrían nunca nada

sobre aquel asunto milagroso. Ordenó que rodearan el lugar
en el que crecía el árbol injertado con enredaderas, que lo ca-
muflaran con cañas, hiedras, plantas trepadoras y flores que
disimularan la fuerza descomunal del tronco que poco a poco
se iba convirtiendo en un simulacro de falo humano en el fondo
del Huerto de las Flores. Sólo por experimentar lo que le
había enseñado Antonio Marcelo, Francisco de Rejón se untó
la resina sobrenatural en la punta del tolete, y empezó a des-
melenar sus ardores por todo el pueblo. Luego la usó en los
burdeles del puerto de Salbago, en la misma ciudad, y no se
cansaba de dar rienda suelta a sus nuevos fervores sin que
nadie pudiera comprender la lujuriosa locura que se había
metido en la cabeza del criollo, porque ni él lo decía a cómplice alguno ni María Guayedra ni Juan Rosa se atrevieron nunca
a desvelar el secreto del árbol del bien y del mal.

XIV

Mister Beacock regresó de Londres verdaderamente preocupado con las cosas de la guerra en el momento de mayor fuerza vital de don Francisco de Rejón, que casi no podía guardar ya el secreto que descansaba en el fondo de su sexo cada vez que lo untaba con la resina del árbol.

—¿Qué estar haciendo todo este tiempo, don Frasco? —le preguntó la misma tarde de su llegada a Agaete mister Beacock a don Francisco de Rejón, luego de intercambiar algunas frases de saludo sin contenido concreto.

Mister Beacock vestía un flamante terno de lino color hueso, de manufactura inglesa, sin duda, una camisa blanca de seda natural de puños dobles ceñidos con espléndidos gemelos con el símbolo heráldico de los Beacock, corbata de pajarita azulmarina con lunarcitos blancos, calcetines blancos y zapatos negros de charol. Venía tocado con un espléndido sombrero, de fieltro y del mismo color hueso que su traje, y con cinta negra de seda rodeándolo, y mostraba a cada momento los dientes limpios de su más amplia sonrisa. Era, en suma, la viva imagen de un *gentleman* en escala de negocios tropical. Se le notaba en los ojos cierto cansancio, agobiado como estaba por el sudor impertinente de las noticias de la guerra y como si estuviera arrepentido de vivir en el epicentro de la contienda y sus imprevisibles consecuencias.

—Milagros, mister Beacock, milagros —contestó don Francisco de Rejón distendidamente—. Estoy haciendo milagros.

Mister Beacock ensayó una nueva sonrisa europea, acostumbrado como estaba ya a los raros y religiosos desplantes de la conversación del isleño de Salbago, pero con un cierto desconcierto sobrevolando los cuidados gestos de británico en muchas generaciones. Miró un instante y sin hablar a don Francisco de Rejón, y luego tomó en su mano derecha la copa de ron que María Guayedra le había servido. Sorbió con lentitud, paladeando el alcohol de la caña como si efectivamente fuera el mejor whisky escocés servido a la manera inglesa, tal un licor blanco, sin hielo y sin agua.

—Mi no entender interés tuyo en milagros ahora, don Frasco —dijo mister Beacock—. El mundo en guerra total y tú jugar a Dios aquí —se carcajeaba mientras decía las últimas palabras—. Un hombre listo y joven como ser tú, don Frasco, seguro que llegar a ser rico y famoso si trabajar bien la tierra y aprovechar mejor tu tiempo que en milagros, don Frasco —añadió entre paternalista y europeo, que para don Francisco de Rejón representaba el mismo tono odioso y la misma interpretación de las cosas. Esos argumentos escurrían para él un líquido filosófico y mentiroso, detrás del cual se escondía el interés del mundo industrial que don Francisco de Rejón despreciaba desde lo más hondo de su tuétano insular.

Francisco de Rejón no contestó inmediatamente. Miró al inglés enarcando las cejas, arrugando el ceño sin llegar a hacer ninguna mueca y con la sonrisa socarrona que suelen mostrar los isleños de Salbago cuando están dominando la conversación, sin malas artes, pero reservándose una bala final en la

recámara del cerebro dispuesto siempre a clavar el aguijón
del jaque en el corazón del adversario.

—La fama, mister Beacock —dijo Rejón estirando la fonética de las palabras—, es lo de menos. En cuanto al dinero,
todavía me queda bastante, y por aquí no nos lo gastamos en
máquinas de hacer guerras. Porque las guerras, mister Beacock, complican demasiado las cosas y hasta pudren la fruta
en los muelles. Uno sabe siempre cómo empiezan, pero no
cómo y cuándo terminan. Además, ¿de qué le sirve al hombre
ganar fama y dinero si pierde su paz? —preguntó don Francisco de Rejón recordando las viejas prédicas javieristas que
el padre Echarri le había endilgado durante los ejercicios espirituales de todos los años de juventud.

Mister Beacock quiso poner cara de león jubilado e infeliz
en el momento de examinar la confortable jaula de su zooló-
gico de Londres.

—Mi, don Frasco —dijo mister Beacock reponiéndose—,
no comprender esta filosofía tuya de aquí. No hacer nada por
nada ni para nada. Confiar demasiado en llover del cielo las
cosas y que la riqueza producirse sola. Eso ser un error de
aquí tuyo, don Frasco.

—Mister Beacock —contestó don Francisco de Rejón—, si
usted no nos entiende es porque usted es inglés, protestante y
comunista.

Era un ataque tajante, en toda la línea de flotación, un
alfilerazo en el fondo del alma del británico, que se sintió sorprendido por el desparpajo impertinente y aristocrático del
isleño. Mister Beacock pensó que esa frase era la traducción
exacta del resentimiento de un imperio perdido, que estaba
dando la vuelta a las últimas esquinas de su propio naufragio.
En un instante, el inglés revolvió en la mente toda su biografía
victoriana, signada por gestos que implicaban unas formas ca-
ballerosas y civilizadas, aprendidas en las mejores escuelas
del mundo. Por eso se privó de mirar fijamente a don Francisco de Rejón, sino que se apresuró a bajar los ojos y a cen-
trarlos sobre los restos del ron en el fondo de la copa, como

si estuviera remolcando una tristeza secular de incomprensión.

—Inglés y protestante, sí, mister Rejón. Comunista, no —dijo sin elevar el tono de voz y sin levantar los ojos de la copa de ron.

Don Francisco de Rejón se regocijaba con la turbación que se traslucía en el rostro de mister Beacock. Secretamente, siempre le había encantado ver a los ingleses detenidos en cualquier avance de la historia, porque desde los tiempos de la conquista para don Francisco de Rejón todos los ingleses eran iguales: envidiosos corsarios que desollaban las rutas de los mares y saqueaban los tesoros de tierras que no eran suyas, bucaneros de puertos que no lo eran nunca, buitres a quienes lo más que interesaba era el botín final y los beneficios de la guerra y las trifulcas. Quizás había sido Morgan el primer ejemplo excelso del inglés mundano y aventurero, pero Lord Nelson había recogido sus esfuerzos y los quintuplicó durante su vida. Todos eran iguales porque se dedicaban a lo mismo, a capar al resto del mundo sojuzgándolo con el engaño o aplastándolo por la fuerza. Para don Francisco de Rejón mister Beacock era un paradigma, fiel y educado, de Morgan y Nelson, aunque unos se habían dedicado a la piratería del mar y mister Beacock traficaba con la fruta de la tierra.

—Para mí, mister Beacock —contestó hiriente don Francisco de Rejón—, protestantes y comunistas hierven en el mismo lodo. Creen que llegan al mundo por donde les da la gana, como si fueran jinetes que conocen todos los destinos de la historia, aunque en realidad lo único que les interesa es el dinero y los negocios.

Lo que ocurría es que mister Beacock y don Francisco de Rejón eran ejemplares paralelos, surgidos de dos imperios diferentes, de modo que jamás iban a sintonizar en la misma frecuencia porque, por mutua voluntad, nunca iban a acabar encontrándose. Los adelantos técnicos y las comunicaciones habían hecho de las distancias del mundo un mero trámite de paciencia temporal, y mister Beacock y don Francisco de Rejón se habían conocido en Agaete, en la isla de Salbago, por el interés común de la fruta y su exportación a los mercados de Europa. Siempre comenzaban la conversación hablando de los precios de la fruta, y siempre acababan echándose a discutir sobre la guerra, la historia de Inglaterra y España, las monarquías, el pirata Morgan, la mano y la bandera inglesa que Lord Nelson había perdido en las costas de Salbago, la Armada Invencible y lo grande o inicuo que había sido Felipe II. Conversaban hasta altas horas de la madrugada, cuando ya sólo los grillos, las ranas del barranco cercano y los gusanos de luz vagaban con sus chirridos a través de los vientos de la noche. Como siempre, María Guayedra esperaba en la habitación de servicio a que acabara la reyerta y se agotaran las botellas de ron de caña que ella misma acarreaba cada vez que don Francisco de Rejón le daba la orden de viva voz. María Guayedra se pasaba las horas interminables de la discusión entre mister Beacock y don Francisco de Rejón haciendo solitarios con la baraja a la luz de un candil de petróleo. Primero se echaba las cartas a ella misma, tratando de dilucidar su futuro, y luego trataba de acallar los gritos de la conversación del inglés y su patrón intentando construir los tiempos venideros de la isla de Salbago a través de la interpretación de los naipes que aparecían en esas largas noches de disputa sobre imperios y personas. Ella fue la primera que vislumbró la sombra de la Duquesa de Tormes brujuleando encima de la isla y conquistando más tarde el tiempo y el corazón completo de don Francisco de Rejón. Quiso ahuyentar aquel fantasma de la nobleza española que venía navegando desde Cuba, pero desde esa misma noche supo que nada podía hacerse por evitar que Blanca Francisca de Tormes tomara posesión del Huerto de las Flores y poseyera a su dueño hasta llevárselo al precipicio de la locura. Un silencio repentino la convenció de que los contendientes habían hecho tablas, fulminados por el licor y por la lucha de palabras que ambos habían vomitado durante horas. Juan Rosa arrastró a don Francisco de Rejón hasta la alcoba vacía de María Amalia Medina, y lo dejó caer como un fardo sobre la *chaise longue* cuando ya había empezado a amanecer. Mister Beacock dormía a pierna suelta, sentado en un sillón, en el mismo *hall* de suelos de madera en el que las disputas tenían lugar cada vez que el inglés visitaba a don Francisco de Rejón. Juan Rosa sabía ya que el día siguiente sería de mucho trabajo para él, porque tenía que poner en claro las órdenes que don Francisco de Rejón le había dado de antemano y explicárselas al inglés en plena resaca de ron de caña.

Cuando el árbol del bien y del mal fue creciendo y dio sus primeros frutos, Francisco de Rejón extremó sus cuidados con jarabes especiales y abonos de fórmulas secretas que había aprendido, como casi todo, en Cuba. Excandecido de placer, probó las primeras mangas limoneras que despegó de las ramas más anchas del árbol, y experimentó con Juan Rosa la euforia que les procuraban los limones que tenían el punto exacto del mejor vino de malvasía. María Amalia Medina nunca conoció las razones verdaderas por las que, en esa época determinada, se reduplicó el furor amoroso de Francisco de Rejón, de manera que el prócer llegó a desarrollar con su mujer nuevas fantasías de pasión, distribuyéndolas insaciablemente a lo largo de días indiscriminados y de noches en las que los gemidos de asombro de la mujer quedaban truncados por el despliegue imaginativo que Francisco de Rejón asumía en el acto del amor, hasta transformarlo en una verdadera y novísima obra de arte íntimo. Hubo incluso una larga temporada en la que sólo se llegó a levantar de la cama de María Amalia cuando el hambre le arañaba las paredes del estómago. Entonces pretextaba un agotamiento que estaba muy lejos de sentir, aunque hasta siete veces llegó a eyacular sin esfuerzo alguno y casi sin descansar en un solo día.

En realidad, Francisco de Rejón visitaba en esas ocasiones el huerto como un ser clandestino, para untarse la punta del falo con la resina afrodisíaca del árbol del bien y del mal, y volver después renovado a la batalla de la pasión de su mujer. Cuando se quedaba dormido en el lecho, María Amalia aprovechaba para salir a la calle más joven y concupiscente que nunca, dejándose guiar por los espléndidos percherones que le regalara Francisco de Rejón cuando se casaron en la iglesia de Agaete, y enseñoreada de un coche de caballos cuyo diseño era un atrevimiento para el tiempo de la Gran Guerra, y un lujo de maderas finas y de hierros pintados de color negro brillante. A simple vista, cualquiera podía notar que los excesos del amor revitalizaban su figura, sus ademanes siempre vaporosos y los gestos de su rostro blanco y limpio. Desde la piel a la vista de todos hasta la sombra más escondida de su alma, María Amalia rezumaba placer de vivir por sólo respirar, mientras delante de todo el mundo fustigaba el lomo sudoroso de los caballos recorriendo como una virgen recién desflorada los caminos y vericuetos del pueblo de Agaete, de modo que cualquiera podía encontrársela a cualquier hora de la mañana o de la tarde en algún recodo remoto de los senderos de la estirpe conquistadora de los Rejón, que se había ido convirtiendo a lo largo de los siglos en el sistema circulatorio de sus destinos personales y en gran parte de la verdad de sus propias vidas.

Ésos fueron los tiempos enfoguetados en los que la Duquesa de Tormes visitó de paso la ciudad de Salbago. Aunque al principio y aparentemente quiso limitar su estancia en la isla a dos o tres jornadas con el objeto de cumplir los compromisos de su cargo entre las autoridades isleñas, luego cambió de opinión y decidió quedarse algunos días más. Había llegado directamente de las Antillas, donde rindió una visita de buena voluntad política, porque la Corte de España la envió como deslumbrante prenda diplomática, de exquisita elegancia, y como prueba de la querencia de Madrid por las tierras que ya había perdido para siempre.

Desde su visita a La Habana, Blanca Francisca de Tormes tuvo constancia de la realidad de un jardín botánico excepcional, que existía en un pueblo de la isla de Salbago, a medio camino de Cádiz y Cuba. En Madrid había oído hablar, además, con desdén y claro sarcasmo cortesano, de ciertos frutos exóticos que se daban en los árboles del Huerto de las Flores. Pero en La Habana y en San Juan de Puerto Rico se había informado con todo detalle sobre la realidad del dueño del huerto y su pasión inagotable por los viajes americanos, la botánica de injertos imposibles y la monarquía española. En Salbago pidió a las autoridades de la isla que le presentaran a don Francisco de Rejón.

—Me han hablado tanto de él y de ese jardín tan lleno de encantos raros que no quisiera irme de la isla sin visitarlo —dijo dejando caer el mensaje como si se tratara de una orden.

Francisco de Rejón llegó a la presencia de doña Blanca Francisca de Tormes vestido impecablemente de terno negro de alpaca y con botas lustradas hasta la perfección del charol. Una camisa color crudo de algodón se dejaba ver por debajo del chalequillo del traje, cuyos botones hacían también brillante juego con el terno negro. Relucía sobre él la leontina de oro, y en la mano izquierda de don Francisco de Rejón se sostenía un bastón igualmente negro con empuñadura de plata en el que se esculpían los gestos de un perro extraño cuya raza desconocía Blanca Francisca de Tormes, a pesar de ser experta por naturaleza y por posición en el arte de la cacería. Francisco de Rejón se había arreglado la barba aquella misma mañana, y el nudo de la corbata realzaba un cuello cuya soberbia prestancia marcaba las diferencias con cualquiera. Ante Blanca Francisca de Tormes, Francisco de Rejón quedó fulminado por un rayo sobrenatural que le desequilibró durante imperceptibles segundos todos los líquidos del cuerpo y del alma, y casi le hizo saltar de ardor la tapa de los sesos.

La Duquesa de Tormes tuvo que reprimir igualmente el instinto secular ejercido por los miembros de su familia desde los tiempos en los que España ni siquiera existía como tal en el mapa del mundo, que consistía en poseer nada más con la mirada y de inmediato todos los objetos, animales o personas que se les pusieran por delante. Era el derecho de pernada. Pero casi desvanecida, Blanca Francisca de Tormes flotó en un espacio inconcreto durante unos momentos, porque fue como si la tierra le temblara bajo los pies, cediendo después

para tragársela, como si las mil sangres azules que fluían por
sus venas se paralizasen, y como si finalmente fuera a caer
dislocada de deseo en los brazos de Francisco de Rejón. No
lo encontró arisco ni reservado, tal como le habían advertido
ciertas autoridades de la isla. Eso sí: Blanca Francisca de Tormes quedó subyugada por la soberbia del hombre, por su porte
y su figura, y por una personalidad bajo cuya apariencia apa-
cible y contenida quiso vislumbrar la imprudencia de fuego de
un dragón inmortal en la cama. Los ojos limpios de Francisco
de Rejón le quemaron los últimos resquicios de su condición
de Grande de España, y la hicieron descender del pedestal histórico en el que su apellido estaba situado desde muchos siglos atrás. Francisco de Rejón no pudo resistirlo y le abrió
las carnes con los ojos, la despojó de las ropas con su mirada
hasta dejarla completamente desnuda, y terminó por dominar-
la desde el instante en que comenzaron a hablar.

—Tengo entendido —le dijo Blanca Francisca de Tormes—
que tienes un paraíso en un pueblo de aquí. —Sonrió suavemente al terminar de hablar.

—Un jardín, señora —contestó Francisco de Rejón haciendo traslucir el respeto y la admiración que lo embargaban—.
Es un jardín que si Vuestra Excelencia quiere será vuestro
hogar por todo el tiempo que lo desee —dijo después, con un
fulgor en los ojos que alcanzó a turbar a la Duquesa de
Tormes.

Blanca Francisca estaba acostumbrada a despreciar a una
plaga inagotable de pretendientes y enamorados, de moscardones que zumbaban pululando en las fiestas de Madrid y en
las cacerías que organizaba la Corte y la nobleza. Desde pala-
cios imperiales hasta salones aristocráticos de cualquier rincón de Europa, pasando por el remanso estival de los balnea-
rios de descanso, no había secreto que hubiera podido resistir-
se a la curiosidad mundana de Blanca Francisca de Tormes.
Pero en esta ocasión el sentimiento se le escapaba por los
poros sin que ella pudiera retenerlo, transgrediendo todas las
normas que le habían enseñado en la Corte y dejándola iner-

te y desarmada a merced de Francisco de Rejón, y deslizándola suavemente hacia una historia que ella imaginaba dónde podía empezar, pero que no podía prever cuál sería su verdadero final. La confusión la llevó a aceptar sin preocuparse de nada la invitación de don Francisco de Rejón, ante el asombro de las autoridades civiles, militares y eclesiásticas de la isla de Salbago.

La primera vez que se acostaron juntos lo hicieron empujados por un instinto bestial, mucho más fuerte que ellos, que les atravesó el corazón de parte a parte con la fuerza de un arpón de acero arrojado por un fulminante tirador. Pero Francisco de Rejón no había confiado del todo en esta ocasión en sus reconocidas facultades para la cama, sino que quiso estar completamente seguro de la eficacia de sus embestidas incluso antes de empezar la batalla de amor con Blanca Francisca de Tormes. Estaba empeñado en deslumbrar a la Duquesa al primer lance, y en la estrategia que desplegó para el acercamiento no faltó el recurso del aguardiente de caña, para aflojar los nervios, que la mujer desconocía hasta ese momento. Tomó además la secreta precaución de aceitarse con resina caliente del árbol del bien y del mal la punta enrojecida del machango, cuya cabeza vibraba entre las sombras de sus muslos sin dejar de rumiar la espasmódica saliva del deseo. Pero no se contentó con eso, y durante los obligados escarceos de la aventura acarició con las yemas de sus dedos, untados en la misma resina, los aleteantes labios que todavía guardaban las puertas del tabernáculo de Blanca Francisca. Quería someterla de un golpe, y desplomarla hasta hacerle perder el ineludible sentido del tiempo.

A Blanca Francisca de Tormes la resina del árbol del bien y del mal le arrimó un ardor húmedo tan insólito que se despojó de todos sus respetos y se postró entregada a la carga de la artillería pesada de Francisco de Rejón. Aún estaba vestida cuando Rejón exploró sus fogosas oscuridades y maniobró con sobria seguridad los íntimos mecanismos de la mujer. Ella lo miró narcotizada por el aroma sudoroso del animal salvaje de

Francisco de Rejón, y el aliento ansioso que salía de la boca del criollo acabó por adormecerle las últimas defensas. Se dejó hacer, exánime ante la osadía del plebeyo, y sin que sus ojos pudieran despegarse de los ojos febriles del hombre. Embebida en un escalofrío desconocido, se dejó desnudar el cuerpo pieza a pieza, y permitió que las manos del isleño se deslizaran por su espalda hasta deshacer las trenzas que alcanzaron la cintura al soltarse. Después se tensaron sus venas, cuando sintió por primera vez la vigorosa verga de su amante buscándole allá abajo la silenciosa profundidad de una sangre llena de siglos de historia.

Se amaron durante muchas horas, violenta y enloquecidamente, plateándose la piel de sus cuerpos con un fervor indómito hasta que empezaron a despedir humo de hoguera. Se mordieron las carnes de los más insospechados rincones, y se penetraron las hondonadas sin fondo que iban descubriendo en aquella ventolera loca que les hizo perder el tino en medio de la pasión y la ternura. Y tal como se lo había pronosticado Antonio Marcelo, Francisco de Rejón llegó a hacer el amor siete veces completas, sin terminar de vaciarse, deteniéndose en todas las estaciones sensuales en las que había notado una especial devoción de la Duquesa de Tormes, y sin que en ningún momento el deterioro físico lograra hacer mella en la potencia de su verga.

María Guayedra echaba las cartas boca arriba en su casa de Agaete y se santiguaba al ver el color del rostro de los naipes, porque quería seguir el reguero del desatino del prócer hasta donde el juego de la adivinación pudiera permitírselo. Cuando aparecieron en las cartas los símbolos de la sinrazón, carraspeó para despertar el interés de Juan Rosa y movió la cabeza desaprobando el entusiasmo diabólico que Francisco de Rejón había depositado en la Duquesa de Tormes.

—Joderán hasta deslomarse por dentro —le dijo María Guayedra a Juan Rosa, largándose luego a una retahíla de muecas y rezos en voz baja que únicamente ella hubiera sido capaz de desentrañar.

Al otro lado de la habitación, Juan Rosa fumaba de la cachimba ajeno a esas reflexiones de su mujer, aunque siempre
había sentido un distante respeto por el oscuro ritual que María Guayedra se traía entre manos cada vez que echaba las car·
tas sobre la mesa para descifrar el futuro de la gente. Entre
silencio y silencio, Juan Rosa sorbía con plácida sensualidad
una taza del mejor café del Huerto de las Flores, y dejaba que
su cabeza flotara sobre el vacío recordando que María Amalia
Medina de Rejón continuaba en la ciudad de Salbago, soportando el abandono del marido y un rosario de encendidos escándalos que voces incólumes y siempre escondidas en el
anonimato le traían desde Agaete. Juan Rosa se movió ligera-
mente en su butacón cuando oyó la voz de María Guayedra.

—Esto no puede hacerle daño a nadie, mujer —le dijo—.
Ni es la primera vez ni será la última que pasen estas cosas
con don Francisco.

María Guayedra lo miró desde el fondo agnóstico de sus
ojos negros y se encogió de hombros, porque las cartas no
mentían sobre la realidad de los hechos y lo mejor era esperar
a que don Francisco de Rejón recuperara la cordura.

Ningún obstáculo vino a entorpecer durante algún tiempo
un idilio sentimental que había nacido de la sorpresa y del
descalabro del siglo. Blanca Francisca de Tormes rompió sus
relaciones con el mundo y vivió olvidada de la Corte de Madrid y de todas las obligaciones y dignidades de su rango.
Estaba en el limbo de los justos, en el claroscuro paraje del
amor, y Francisco de Rejón le había robado el alma viajera
sorbiéndole el sexo con tal facilidad que parecía que la Duquesa de Tormes nunca antes había conocido a otro hombre que
no fuera él. Llegaron a tenerse una gran confianza, y pasaban
las tardes contándose cuentos de viajes y de salones cortesanos, riéndose del tiempo que ambos habían perdido en el
mundo antes de encontrarse.

—Madrid, Blanca Francisca, es un museo de cachivaches
inservibles —le dijo una vez Francisco de Rejón.

Y después se enfrascaba en la crónica y la relación completa de ciudades vivas, llenas de fortaleza y cuya más importante característica era tener en plenitud todas las ganas de vivir. Le habló de Nueva Venecia, la ciudad que había fundado el niño Avilés en las cercanías de San Juan Bautista de Puerto Rico, y le describió las torres que aún quedaban en pie cuando el bombardeo yanqui de la independencia del Caribe. La Duquesa le dijo que jamás nadie en San Juan le había hablado de esa ciudad, y Rejón la informó de su origen, de su realidad y de su leyenda.

—A los cronistas sólo les interesa dar la versión que quieren oír quienes pagan la crónica —dijo Rejón muerto de risa—. Pero la ciudad existió hasta hace poco tiempo. Era una ciudad de negros en la que se llevaban a cabo todo tipo de juergas, y la libertad se atiborraba de vida todo el tiempo.

Otra tarde de esas, Francisco de Rejón creyó llegado el momento de descubrirle a la Duquesa de Tormes el secreto de su propia vida. «Vas a ver un prodigio del que no debes hablar jamás a nadie», le dijo. Se la llevó a lo largo de los caminos más laberínticos del Huerto de las Flores, hasta la frontera misma del barranco, entre parterres llenos de verdor y árboles silenciosos cuya umbría dominaba toda la extensión del jardín maravilloso. Francisco de Rejón iba delante, abriendo con sus manos los senderos que a primera vista no existían, porque estaban camuflados por hiedras y enredaderas de superficie que impedían ser localizados por alguien que no conociera muy bien el recorrido. Blanca Francisca de Tormes se dio cuenta entonces de la importancia que Francisco de Rejón concedía al secreto, porque le estaba haciendo recorrer todo el huerto en círculos concéntricos, de modo que ella misma perdiera el sentido de la orientación aunque llevara consigo una aguja de marear y finalmente no pudiera ubicar con certeza el lugar exacto donde se encontraban. Ningún intruso había sido capaz de atravesar aquellas puertas invisibles que Francisco de Rejón había ido plantando como trampas y guardianes en medio de los caminos solapados del jardín, y solamente ella iba a ser testigo del árbol que Francisco de Rejón le iba ahora describiendo a lo largo y ancho del camino que recorrían.

Blanca Francisca de Tormes se quedó paralizada cuando vio de cerca el árbol del bien y del mal. Antes de poder decir nada, se volvió unos instantes a mirar a Francisco de Rejón con una sonrisa de asombro que no podía ocultar su boca entreabierta.

—Es de una hermosura increíble —le dijo mientras rodeaba con su mirada el árbol del bien y del mal.

Vio limones pendiendo de unas ramas, y manzanas de otras; en las más bajas crecían unas peras pequeñas, de agua, de un sabor dulcísimo, y en las más altas lucían las mangas injertadas que ya había probado en la casa del Huerto, los pitangos saltaban en racimos, extendiéndose sobre el suelo, y las naranjas sobresalían del árbol por sus concupiscentes redondeces. En efecto, era un engendro botánico que causaría maravilla en quien llegara a conocerlo.

—En Madrid —le dijo Blanca Francisca de Tormes a Francisco de Rejón— jamás creerían en la existencia de un árbol como éste. Acabarían formándote un tribunal que daría con tus huesos en la cárcel, y luego te dejarían morir de hambre en una mazmorra olvidada o te darían garrote...

—¿Por qué? —preguntó Francisco de Rejón, satisfecho por la impresión que había causado en la Duquesa de Tormes el árbol del bien y del mal—. Es un invento, carajo, y ya no se da en ninguna otra parte del mundo más que aquí.

Blanca Francisca de Tormes movió la cabeza durante algunos segundos.

—En Madrid esto es un pecado que todo el mundo entendería como una falta grave contra la religión y las leyes de la Naturaleza —dijo la Duquesa de Tormes, mientras Francisco de Rejón prorrumpía en carcajadas, aunque en su interior quedara grabado el mensaje de Blanca Francisca.

Pero lo que más llamó la atención de la Duquesa de Tormes en el árbol del bien y del mal fue el tronco inmenso sobre el que se mantenía la maravilla botánica. Un tronco en forma de falo humano, que chorreaba una resina que poco a poco los adormecía a los dos y los hipnotizaba con su aroma libidinoso. La Duquesa se acercó al tronco y llevó su dedo índice hasta la resina. Luego se lo alcanzó a la boca.

—Es miel —dijo.

Francisco de Rejón asintió, y desde ese día la Duquesa desayunaba de la resina del árbol del bien y del mal que suavizaba las paredes de su garganta dándole una sensación de naturaleza excepcional. Nunca llegó a saber el empleo que la resina tenía para Francisco de Rejón, ni la razón por la que la miel del árbol le renovaba los ardores de enamoramiento por el isleño.

Y cuando, muchos años más tarde, Horacio Rejón Frascachini tuvo la visión soñolienta de un monje descabezado flotando por las galerías, las alcobas, los salones y los pasadizos secretos de la casa de los Rejón en la ciudad de Salbago, tampoco comprendió que lo que sus ojos habían visto era precisamente el árbol del bien y del mal, que Francisco de Rejón había trasladado a la ciudad por miedo a ser descubierto y tenido por brujo por los agentes que Madrid espolvoreaba a lo largo de la isla.

Ahora era sólo un tronco seco, una especie de sarmiento retorcido y apagado, sombrío y achicado, que ni tan siquiera luchaba por recuperar una vida que se le había apagado mucho tiempo atrás. Únicamente quedaba de él la memoria enloquecida y verbal que Charles Delicadó se empeñaba en mantener despierta incluso en los tiempos en los que ya había fallecido el General Franco, y la Guerra Civil española era exclusivamente un motivo histórico que se había convertido en materia de bibliotecas, archivos y doctorados universitarios.

XV

El estampido resopló en todos los rincones de Salbago, y el eco de la explosión sacudió los quicios y los cimientos de la ciudad como si un repentino terremoto hubiera quebrado el profundo sopor de tantos volcanes apagados. Inmediatamente después se levantó hasta los cielos todavía entoldados por la calima una columna de humo negro y densísimo, y el olor de la pólvora encendida se esparció por los aires de la isla hasta más allá de las fronteras del mar.

A Maximino Cañal se le clavó en la cabeza el recuerdo de la ciudad de Agadir envuelta en fuego, devorada por un seísmo que reventó el fondo de la tierra africana, en la costa marroquí, y arrasó la vida alegre y confiada de miles de turistas llegados allí desde todas las latitudes del mundo. Salió corriendo desde el laboratorio clandestino en el que había fabricado tantas vacunas inverosímiles para enfermedades mortales, y subió a toda velocidad la escalera de su casa para ver desde la azotea la humareda que ascendía al norte de la ciudad. Era una llamarada amarillenta que flotaba en el barrio porteño de las isletas, donde los muelles y las playas de Salbago habían convertido la ciudad en un mercado babélico y universal, chamarilero y populista, en el que el tráfico de géneros internacionales y cuerpos de todas las clases y condiciones eran la moneda común de curso legal que servía de carnaval y refugio a facinerosos de todos los colores, a prófugos olvidados de la justicia y/a condenados de la vida, que mezclaban sus visajes y supersticiones cotidianas con las prostitutas desvencijadas que ejecutaban allí la exagerada profesión del amor entregado a manos llenas de cansancio.

Horacio Rejón se despertó de un golpe, creyendo que una vez más era el caprichoso visitante de las seis de la tarde quien importunaba su descanso. Pero ocurría que, desde mucho tiempo atrás, todo lo que pasaba en la ciudad de Salbago se reproducía en la vieja y solariega mansión de los fundadores. Mara Florido tembló durante unos segundos entre sus sueños, trastabilleó palabras inconclusas castañeteando los dientes antes de volver a cerrar los ojos, y se quedó dormida de nuevo como si nada estuviera ocurriendo a su alrededor. No es que soñara ahora con las tres tías albinas, que se habían posesionado con su permiso de su cuerpo espléndido para gozar también del amor de Horacio Rejón, sino que pasaba largas horas entumecida, recuperando las fuerzas necesarias para cargar las baterías de la lujuria y enloquecerse de gusto y de vicio en los brazos del indiano. En el encierro obligado por la epidemia, el tiempo se le había ovillado en el corazón, porque allí las horas no tenían sesenta minutos exactos y la medida del reloj era una consulta que finalmente carecía de interés.

Los estados de ánimo de Mara Florido se traslucían en su imagen exterior, en sus gestos y en sus excesos, y en sus andares desnudos por la casa con el pelo flotando al aire húmedo de las habitaciones y cubriéndole casi siempre una parte del rostro encendido por el continuado abuso del amor. De modo que hacía ya mucho tiempo que había alcanzado la realidad imposible de varias edades simultáneas y la puesta en escena de caracteres que ella misma desconocía que podía asumir antes de entrar en la casa de los Rejón, según las tías albinas de Horacio que habían muerto enteramente vírgenes se fueran turnando en el protagonismo del placer. Cuando Dolores de Rejón ocupaba del todo el alma frenética y el cuerpo fogoso de Mara Florido, Horacio ni siquiera se atrevía a simular disgusto en el momento en que su amante se volcaba encima de él y le cabalgaba el cuerpo hasta la extenuación. Se dejaba usar, mientras Mara Florido lo poseía a horcajadas, tal como una amazona confabulada con su fuerza monta a un caballo alegre y joven, casi inexperto, bailando violentamente sobre su tolete de carne encendida como si se tratara de un trompo lleno de vida. Mara Florido era una montadora prieta y poderosa, entregada a la doma total de su cabalgadura masculina, de modo que no sólo forzaba a su caballo a un ejercicio constante a través de geografías casi siempre nuevas, sino que terminaba por tirarse al propio animal sin que para ello tuviera que desmontarlo. El coito entonces se hacía interminable, y Horacio Rejón acababa exhausto y asombrado de ver que Mara Florido, en lugar de perderse en un lógico agotamiento tras la infinita galopada, revivía en la sudorosa actividad sexual del encierro, chillaba de placer mientras azotaba el torso colorado del amante y se agarraba luego con sus dos manos de la pinga del hombre como si fuera un timón que marcaba el ritmo exacto de la carrera y el rumbo del camino más insólito. Incluso hubo instantes en esos amores locos en los que Horacio Rejón llegó a sospechar, en la semiconsciencia del cansancio, que Mara Florido quería gobernarlo también en la cama, montándose sobre su cuerpo y haciéndoselo mover de abajo a arriba para que su ariete afilado le atravesara las carnes líquidas del placer como un bisturí que termina perdiéndose en los rincones más oscuros de las entrañas, mientras ella cabalgaba por todas las tierras salvajes de la isla desde el incierto amanecer de la calima hasta que anochecía en la ciudad y decrecía rápidamente el fulgor de la luz solar sobre la alcoba.

Pero si era Dora de Rejón la que se escondía en el cuerpo
de Mara Florido, Horacio Rejón casi cobraba la conciencia de
estar gozando de otra mujer distinta. La suavidad y placidez
de Mara eran entonces los venenos que acicateaban al hombre,
y la caricia entraba a formar parte de un artificio que obligaba
a Horacio Rejón a revolcarse sobre su amante en ondulacio-
nes que se lo llevaban del mundo durante horas, para hacerlo regresar luego a una calma sólo aparente, porque no acababa de apagarse en su cuerpo un temblor interno que le impregnaba la piel de las verijas con melodías de piano entremezcla-
das de notas y suspiros llenos de corcheas inventadas por Mara
durante la subida del placer. Cuando llegaba el éxtasis en lento
ascenso hacia el final, la mujer era toda ella una orquesta ena-
morada moviéndose al compás de una inteligencia sideral en
la lucha de los instrumentos musicales, surgidos de una garganta pletórica frente a la naturaleza de ese momento culmi-
nante. La catarsis del orgasmo mutuo apagaba la sed de la
música, y Mara se desvaía poco a poco acariciando la piel
enervada de Horacio Rejón sin que ello llegara a significar una
nueva invitación al embate del amor.

   Y cuando Nieves de Rejón llegaba hasta Mara Florido, entonces Horacio Rejón apenas comprendía el silencio recogido
y la exagerada quietud de su amante, tan enfebrecidamente ju-
guetona y loca en la línea horizontal de la posesión. Apenas se
movía debajo de él, rezumando una piadosa letanía cuya frialdad era la tradución del deseo de la estatua de mármol que
ha esperado durante siglos la demente presencia del pecado
que acaba por convertirla en carne ardiendo. En esas ocasiones Horacio Rejón alcanzó a suponer que Mara Florido más
que hacer el amor estaba rezando, transformada en santa de
ocasión, frígida tal vez y avergonzada de tanto fornicio.

   Al oír el estampido, por puro reflejo, Horacio Rejón volvió
a tomar en sus manos nerviosas la escopeta inglesa de cañón
doble con la que se defendía de las sombras, los recuerdos y
los fantasmas que lo rondaban siempre en la casa. Se acercó
a la ventana más próxima para tratar de entender lo que podía

estar ocurriendo en la calle, cuando todavía retumbaba en los intersticios de su casa el extraño golpetazo de las isletas. Vio entonces que había dejado de llover el pertinaz polvo africano, y notó en su rostro alborozado que un viento de Noroeste empezaba a soplar sobre la ciudad endulzando el ambiente cercado de la isla. Respiró profundamente, intuyendo ya que la normalidad era una necesidad del alma que casi se había olvidado en esos parajes de Salbago. Habían pasado tres enloquecidos meses desde que la epidemia del hierro corrompió la isla y toda la ciudad como un tifón tropical que arrasa cuanto toca. Los muertos se elevaban ya a una cifra innumerable, el paisaje se había convertido en una flor mustia por la prolongada sequedad del clima en el momento en que los isleños se habían despreocupado de todo, asidos únicamente a la obsesión de la supervivencia, y el resultado de la batalla saltaba a la vista de cualquiera que tuviese dos dedos de frente en su cerebro.

Al mediodía, cuando ya habían transcurrido varias horas desde la explosión y la confusión de los primeros momentos empezaba a desaparecer, el alcalde Giménez quedó estupefacto como si la angina de pecho tan temida que nunca acababa de llevárselo a las chacaritas le mordiera mortalmente el hígado y le atara las tripas y los testículos del revés. Le comunicaron oficialmente que se había equivocado, porque el estampido no tenía su origen en un escape de gas, sino que era la bomba fulgurante de un atentado que había tenido lugar en el mismo corazón de los barrios del puerto. «¡Cojones, vaya estropicio!», exclamó el alcalde de Salbago aliviando este nuevo amago de pavor con un trago seco de ron de caña. Los datos depositados encima de su mesa confirmaban que todo estaba ya controlado por las fuerzas del orden, el barrio porteño acordonado por entero, aunque nada se podía hacer por los fallecidos cuyos cuerpos destrozados por la explosión de la dinamita dormían el sueño fantástico del silencio sobre las aceras aledañas al atentado. El boquete dejado por el estampido en medio de la calle Andamana venía a demostrar que los terroristas habían llevado a cabo su plan con la inapelable exactitud de un reloj suizo.

—Verdaderos profesionales de la cosa, carajo —se dijo el alcalde Giménez tragándose el ron de una sentada y persignándose después.

Ni de lejos le sonaban los nombres de los muertos, excepto el de Anastasio Somoza. El Mercedes Benz, color oro viejo metalizado, en el que viajaba en ese momento el mercenario centroamericano a través de la mugre propia y ajena, había volado por los aires porque la onda expansiva le puso además alas de animal mitológico y propulsión a chorro, llevado en volandas por una fuerza telúrica que lo empujó como una pluma y lo lanzó por encima del muro de la azotea de un burdel de cinco pisos para luego dejarlo caer con todo su peso trágico, incrustándolo finalmente en un patio interior de reducidas dimensiones en el que las putas se reunían a beber café, a hacer punto en los ratos muertos y a jugar a la baraja en los momentos de descanso que les permitía el escabroso escarnio de su oficio.

Los terroristas habían horadado durante meses un túnel desde el sótano de una de las casas cercanas hasta el centro mismo de la calle Andamana. Después habían colocado allí una carga de dinamita que resultaría imposible de evitar para la víctima escogida. Anastasio Somoza había sido liquidado así, saltando toda su historia por el aire de la isla, y todas las investigaciones inmediatas hacían suponer que los ejecutores del plan habían copiado meticulosamente la Operación Ogro, que años atrás se había llevado al otro mundo el alma cejijunta del Almirante Carrero Blanco, trasladando a la realidad histórica la metafísica consigna turística según la cual de Madrid se iba directamente al cielo.

—Todas las comparaciones son odiosas, pero ésta lo es mucho más —se dijo el alcalde Giménez echándose al estómago otro trago de ron de caña.

Un frío inmenso le recorrió el espinazo cuando supo que los autores materiales del atentado mortal habían venido clandestinamente desde el otro lado del Atlántico, persiguiendo la sombra de un dictador que se había bajado del mundo por obra y gracia de la Administración norteamericana, y llegado a Salbago para prender fuego a una vida signada por los mecanismos de la muerte que hizo crecer siempre a su alrededor. El alcalde Giménez respiró anchamente a pesar del dolor imaginario, como si estirara el cuerpo por dentro y por fuera. «Es la indefensión absoluta», filosofó para sí refiriéndose a Salbago, y su memoria se le fue hasta los tiempos de la Segunda Guerra Mundial, cuando los ingleses estuvieron a punto de invadir Salbago porque tenían fundadas sospechas de que los alemanes repostaban sus submarinos en una base secreta situada en las solitarias playas del sur de la isla.

Horacio Rejón observaba todavía desde detrás de los cristales de la ventana los rostros absortos de sus convecinos. Unos a otros se pasaban el tiempo preguntándose lo que de verdad había ocurrido, y en las caras adormecidas aún por el encierro prolongado, la dejadez y la estupefacción, se retrataba la sorpresa surgida de los gestos de casi todos. Seguían sonando insistentemente, mientras se alejaban siempre en dirección al puerto, las sirenas de los camiones de los bomberos, las ambulancias y los coches de policía, cuando él mantenía aún en sus manos la escopeta inglesa de cañón doble con la que había ejecutado durante aquellos meses de encierro una guerra incruenta y solitaria, reconstruyendo a cada rato las batallas de la Guerra Civil española que le había contado en la niñez mexicana su padre, el capitán republicano Juan de Rejón. Medio dormido llegó a pensar ahora, a pesar de la luz del sol que se filtraba por los ventanales y los patios de la casa, que se vivían nuevos tiempos en los que la pesadilla de la guerra volvía a martillar la vida española, porque en los pasillos de su mansión y a sus espaldas seguía oyendo en muchas ocasiones voces entrecortadas y misteriosas que tantas veces le habían quitado el sueño nocturno, cruzándose en su descanso y sin permitirle oír del todo lo que decían. Ahora las sirenas turbulentas de la alarma civil se mezclaban con disparos de ráfaga de metralleta. O quizá fueran fusiles de repetición cuyos ecos llegaban desde el fondo de la parte tapiada de la casa, lugar de preferencia del monje franciscano sin cabeza que había aparecido entre sus sueños como una realidad concreta y palpable durante el encierro de la calima y la enfermedad del hierro. Adormecido por tantas sensaciones contradictorias, Horacio Rejón bañaba en sudor sus reflexiones, entre la confusión real que se vivía en las calles de la ciudad y su propia perplejidad, de modo que después de varias horas abandonó la ventana y subió él también a la azotea de la casa. Salió sin hacer ruido de la alcoba en la que dormía Mara Florido como un muerta en lecho de rosas, y subió los escalones de dos en dos con la escopeta en las manos. Al norte de la ciudad de Salbago una enorme columna de humo negro se elevaba entre pavesas amarillentas hasta perderse en el cielo de la isla.

Maximino Cañal llegó al lugar del atentado con la ansiedad calmada de quien ya lo sabe todo de antemano, de manera que sólo le queda certificar los hechos. Por malsana sabiduría, por conocimiento de la mezquindad del ser humano en todas las latitudes, por la astucia enquistada en el centro de su alma que lo había convertido en un superviviente de su propia época, o por las tres cosas a la vez, Maximino Cañal estuvo seguro desde el primer momento que aquel atentado había sido dirigido contra Anastasio Somoza. Desde su casa había comenzado a sonreír por dentro de sus cabales, porque el cansancio soportado durante tanto tiempo iba ahora cediendo casi de repente.

—El que a hierro mata, a hierro muere. Otros han hecho por mí el trabajo sucio —le dijo a María Pía cuando puso en marcha el motor de su coche.

—Ya se ha ido para casa del carajo el virus de la mierda —le dijo a María Pía cuando echaba ya a andar el automóvil, cuyo motor era ahora el ruido de un oráculo lírico.

Entró en el burdel semiderruido con un puro en los labios, como si estuviera celebrando una fiesta, echando humo por la nariz y por la boca tal locomotora del ejército bolchevique en plena Revolución de Octubre. Y, cuando terminó de examinar todo el espectáculo causado por la dinamita en todo su esplendor, le dijo al juez instructor del caso, Heraclio Ferrer, que todo se había consumado para bien de la isla.

—Estaba cantado —dijo convencido Maximino Cañal ante el estupor del juez Ferrer.

En el interior del Mercedes Benz descansaba para siempre el cuerpo destrozado de Anastasio Somoza. Ni rastro de sangre había dejado la maestría del atentado en el mercenario. El chófer parecía dormido sobre el volante, y sólo delataba su muerte la excesiva quietud del cuerpo y el riachuelo de sangre que no dejaba de manar de su nariz.

—Este Somoza —dijo Cañal con sarcasmo— ni siquiera tenía ya sangre en las venas. Sólo virus de hierro —añadió para que el juez pudiera entenderlo.

Pero Heraclio Ferrer estaba demasiado cuadriculado por un profundo abotagamiento causado por los textos legales, de los que nunca se apartaba desde que tuvo uso de razón, y no quiso o no pudo traducir las palabras exactas del médico forense. Lo miró marcando las distancias entre la justicia ciega y la medicina intuitiva, porque siempre había pensado que el doctor Cañal pertenecía a una especie llamada a desaparecer, y terminó por ordenar seria y escuetamente el levantamiento del cadáver de Anastasio Somoza, el de su chófer, los de las cuatro putas jugadoras de baraja que habían sido despanzurradas injustamente por la onda expansiva, y los de los siete viandantes anónimos que se asomaron por el barrio en el peor momento de sus existencias, tal vez por la curiosidad enfermiza de vivir con sus ojos un rato de placer pagado en aquel rincón dejado de la mano de todos. Los mecanismos automáticos de las leyes escritas, que prescribían taxativamente que los accidentes y muertes por violencia deberían tener todos los papeles en regla antes de descender a los infiernos, se cumplieron a rajatabla. Pero a Maximino Cañal la investigación judicial, el papeleo policíaco, el atestado reglamentario y todas las demás diligencias legales, le daban lo mismo. Lo de más para Salbago era que había muerto el perro, y la rabia comenzaba a desaparecer ya de los alrededores de la ciudad y de toda la isla.

Poco a poco, la calma volvió a las tierras isleñas. Las calles se poblaron de visitantes nórdicos y alemanes, Europa siguió tomando por incruento y pacífico asalto las playas de la isla, se levantó definitivamente la cuarentena internacional y el riesgo de la contaminación del virus ferruginoso fue quedando atrás, olvidándose en las brumas del inmediato pasado. Los restaurantes del turismo volvieron a lucir llenos de gentes casi felices por sentarse una hora y media en una mesa alquilada junto a la orilla del mar. Los establecimientos de los indostánicos reanudaron una actividad inusitada y original. El alcalde Giménez volvió de nuevo a hacer planes para el matrimonio de sus hijas, aburridas por el proceder excesivamente conservador de su padre, que por una parte quería verlas casadas cuanto antes, pero por otra se dedicaba a perseguirlas por las esquinas de la ciudad y a espiarlas en las discotecas donde era previsible que se reuniera la juventud isleña a relajarse de la claustrofobia secular de Salbago. Maximino Cañal regresó a las tertulias con Horacio Rejón en las tardes apacibles del Hotel Madrid, a la sombra de la fachada del Gabinete Literario, que era el menos literario de todos los gabinetes del mundo conocido, y Horacio Rejón recuperó su charlatanería documentada sobre la Guerra Civil española, contándole al médico forense detalles de cuantas batallas se libraron en la Península y en las que el joven criollo parecía siempre haber tomado parte activa en primera línea. La ciudad, la isla, la región, el mar, el horizonte de Salbago hasta el borde mismo de la costa africana, se cargó de calma y tranquilidad, decayendo la tensión y la agresividad social que habían mantenido en vilo a Salbago durante los meses de la miseria del hierro. Los vuelos regulares con el exterior llegaron al aeropuerto del Sur con más incidencia que jamás, el alza del turismo no tropezaba ya con ninguna barrera, las mercancías de siempre fueron un exotismo cotidiano, María Pía de Cañal, la sobrina y amante del médico forense, seguía soñando con un viaje a tierras distintas en las que pudiera descansar de tanto agobio, Maximino Cañal seguía alimentando esa promesa, y Mara Florido recuperó parcialmente el color original que había perdido durante la obligatoria cuarentena y su perfume nunca olvidado por Horacio Rejón.

La historia, en suma, seguía caminando con sus cien pies, como si tal cosa, dejando archivado en la oscuridad del olvido un episodio tétrico que estuvo a punto de sacar del mundo para siempre a la isla entera de Salbago. Nunca supieron los isleños, a pesar de la presencia de la angustia, que en esa ocasión más que en ninguna otra se acercaron a las puertas del infierno. La historia de la isla siempre estuvo sumida en las cercanías de una guerra o en una catástrofe definitiva que le rondaba la piel tangencialmente, pero que al mismo tiempo le penetraba el alma hasta el fondo de la inseguridad de quien se sabe siempre a medio camino de cualquier cosa. Porque cuando los Estados Unidos de América acariciaron la intención de invadirla, tras la independencia de Cuba, los insulares apenas se enteraron del caso, absortos en su propia inanidad las clases dominantes, y sólo investigaciones posteriores dieron a la luz con toda claridad el ambicioso objetivo de los norteamericanos: convertir la isla en un inmenso portaaviones en medio de las corrientes desoladas del océano Atlántico. Y cuando la Segunda Guerra Mundial tenía lugar en lejanas latitudes, sometidos al generoso bombardeo de noticias germanófilas gracias a las excelencias de la censura impuesta por el régimen del General Franco, sólo unos pocos isleños llegaron a saber que hubo un plan para tomar Salbago por parte de los aliados, que debían haber llevado a cabo las tropas expedicionarias de Gran Bretaña y las fuerzas aéreas de la RAF, de modo que ése sería el primer territorio insular que la civilización europea arrebataría a la falsa neutralidad del fascismo español. El virus del hierro fue algo más que una guerra y una catástrofe. Fue la ósmosis de todas las historias, de todas las histerias, de

todas las miserias y de todas las enfermedades y angustias que
los isleños padecieron a lo largo de su andadura en la tierra,
algo que los aisló aún más de su propio contexto y que llegó a
señalarlos como coto vedado para el turismo y las relaciones
internacionales. Los isleños, una vez más, esperaron el milagro
del cielo, porque siempre supieron que no hubo mal que dura-
ra cien años ni, naturalmente, isla que lo resistiera. Y Salbago
no iba entonces a ser una excepción en la historia del mundo.

XVI

Mara Florido renació de sus cenizas cuando acabó la cuarentena. Se mostró más bella y provocativa que nunca, aunque Horacio Rejón notó en sus gestos un deje de cansancio por todo, por la situación en la que ambos se encontraban, por la ciudad, por la isla y por la sociedad que seguía rechazando sus amores pasionales y el espectáculo insólito que daban los amantes. Durante la cuarentena de aquellos meses, Mara Florido engordó algunos quilos de peso que Horacio Rejón achacó a la falta de otra actividad que no fuera la de la cama, pero que en realidad respondía a la fuerza inmortal de las albinas que se habían enquistado en el alma sensual de la mujer. En los días de la cuarentena, Mara Florido se familiarizó con las sonatas de Mozart que todas las tardes tocaba al piano Dora de Rejón, de las tres tías de Horacio la que más simpatía derrochaba para Mara Florido. Horacio Rejón descansaba en esas tardes, abotagado tras la comilona del mediodía, y apenas llegó a escuchar alguna que otra nota perdida que salía desde los suelos de madera del salón y se expandía por todas las habitaciones de la casa. Era una música fuera del tiempo que Rejón no acababa de ubicar, no sólo por sus escasos conocimientos de música clásica sino porque también le resultaba inverosímil que alguien se pusiera a tocar el piano en medio de la calima y de la angustia del hierro.

Y, sin embargo, Dora de Rejón pasaba las primeras horas de la tarde amenizando el aburrimiento de Mara Florido, exactamente igual que cuando hipnotizaba los tiempos muertos de don Francisco de Rejón en la época de la Guerra Civil. Horacio Rejón dormitaba entre eruptos involuntarios y gases que le llenaban la cabeza de pesadillas y de sueños, que mezclaban a voleo los tiempos de las anécdotas y los recuerdos de las guerras, las circunstancias de su vida en América durante su infancia y el pacto sagrado que había hecho con su padre, Juan de Rejón, de regresar a la isla para vivir en aquella casa. Mara Florido se sentaba en la butaca de caoba que había pertenecido por años a don Francisco de Rejón y se dejaba cobijar por las notas que Dora de Rejón le arrebataba al piano en esas primeras horas de la tarde. Nunca supo Mara tampoco si estuvo dormida o despierta cada vez que oyó el piano, ni cuánto tiempo duraba exactamente aquel insólito concierto que la albina más joven de todas le consagraba en cuerpo y alma como agradecimiento a los hermosos ratos de amor que pasaba en el interior de su cuerpo. Se preparaba para ese momento de soledad, tras el almuerzo con Horacio en la cocina o en el comedor, como para salir a la calle, y como si efectivamente fuera a tomar asiento en el palco principal del Teatro Pérez Galdós durante la temporada de ópera y toda la sociedad de Salbago estuviera pendiente de ella. Se arreglaba los cabellos durante la mañana, lavándoselos con abundante espuma una y otra vez y dejándoselos sedosos y dispuestos para un peinado fascinante. Se pintaba la cara hasta en los más ligeros detalles, las cejas, las uñas de las manos, y escogía después la ropa interior y el vestido ideal para el concierto, y los zapatos haciendo juego con la ropa que ella deseaba lucir en ese día. Se encerraba después en el salón, a la hora convenida tácitamente con Dora de Rejón, cerraba todas las ventanas que daban a la calle, y encendía las luces en el momento en el que la primera nota daba por comenzado el concierto. Era la manera que las dos cómplices tenían para encontrarse en un punto común, el pecado de saltar por encima de la vida y de la muerte para que Dora de Rejón se aposentara en el alma de la mujer viva y pudiera gozar sin ser vista durante la noche entre los brazos de Horacio Rejón Frascachini.

Nieves de Rejón, la paralítica, se hacía visible en algunas de esas tardes, pero para nada turbaba la placentera sesión musical su bisbiseo de rosario y letanías. Ése era su natural modo de estar presente en la reunión de las mujeres, de sentirse cómplice en la aventura del amor y de participar clandestinamente de la vida que había dejado atrás hacía mucho tiempo y sin apenas darse cuenta. A pesar de sus acendradas ideas religiosas, Nieves de Rejón comprendió después de muerta que a nadie hace daño un poco de dulce, que la carne estaba puesta en el cuerpo de los humanos para el placer de la propia carne y que no había peligro alguno de canibalismo en los besos que un hombre y una mujer llegaban a darse en los momentos de éxtasis concupiscente. Todos los rosarios, letanías, oraciones tradicionales e inventadas que había rezado en su vida en la tierra seguían teniendo un cierto sentido en su alma, pero una cosa no quitaba la otra. Es decir, que lo que todos en aquella casa habían estimado de un modo hipócrita como pecado abyecto y decrépito, capaz de arrancar a Dios del corazón porque era una esclavitud del espíritu a la carne y de la carne al vicio, formaba parte de la respiración y de la vida, como las oraciones y la pureza, como la alegría, la angustia, la soledad, la locura y todo lo demás que los psiquiatras y los curas se habían inventado para asustar al ser humano cada minuto del día y de la noche. Ahora no tenía otro remedio que conformarse con la hipnosis narcótica que la música del piano provocaba en el rostro de aquella mujer espléndida que era la amante de Horacio Rejón. Pasaba las cuentas del rosario, pidiendo a Dios que

permitiese siquiera por unos segundos que ella misma, Nieves
de Rejón, llegara a sentir el placer de Mara Florido en las noches de Horacio Rejón, y se conformaba con no padecer ya
en su corazón el más mínimo capricho de la culpa que la ato-
sigó durante toda su vida con una carga que no le correspondía llevar a ella sola. Ahora, después de muerta, seguía anclada en una frigidez que deseaba expulsar de un cuerpo que ya
no poseía.

Dolores de Rejón era la más reacia a incorporarse al juego
de la vida. Su temperamento le impedía abusar ahora de un
alma y de un cuerpo que nunca estuvieron entrenados para la
cama, sino para el mando, un cuerpo y un alma que no tenían
ninguna intimidad para ellos mismos, sino que habían sido edu-
cados para servir de columna y de ejemplo para toda la familia
y para los extraños que llegaron a conocerla. Y algunas veces,
en esas tardes en las que su hermana Dora tocaba el piano a la
perfección, llegaba a estar de acuerdo con quienes la critica-
ron en vida y a sus espaldas: debía haber nacido hombre, y otro
gallo hubiera cantado en aquella casa y en su propia existencia. No sentía, desde luego, celos de sus otras dos hermanas
cuando con demasiada frecuencia caían en la tentación de me-
terse en el cuerpo de Mara Florido para pasar la noche en el
lecho y en la piel de Horacio Rejón. Al contrario. Lo que ocurría, y ella misma se daba ahora cuenta durante sus reflexiones vespertinas mientras Horacio Rejón dormía la siesta des-
preocupadamente, es que donde hubo siempre queda, y nadie
era libre para zascandilear en el cuerpo de ninguna joven cada
vez que le vinieran las ganas de vengarse del tiempo perdido,
sobre todo si era un cuerpo muerto quien estaba pensándolo.

Nadie, excepción hecha de aquel contumaz timbrazo de las
seis de la tarde, había llegado a interrumpir los conciertos secretos que Dora de Rejón daba en honor de Mara Florido, a
cambio de unas migajas de sensualidad que la joven mujer pa-
garía con su cuerpo durante esa misma noche. El mismo Horacio Rejón gustaba silenciosamente de las extrañas maneras
que Mara Florido observaba durante determinadas noches, en

plena sesión de placer. Le pedía en voz baja, acariciándolo con la voz, posturas que en otras ocasiones él mismo hubiera tildado de indecentes y prohibidas. Le exigía tributos corporales sumamente delicados y exóticos, y Horacio Rejón no atinaba a concedérselos al encierro obligatorio, que había aguzado el ingenio de Mara Florido, o la imaginación desenfrenada que la mujer desplegaba en esas circunstancias, en noches muy contadas en las que el vértigo del cuerpo abismaba a Rejón hasta sensaciones sacrílegas que él no había gozado jamás.

La fuerza insaciable de la amante, que insistía en caricias desconocidas que le alcanzaban las entrañas, lo excitaba y sorprendía al mismo tiempo. A veces se quedaba absorto, echado a su lado, viéndola moverse ella sola, como si alguien invisible y de otro mundo la estuviera poseyendo mientras se le iban las manos a los labios calientes del sexo y empezaba allí una rítmica masturbación en acompañada soledad. No era la masturbación, entonces, un sucedáneo de nada, sino una parte importantísima del amor, y Mara Florido se lo estaba descubriendo ahora. El cuerpo de la mujer se ponía enteramente tenso, arqueándose boca arriba como si fuera a romper todas las barreras de la gravedad, endureciéndose mientras se acariciaba los labios del sexo, los pechos, su propia cara, y él buscaba intervenir sobándole también aquellos pechos enhiestos, encendidos como teas, sólidos como dureza de fruta madura, ardiendo como leche recién ordeñada, sin querer interrumpir las sesiones personales que Mara Florido le ofrecía en las noches más caprichosas. No acababa ahí la sorpresa. Porque, de repente, Mara se ponía de espaldas y le ofrecía a su amante el amor clandestino de unas nalgas abiertas hasta la oscuridad para que Horacio Rejón la penetrara con su ariete, desinhibidos ambos, entregados los dos al ejercicio de salirse de la tierra en un muy breve espacio de tiempo. El olor del cuerpo de la mujer cambiaba por detrás, pero Horacio Rejón no llegó nunca a atribuírselo a nada especial. Mientras el sexo de Mara Florido exhalaba un efluvio parecido al licor de almizcle durante las sucesivas masturbaciones a las que se entregaba delante de

Horacio Rejón, su culo esplendoroso encerraba otro tipo de misteriosas sensaciones, que iban desde el mismo olor del almizcle hasta las curvas que los ojos del amante descubrían repentinamente, como si el placer las hubiera puesto allí un momento antes sólo para que él las viera. Entre vértigos, sollozos, apretones, alientos, embates, suaves dolores y caricias, Horacio Rejón violaba profunda y arrebatadamente las carnes interiores de Mara Florido. Él le pedía entonces la lengua, y ella volvía la cabeza para acercarle a la suya sólo la punta de fuego ardiendo en la que se había convertido. Duraba siglos el coito anal, a la luz exigua de un quinqué antiguo que hacía mucho más concupiscente la espesura que Mara Florido había preparado con toda su conciencia. Después no quedaba serena, como pudiera esperarse de experiencias de este género, o dolorida por los ataques empecinados de Horacio Rejón, sino que se levantaba aún excitada, insaciable, y tomaba a su amante de la mano, lo acercaba hasta el baño y allí, en la tina con agua caliente y revuelta de sales olorosas, lo lavaba y secaba a la vez, tal como si estuviera acariciándolo con una toalla cargada de suavidades que terminaban por revitalizar la pasión en el miembro de Horacio. Se lo llevaba de nuevo al lecho. Lo colocaba de espaldas, boca abajo, y empezaba a masajearle todo el cuerpo, erizándole el vello y arrastrándolo a un delirio inmenso como el mar, que acababa en el rito lento y estudiado de la punta de la lengua rodeándole cada rincón de la epidermis, centrándose después en un beso total que rompía todos los registros de los que Horacio Rejón hubiera sido cómplice en sus largas correrías de amor. Cuando llegaba a las nalgas, ella misma se las abría con tacto profesional, como si estuviera usando guantes de seda italiana, y después introducía con lentitud la punta caliente de la lengua en las partes más profundas del cuerpo de Horacio Rejón. Entre la maravilla y el asombro, él se dejaba hacer, porque era un muñeco sin voluntad en manos de una diosa inmoral que le cambiaba los colores de la vida y le hacía huir todos los miedos del cuerpo. El final resultaba siempre apoteósico. Mara Florido hacía más lentas sus caricias,

iba poco a poco retirando la lengua del culo de Horacio Rejón,
de modo que el hombre quedaba relajado casi entre sueños y se
abandonaba a un descanso que nunca en otras ocasiones se pareció tanto a la quietud de la muerte. Cuando se quedaba así,
tembloroso, traspuesto y satisfecho del todo, Horacio Rejón no
alcanzaba ni siquiera a soñar ninguna imagen en blanco y negro. Un vacío completo se adueñaba de su cansancio y sólo se
veía, tal vez entre sueños o quizá sólo deseándolo entre sombras, hundiéndose en un pozo de oscuridades que adormecían
aún más todas las fibras de su alma abismándolo en el absoluto
universo de la nada. En esos momentos, sólo oía a su alrededor
el contenido reposo de su propia respiración.

XVII

Horacio Rejón empezó a sospechar cuando creyó que había agotado todas las variantes del amor en el cuerpo de Mara Florido. No sólo llegó a extrañarse de la cada vez mayor violencia y entrega que Mara Florido le exigía en las parcelas del placer, sino que inconscientemente pensaba que la insaciabilidad denotada en su amante era algo que se escapaba de la norma del ser humano.

El final del encierro marcó un descanso en aquellas sospechas, pero abrió de nuevo el campo de las posibilidades para que Mara Florido exhibiera ante el mundo insular su fantástica figura de mujer fulgurante y entera, para la que no valían ni encierros, ni calimas, ni epidemias. Comenzó a dudar repentinamente de sí mismo y a verse dominado por la mujer. De ahí a la comezón de los celos hubo sólo un paso, que dio apenas sin darse cuenta. Ella le dijo que no podía hacer nada para que los hombres dejaran de mirarla.

—No depende de mí —le dijo.

—Te vistes de manera menos provocativa y ya está —le contestó Horacio excesivamente compulsivo.

Igual que se lo había llevado el placer, ahora se lo llevaban los celos sin que él pudiera remediarlo. Consultar con su amigo el doctor Cañal este tipo de dolencia no iba a arreglar nada el desajuste anímico que el cambio había supuesto en Horacio Rejón. Cuando estaban en la casa, él la observaba hacer y ordenar las cuestiones domésticas sin perderse un ápice de sus gestos, queriendo ver más allá de la apariencia lo que le parecía en principio una ruptura de la mujer. Pero poco después se rendía ante la evidencia: no había nada que echarle en cara. Mara Florido se levantaba muy temprano, presa de una vitalidad que se le había desarrollado en el encierro provocado por la epidemia ferruginosa. Se arreglaba informalmente, y venía de nuevo a despedirse de Horacio Rejón cuando él estaba a punto de retomar el sueño que le había robado el despertador.

—¿Dónde vas tan arreglada? —le preguntó un día que estaba ya a punto de estallar de celos. Ni siquiera abrió los ojos para hablarle.

—A comprar, Horacio. A comprar como todos los días —le contestó Mara Florido.

Todas las mañanas, en efecto, ella salía a comprar el pan y los bollos para el desayuno que Horacio tomaba casi al mediodía, porque la zozobra de los celos lo aletargaba durante muchas horas de luz. Pero el tiempo que la mujer pasaba fuera de la casa se le hacía interminable a Horacio Rejón. Ella no hacía otra cosa que dejarlo dormir, porque se dio cuenta que Horacio Rejón era un hombre para el que la mañana carecía prácticamente de horario, y que comenzaba a vivir de verdad luego de tomarse el zumo de naranja y la trenza de hojaldre casi cuando el reloj marcaba las doce del mediodía. Pero, en realidad, llegó un momento en el que Horacio Rejón dejaba de dormitar nada más que Mara Florido se iba de la casa. Vigilaba el reloj sin salirse de la cama, envuelto en las sábanas y en la media luz de una mañana siempre repetida,

al borde de una fiebre rara que lo atosigaba hasta amargarle
el ánimo. Pensaba entonces lo que ahora estaba haciendo Mara Florido, y se encerraba en duermevelas entre pensamientos
que conducían a la sospecha, y de la sospecha a los celos.
Cuando oía que Mara Florido estaba introduciendo la llave en
el ojo de la cerradura y sentía sus pasos olorosos subiendo la
escalera de la casa, todos aquellos pensamientos desaparecían
para dejar espacio a una claridad de ideas que no lo abandonaba más a lo largo del día, y sólo asomaban un tiempo
después, al borde del anochecer, cuando los hombres anónimos
o los conocidos echaban sus ojos encima de Mara Florido como
si quisieran desnudarla, mientras él y el doctor Cañal hablaban amistosamente de los acontecimientos del mundo. Los mataban a todos. A Kennedy, antes a Gandhi, habían intentado
matar a Margaret Thatcher y, en la India, se habían llevado
por delante la vida de Indira. El Papa mismo o el mismo Ronald
Reagan se habían escapado por los pelos al peligro de una
muerte violenta.

—El mundo es pura publicidad, amigo mío —le dijo Maximino Cañal—. Ahora los medios de comunicación pueden hacer
famoso a un idiota iluminado por su propia idiotez en unos
pocos minutos. De modo que su nombre da la vuelta al mundo cada vez que se comete una fechoría cuya dimensión está
precisamente en función de contra quien se comete —dijo
el doctor Cañal.

Horacio Rejón atendía con un ojo al médico forense y con
otro a Mara Florido, a la que no le importaban demasiado las
cosas que conversaban ambos amigos, sino que se volcaba hacia su propio interior con una visión alejada de todas las miserias de alrededor. A veces, lo sorprendía observándola fijamente, como si fuera la primera vez que la viera. Y entonces
echaba a su cara una sonrisa que Horacio Rejón traducía
siempre como una excusa. Maximino Cañal intuía que algo no
marchaba del todo bien en la relación de los jóvenes, porque
notaba que a Horacio Rejón la tristeza le corroía el rostro
algunas tardes con una especie de exasperación contenida que

decía mucho de su carácter y de la recámara silenciosamente violenta que el joven criollo llevaba dentro de sí.

—Es lógico, muchacho —le dijo un día Maximino Cañal a Horacio Rejón—, que la isla canse a los más jóvenes. A todos nos come por dentro sin que lleguemos a darnos cuenta. Estamos como embrujados, indefensos ante su poder de convicción y espejismo. A ustedes, a los jóvenes, lo que les conviene es salir. Salir al mundo, pasearse por ahí con cierta frecuencia. Un viaje a Londres, a Madrid, a París, lo que te parezca —le dijo para convencerlo.

—Europa... —suspiró Horacio Rejón—. Europa es un museo frío y solitario. Es bellísimo, magnífico, sin duda, pero me parece muy aburrido y con ritmos y horarios muy tensos.

—Tampoco va a ser un cementerio, hombre —le contestó Maximino Cañal—, a pesar de las guerras y las historias que lleva a sus espaldas...

Quería encontrarle a Horacio un método de distracción, porque sabía que la isla empezaba a hacer mella en su carácter. Salbago comenzaba a comérselo por dentro y lentamente inoculaba su desidia y despreocupación en el criollo que había llegado a sus costas con la convicción de un triunfador mundano. Así habían empezado muchos de los que, desde su ambición, trataron de romper las normas de la sociedad insular. Todos habían acabado por marcharse. Maximino Cañal recordaba que en la familia de los Rejón sólo existió una excepción a la regla, porque todos los demás habían permanecido fieles a la isla, sedentarios, sin moverse de ella para nada, haciendo toda su vida en la ciudad y en algunos pueblos agricultores de Salbago, enraizados en un pasado y en un presente en el que siempre creyeron como única realidad de su historia. Esa única excepción era Juan de Rejón, el capitán republicano, pero Maximino Cañal pensaba ahora que quizás hubo circunstancias secretas que influyeron en la decisión del republicano de huir de la isla como se huye de una bruja o de una madrastra, para refugiarse en el Madrid de la República antes de que las tropas de Franco se llevaran por delante el sueño de una España moderna. Porque la guerra había sido sin duda la culpable de la conducta del hijo pródigo, de Juan de Rejón. Los demás miembros de la familia siguieron viviendo en la ciudad de Salbago. La isla era para ellos un recoveco de sí mismos. Se sentían parte integrante de aquella sociedad y fueron en buena medida protagonistas de su historia. Venidos a menos en la época decrépita de la posguerra, no podían sin embargo quejarse de nada, ni siquiera vivir de nostalgias pasadas, sino limitarse a conservar los restos de un apellido desperdigado en la isla con la dignidad que la tradición y el linaje de la conquista les imponían. Horacio Rejón, no. Horacio Rejón era otra cosa, una sombra espuria, a pesar de ser también Rejón. Era un hombre que había vivido demasiadas cosas a la vez para digerirlas del todo. Poseía en sus señas de identidad un apellido que vivía hoy más en la leyenda que en la realidad, cargaba con un exilio republicano paterno que para él representaba la gloria y para los demás una especie de vergüenza piadosa a silenciar. Había cumplido la promesa de un regreso que se convirtió en triunfo a primera vista y, al mismo tiempo, en un rechazo que Horacio Rejón sentía ahora caer sobre sus carnes como un peso de plomo. Todas esas características vitales se encerraban en la herencia de su padre y en el oscuro historial que el capitán republicano había fabricado en su entorno.

Maximino Cañal pensaba que todo había ocurrido con demasiada velocidad, y que ahora ese mismo rechazo le estaba empezando a revirar a marchas forzadas todos los conceptos mimados que Horacio Rejón fue coleccionando para construir su propia historia en la ciudad de Salbago, conceptos que guardaba como medallas condecorativas de una guerra española de la que oyó hablar durante muchos años hasta convertirse en un fantasma pegado a la piel de su alma. Y Mara Florido, pensaba Maximino Cañal mientras observaba la creciente tristeza de Horacio Rejón, ¿acaso no era el corazón secreto de esa misma isla que iba carcomiendo por dentro las ilusiones de Horacio? ¿Acaso no lo estaba también devorando la casa solariega, todas las peripecias que esa mansión encerraba, desde los fusilamientos clandestinos efectuados como una misa negra por los falangistas de Marcial Wiot, en plena Guerra Civil, hasta la apoteosis final y febril del viejo Francisco de Rejón, cuya demencia senil llegó a confundir la ceguera que sufría irreversiblemente con la presencia de una luz difusa en la que creyó ver a Dios hecho la gloria? Por eso no podía hacer otra cosa que recomendarle un viaje por Europa, Roma, Atenas tal vez, el Mediterráneo y las otras islas, una tierra aún desconocida para él, que lo redimiera de Salbago y en la que pudiera distraerse sin que nadie viniera a llevarle en bandeja de plata la cabeza de sus fantasmas familiares, de modo que dejara atrás algunas obsesiones que empezaban ya a destrozarlo haciéndose sustancia propia de su carácter y su conducta.

—No he pensado ni un instante en moverme de Salbago, doctor —le contestó Horacio Rejón—. Esta desazón me la tengo que curar yo mismo, porque de la crisis lo mejor es que salgamos solos, sin ayudas exteriores, o nos quedaremos para siempre en ellas.

Ese día de la conversación íntima con Maximino Cañal, Mara Florido no asistió a la tertulia de casi todas las tardes. Se había quedado en casa pretextando un fuerte dolor de cabeza en el que Horacio Rejón nunca creyó. Tampoco lo tomó por sorpresa aquella coartada doméstica. Sabía que la distancia entre los días de amor y rosas y la Mara Florido de ahora mismo era enorme. Mucho mayor que la que nunca pudo haber entre ellos, incluso antes de llegar a conocerse. No le insistió en que lo acompañara, y tampoco se despidió de ella al marcharse hacia el Hotel Madrid, cabizbajo y escondiendo sus manos en los bolsillos de los pantalones. Mientras caminaba, se multiplicaron los desatinos en sus pensamientos cubriéndolo todo con un velo de rencor hasta que los celos se le metieron de nuevo en la cabeza con la fuerza de un gas letal e imparable que él no había imaginado que existiera. «De aquí en adelante todo será muy distinto», se dijo convenciéndose de la inutilidad de unas relaciones que comenzaron con la velocidad irracional de un relámpago. La silueta de Alain Dampierre, tan alejado hasta entonces de su recuerdo, se le fue creciendo conforme avanzaba hasta el lugar donde el doctor Cañal estaba esperándolo. Nunca había pensado en el cónsul francés al que había arrebatado la mujer, y ahora se presentaba como un espectro ante su memoria con una claridad excesiva, como si hubiera sido ayer cuando ocurrieron los hechos. Horacio Rejón trataba de convencerse de que era sólo un fantasma pervertido que volvía a importunarlo, una especie de larva gris que iba creciendo hasta convertirse en el murciélago burlón que sobrevolaba sus noches y le arrimaba una desesperación asfixiante. O tal vez era la sombra de otro hombre futuro que vendría a hacerle lo que él mismo le hizo a Alain Dampierre.

Las calles de la ciudad eran las mismas que antes de la enfermedad del hierro, y apenas quedaban ya recuerdos de los malos días pasados por la población dentro de aquel miedo obligatorio. La vida había vuelto a hacer de ese lugar una isla de turismo, como si nunca hubiera pasado nada extraordinario. Pero Horacio Rejón sentía que el virus le había dejado dentro el quiste de una memoria que poco a poco iba revolviéndolo todo, hasta los más mínimos gestos de Mara Florido, cada uno de los actos de amor a los que ambos se habían entregado durante la larga cuarentena, las conversaciones, los guiños, las borracheras conjuntas, las orgías de placer, las tardes llenas, las noches despiertas, las madrugadas oliendo a pasión y las mañanas en las que las horas pasaban lentamente sobre la cama. Los celos tuvieron en él una presa demasiado fácil. Sintió un miedo cerval por primera vez desde que llegó a Salbago, y las carnes se le abrieron caminando entre las gentes que no lo conocían. Entonces comprendió que era un perfecto intruso en la isla, un molesto e impertinente extranjero que no había elegido bien el sitio para vivir.

El doctor Cañal estaba sentado en una silla con respaldo en la plazoleta del Hotel Madrid. Tomaba su ginebra de la tarde con la parcialidad de los bebedores crónicos que conocen el valor del licor que se echan al cuerpo. Lo vio desde lejos, acercándose con la tristeza encadenando su rostro. Ahora le pasaba a Horacio Rejón lo que antes había ocurrido con Alain Dampierre. Empezaba a saber que no podría seguir viviendo con Mara Florido durante mucho tiempo, pero que le sería muy difícil vivir sin ella. Ésos eran los primeros síntomas de las fiebres de amor, porque Mara Florido era precisamente eso: una real hembra que se hacía aparentemente al paño y a las maneras de su amante para luego devorarlo con placentera lentitud. Era, en realidad, una amante religiosa, de esas que dejan marca en la invisible geografía del alma y que enferman de calentura todo lo que tocan. Maximino Cañal ignoraba que las tías albinas de Horacio Rejón habitaban el cuerpo de Mara Florido, que ella había asumido el espíritu de todas, que se alimentaba por ellas y que gozaba como si fueran cuatro mujeres en una sola, de manera que las normas del amor cambiaban cada vez que una de ellas tomaba la iniciativa en su organismo. Horacio Rejón creyó por su parte que las querencias de su mujer no eran otra cosa que una sorpresa que ella le tenía reservada desde siempre. Pero también empezaba a suponer que aquella sabiduría no era producto de una ciencia infusa, sino de un entrenamiento cotidiano que antes había llevado a cabo con el francés que ahora se presentaba en su memoria para volverlo loco del todo. Eso lo perturbaba hasta el punto de notársele en la cara. Maximino Cañal no quería hacer una sangría en la experiencia silenciosa que Horacio Rejón libraba consigo mismo. Poco a poco la conversación fue cambiando de tercio, no sólo por el elegante estilo del médico, sino por la prudencia que el galeno arrastraba ya por experiencia. La Guerra Civil seguía siendo una obsesión morbosa para Horacio Rejón, y era fácil desviarlo hacia la memoria de la contienda con cualquier comentario sin importancia. Bastaba con estar un poco atento y meter la cuña en el momento exacto. Además, Maximino Cañal era un experto en humanidad, y sabía perfectamente en qué recodo del camino había que girar la llave del diálogo y regresar a la servidumbre de un coloquio que jamás agotaba a Horacio Rejón...

—Bueno —le dijo Maximino Cañal—, como tú quieras. Pero creo que Europa te podría enseñar muchas cosas de nuestra guerra. Aquí vinieron muchos europeos a luchar en las Brigadas Internacionales, y también en el otro bando. Muchos viven todavía. Es una bonita excursión por el pasado de nosotros mismos pasear por Europa. Tú ya conoces todos los escenarios, incluso has tenido la suerte de ver el Gernika antes de que lo trajeran a Madrid. Conoces a todos los que se fueron luego de la guerra a América. Pero ahora podrías ver Colliure, por ejemplo, no sé, los restos de los campos de concentración donde hay tanta historia española, porque no nos trataron demasiado bien esos cabrones, no. Amparados en su propia guerra, nos jodieron todo lo que les vino en gana. Ve a Madrid, a Valencia...

—De Valencia no sé nada, salvo que por ahí salió mi padre hacia América —contestó Horacio Rejón—, que ese puerto le salvó la vida.

—Yo a tu padre lo vi una vez sola —dijo Cañal—. Paseando por aquí mismo, quizás iba camino de tu casa. En fin, apenas lo conocí y no puedo darte datos de él. De tu familia, en cambio, de todos los que se quedaron aquí, lo sé absolutamente todo.

El doctor Cañal no notó ningún rasgo emocionado en los gestos de Horacio Rejón. Le pareció que estaba muy lejos de la isla en ese momento, como si estuviera sintiendo la mordida de la nostalgia mexicana. Pasan esas cosas cuando uno lo tiene todo tan dispuesto desde tan joven, pensó. Horacio Rejón asintió entonces débilmente, porque ya habían dejado de interesarle gran cosa los conocimientos sobre su propia familia. Se echó a la boca un whisky seco, y luego se quedó mirando hacia el final de la calle, desde donde las sombras de una catedral interminada hacían más negra y lúgubre la profundidad de la noche húmeda.

XVIII

El capitán republicano Juan de Rejón sabía que estaba escapando de la muerte. El caos y la desesperación de la sangre quedaban atrás, enturbiados en el confuso griterío de una defensa que el tiempo y las secuelas angustiosas de una guerra interminable habían ido debilitando. La guerra también quedaba atrás, con su capote mojado y hecho trizas en la defensa de un Madrid cegado por las bombas, cercado por el hambre y agotado en el charco hipnótico de la desconfianza y el cansancio que terminó por aturdir a los resistentes. Lo destinaban a esta misión porque los responsables gubernamentales tenían plena confianza en sus dotes de mando, en su preparación integral como republicano, militar en la guerra y civil en la paz, en su entereza teñida incluso con ribetes de imprudencia temeraria en situaciones delicadas, y en su capacidad integradora para organizar la resistencia en el exilio mexicano. Atrás quedaban las luces apagadas de la ciudad de Madrid, cuya rebeldía en la historia de España, desde los fusilamientos de La Moncloa hasta las heroicidades palpables de la Guerra Civil, nunca sería reconocida por el resto de un país envuelto en llamas y aniquilado por las sublevaciones contradictorias a lo largo de tantos siglos.

Sabía que estaba huyendo de una muerte segura, librándose de las execrables atrocidades y de las represalias que las tropas de Franco llevarían a cabo nada más violar las fronteras de la capital sitiada, escabulléndose de los juicios sumarísimos y apresurados, de los fusilamientos al amanecer en las primeras horas de la derrota a los que se sometería implacablemente a miles de resistentes, y del desamparo y la soledad que el fracaso inocula en el alma humana cuando se ha luchado por todo lo contrario que los vencedores. Huía, en definitiva, de la parte personal que le correspondía en el drama del hundimiento republicano, de las miserias que tendría que visualizar él mismo en las cárceles y en los campos de concentración que nacerían como hongos mortales en toda la península ibérica, y de los indudables abusos y vejaciones que habrían de cometer a su gusto las hordas moras henchidas de coñac de garrafón que el General Franco colocaba siempre en vanguardia de sus ejércitos, no sólo como la más deleznable carne de cañón sino también como los beneficiarios instantáneos del botín de guerra.

Juan de Rejón debía embarcar en Valencia casi clandestinamente, huyendo de la quema final sin tardanza alguna hasta llegar al puerto francés de Marsella. Allí lo esperaban para hacerlo viajar sin problemas hasta Veracruz, en México, donde comenzaría la tarea de reconstrucción de una resistencia en el exilio capaz de convencer al mundo de la posibilidad de una nueva guerra contra Franco. Se le reduplicaron en su memoria de perdedor cientos de clichés cuya fijación fue disolviendo sus colores en el olvido a lo largo de los años. Creyó que lo embargaba una sensación de vértigo pasajero, provocado por la fatiga y la tristeza de perder, por el escalofrío y la agobiante presencia de la derrota que no se separaba de él ni un segundo. Pero poco a poco llegó a la conclusión de que algo muy importante se iba muriendo dentro de él, porque la película completa de un personaje sólo pasa por la mente del protagonista cuando le quedan muy pocos minutos de vida. Era una paradoja que lo atosigaba, derrumbándolo en una creciente oscuridad, en una carretera y un futuro incierto cuya latitud desconocida lo hacía flaquear en sus criterios y lo arrastraba hasta las sombras de la duda. Juan de Rejón llevaba puestas ropas de paisano que no había vestido desde hacía más de dos largos años. En el bolsillo interior de su chaqueta cruzada descansaban todos sus papeles en regla, y el automóvil negro en el que era conducido lejos de Madrid marchaba justamente detrás de otro en el que viajaban agentes republicanas que le abrían el paso en las barreras colocadas en el pasillo de salvación hacia Valencia por las fuerzas gubernamentales. A pesar de estar recién afeitado y con las ropas completamente limpias y nuevas, Juan de Rejón se pasaba a cada rato la palma de la mano por la barba. Se desconocía a sí mismo. No estaba seguro dentro de su piel de siempre, sintiéndose un extraño consigo mismo, entubado en el terno gris diplomático que alejaba de él la personalidad a la que se había acostumbrado durante tanto tiempo vestido con uniforme militar. Dormitaba a ratos con el ronroneo del motor del coche, y se sobresaltaba en ocasiones notándose la garganta seca por una especie de pesadilla llena de borrones, porque la muerte de la que sabía que estaba huyendo lo perseguía de cerca y con la seguridad de ponerle la mano encima en cualquier momento.

Sin orden ni concierto se le vinieron a la cabeza embotada por la guerra una multitud de secuencias difuminadas en el tiempo y en la lejanía de la isla de Salbago. Los primeros años de su vida en Agaete y sus correteos por la casa inabordable del Huerto de las Flores, ese mismo huerto por el que se adentró por primera vez hasta perderse en el corazón de la selva verde que su padre había ido levantando con el tesón de un dios díscolo y empecinado. Y en las sombras del barranco, Juan de Rejón recordó el espectáculo secreto del matadero municipal donde sacrificaban las reses. En un instante nítido se le acercaron las páginas olvidadas del rito de los matarifes, la sangre de la res corriendo caliente aún hacia el hoyo y atravesando las profundidades de la tierra, para volver a aparecer manchando de oscuro las gravas del barranco. La visión casi fugaz, temblorosa y soberbia, de una madre que lo miraba siempre de reojo, despreciándolo, y de la que ahora tampoco recordaba otra cosa sino que se pasaba los días encerrada en su alcoba, huyendo de su marido, estudiando los mapas del mundo entero y sacándole la hora exacta a capitales demasiado lejanas de la isla de Salbago. Y en las noches se embadurnaba de líquidos efervescentes que le teñían el pelo de escandalosos colores que alborotaban las lenguas de los alrededores del pueblo desbocando los comentarios, aunque nunca llegaron a verla en ninguna de sus histriónicas actuaciones cuando se paseaba por la oscuridad, alumbrada exclusivamente por la luna y las estrellas en los caminos del Huerto. Entonces María Amalia Medina se escondía entre los cafetos, los naranjales, las guayabas, las sombras estólidas de los tabacales cuyos parterres aparecían a la mañana siguiente destrozados por la huella de los zapatos de tacón alto con los que bailaba entre los árboles hasta altas horas de la mañana, ululando melodías extrañas al aire del amanecer para ahuyentar de sí su propia locura. Porque María Amalia Medina de Rejón no sólo se sentía cansada del mundo de la isla, sino de ella misma, de una vida que la había traicionado hasta el punto de convencerla para que se fundiera al cuerpo un cinturón de castidad que ya sólo llevaban en todo el universo las monjas irredentas a las que la concupiscencia había terminado por esclavizar sin remedio. «Esta noche, María, iré otra vez de fiesta», oyó una vez decir a María Amalia Medina. Juan de Rejón la seguía en secreto en su aquelarre solitario y arbóreo, de modo que conocía la aventura de su madre como la palma de su propia mano. La imagen de María Guayedra santiguándose, pequeña de estatura y la piel arrugada y renegrida, caminando por los pasillos de la casa del Huerto como un esqueleto viviente, enfundado en

su traje siempre negro, enjuta la figura y con el pelo blanco
atado en un moño pequeño, los ojos brillosos en cualquier
ocasión como si estuvieran dispuestos para llorar, y las manos huesudas que lo acariciaban en todo momento para que
sintiera un calor que su madre, María Amalia Medina de Rejón,
le negó desde el momento en que se encontró con él a solas
y se lo largó a la cara, repentinamente y con los ojos inyecta-
dos por el rencor, como una bofetada que le robó el alma y
lo dejó marcado para siempre.

—No me llames mamá. Yo no soy tu madre ni lo seré nunca —le dijo María Amalia.

Los bisbiseos rezadores de María Guayedra para endulzar
sus soledades cuando intentaba matarle el insomnio con caricias y cuentos de hadas y magos que la mayordoma se inventaba cada noche. Y él, Juan de Rejón, que se atrevió a decírselo a María Guayedra pero a nadie más. «Al fondo del
Huerto —le dijo—, hay un árbol precioso. Me he comido una
naranja de él y no es como las otras. Sabe a vino», le dijo
ante el estupor de María Guayedra.

La memoria, entre patética ahora y altanera entonces, de
un padre altivo, solitario, invencible al paso del tiempo, que
en las reuniones familiares de la casa solariega en la ciudad de
Salbago desgranaba historias y episodios de la conquista de
la isla en la que siempre terminaban por aparecer los héroes
apellidados Rejón, de Rejón Bethencourt, de Rejón Merino,
de Rejón Vera, de Rejón Bobadilla, Vidales de Rejón, Bethencourt de Rejón, de Rejón Morales, de Rejón de Armas. O anéc
dotas de sus viajes a las Antillas, leyendas que Francisco de
Rejón inventaba sobre la marcha para dejar bien clara la
rectitud histórica e irreprochable de su estirpe. La casa entera,
encendida ahora en su recuerdo tardío e impreciso, que se le
agrandaba en estos momentos como un enorme templo cuyas
fachadas lucían siempre limpias y albeadas, intactas ante las
tempestades secas de la isla, y en cuyo interior flotaba invisible el silencio, el respeto por todas las tradiciones españolas,
el olor de las ricas viandas que sus hermanas siempre estaban

mezclando en la cocina y, sobre todo, el intenso pulido de
las maderas que cubrían las paredes del salón, los suelos de
las alcobas, el comedor, las maderas de caoba de los muebles,
las sillas, las mesas, los aparadores heredados por Francisco
de Rejón desde muchas generaciones atrás. Se vio de nuevo
Juan de Rejón paseando sus gélidas soledades infantiles por
el jardín que su padre había colocado al fondo de la casa, y
al que se podía acceder con sólo levantar la única hoja de una
puerta rudimentaria que preludiaba el cambio geográfico del
interior de la casa hasta esa huerta que florecía entonces en
mitad de la ciudad de Salbago y que, cincuenta años más tarde, Horacio Rejón mandaría clausurar, seccionándola del resto
de la vivienda sin saber que allí mismo se ocultaba gran parte
de la historia de los Rejón. Juan de Rejón se acordó de la alberca del tamaño de una tina grande, que su padre fabricó en
el centro del jardín para remojarse cuando los calores arre-
ciaban sobre la ciudad sin piedad alguna y la humedad aplas-
taba los poros de su cuerpo hasta llevárselo al borde de una
abulia total. Todo se le antojó superfluo, vacío repentinamente,
como si no tuviera sentido o jamás hubiera existido.

Pensó luego en esa lucha histérica entre república y monarquía, entre realidades y ficciones, entre modernización y
feudalismo, entre la Iglesia y el Estado, esa pugna feroz que
atravesaba de punta a punta la línea quebrada de la historia
de España. Recorrió en un ácido segundo de recuerdo la lista
de reyes inútiles, de validos subnormales, los héroes de literatura esperpéntica que componían las batallas en donde se apo-
yaba la leyenda de España, la salmodia de una crónica san-
grienta, las intrigas cortesanas que decidían las guerras y las
paces, variando el signo de los acontecimientos de un país em-
pobrecido a través de los siglos, sucesivamente de oro, de plata, de bronce y de cartón piedra, en un viaje hacia la semilla
y hacia la nada. Las asonadas innumerables, los levantamien-
tos, los generales ambiciosos, los leales y los traidores, el enfrentamiento perenne de la clase militar con todo lo demás, la
Iglesia siempre presente con su cruz de redención, los impe-

rios perdidos, las conquistas de Ultramar, los árabes, los romanos primero, y luego América, en un salto de siglos. Cuba aquí mismo, las aventuras y las campañas africanas que llevaron al ejército español al borde de un suicidio absoluto, todas las reyertas que pintaban el fresco descolorido y alterado de la leyenda de España. «Un fracaso total. No han ganado una guerra en doscientos años, y ahora se inventan ésta contra la mayoría para justificar sus propias derrotas», caviló Juan de Rejón entre la lucidez y el sueño entenebrecido del cansancio. La pesadumbre de muchas intuiciones lo había conquistado desde mucho tiempo atrás, cuando los mandos republicanos más equilibrados se dieron cuenta que todo empezaba a echarse por la borda después de las primeras euforias. Y ahora la tristeza le agarrotaba los músculos y la certidumbre de la derrota le cerraba los párpados de la razón, abandonando su recuerdo al albur del capricho.

Registró de pronto en su recuerdo las calles semidesérticas de la ciudad de Salbago, cuya lejanía había ido borrando paulatinamente los perfiles definidos de un urbanismo colonial y de una sociedad cuya manera de ser casi se le había olvidado del todo. Se reprodujeron en su mente los edificios de dos plantas, los balcones de madera, los ventanales, las magníficas fachadas modernistas de esas construcciones que dibujaban el verdadero contexto físico de los barrios más antiguos, dignos y señoriales de la ciudad de Salbago. Vio los viejos raíles de acero del tranvía que atravesaba la infinita visión de la calle Mayor de Triana, donde indios y libaneses mostraban sus mercaderías a la venta, perdiéndose en el horizonte hacia la otra parte de la ciudad que crecía hacia el puerto, serpenteando entre las playas amarillas de Las Alcaravaneras y Las Canteras, entre los arenales que se subían por la ciudad como un ejército de ciempiés rubios hasta las lomas que tocaban con las manos el cielo azul, límpido, del norte, o que descendían hasta El Refugio, entre el muelle grande y el pesquero, las casas de los concesionarios ingleses de las frutas, y los espigones que habían ido adentrándose en las aguas grasientas, un istmo que ganaba terreno al mar hasta convertirse en la columna vertebral que unía la vieja ciudad con las Isletas.

Volvió a su casa en un giro sorprendente de la memoria, que casi lo terminó de despertar. Abandonó la calle y regresó al olor de la madera limpia, al efluvio familiar de las especias que Dora y Dolores de Rejón cocinaban a lo largo de mañanas que se iban en un soplo. Se vio de nuevo en aquel mundo olvidado, algo suyo que había asido con sus manos hasta la hora de marcharse a Madrid, a la universidad, a descubrir un universo más ancho y ajeno, más hipnótico, más rico y más derrochador. Las aguas azulmarinas de la noche en la que salió por barco de la ciudad de Salbago se le plantaron ante los ojos del recuerdo a Juan de Rejón. Y las luces que iban quedándose con lentitud detrás de la bahía, en un tiempo cuya conciencia regresaba ahora a encontrar el paralelismo entre aquel viaje y éste, el de Madrid a Valencia con la guerra a sus espaldas. Cuando salió de la isla, Juan de Rejón lo hizo voluntariamente, con la bendición expresa de don Francisco de Rejón, que lo miró sospechando que se le escapaba para siempre. Llegó a decírselo abiertamente en el salón de la casa de Salbago, minutos antes de que Juan de Rejón saliera para el puerto.

—¿Para siempre? —le preguntó su padre enarcando las cejas llenas ya del escepticismo de los años.

—Para siempre, nunca —contestó Juan de Rejón emocionado.

Pero era casi para siempre que perdía la visión de la isla en la noche mientras se alejaba de ella hacia la Península, dirección Cádiz. «Acuérdate, Juan. Las estatuas son para los muertos», recordó que le dijo su padre por toda despedida, y sus palabras resonaron en el interior del coche que lo conducía hasta Valencia como un eco tan profundo como cercano, como si el viejo don Francisco de Rejón estuviera allí mismo, a su lado, acompañándolo en su fracaso, revolviéndole el cabello de la memoria y sumiéndole el alma en el líquido de una amargura que no acababa de desaparecer del sueño.

Juan de Rejón intentó dibujar de nuevo en su mente los rostros de cada uno de sus hermanos, y la figura excepcional del mayor de todos, Francisco, se le fue creciendo sobre los demás hasta concentrar su atención. En ningún momento había dudado que Francisco de Rejón estaba luchando en el bando sublevado del General Franco. Francisco de Rejón no era un hombre político, pero poseía en su sangre una larga tradición monárquica que, como la herencia más preciada, respetaba más que a su propia vida. Era un liberal hecho a su tiempo, que trataba de hacer compatible la medicina con la época que se estaba viniendo encima sin remedio. Además, el doctor Francisco de Rejón encarnaba todas las tradiciones de la familia en una sola persona. De cualquier cosa discutía aparentemente sin pasión, y jamás dialogaba con nadie que no estuviera sentado como él. Mantenía las formas por encima de los contenidos, porque su concepción de la vida le había ido enseñando a lo largo de los años que los contenidos pueden cambiar con las circunstancias pero las formas son eternas, forman parte de lo inmutable y se extienden siempre hacia el futuro. Por esa misma forma de entender las cosas, era un monárquico formal pero no de contenido. Formalmente de derechas, estaba siempre más de acuerdo con las iniciativas sociales de sus enemigos políticos que con las de sus propios correligionarios. «A mí lo que me molestan, Juan, son los procedimientos», le dijo un día el doctor Rejón a su hermano. Porque los procedimientos eran para él también el fondo de cualquier cuestión, y la herencia atávica de la monarquía resultaba siempre una cuestión de procedimiento y una forma que nunca se podía pasar por alto. Juan de Rejón no supo nunca si su hermano Francisco conocía sus simpatías republicanas, pero el interés y el tiempo que le dedicaba le hicieron creer que el doctor Rejón pretendía convencerlo para la causa monárquica con un apostolado familiar que a Juan de Rejón se le antojaba ahora completamente inútil.

«Poner en duda al Rey, rechazarlo como lo ha hecho este país, es como poner en duda a Dios, como poner en duda a

España para cargársela de un plumazo carnavalesco», le dijo
Francisco de Rejón a su hermano cuando ya la República había tomado posesión de España. «Esto es el principio del fin.
Es la muerte, Juan, ya lo verás. Nada de esto puede acabar
bien», le dijo. Entonces el doctor Rejón movía la cabeza nega-
tivamente, dándole el pésame a un tiempo y a un país que empezaba a desconocer en toda su integridad. Luego se enfrascaba en un silencio total, y sus gestos traslucían los rasgos familiares de muchos siglos antes, cuando los Rejón plantaron el
pie en Salbago y gobernaron la isla desde la fundación de la
ciudad hasta la época cercana a la República. Quizá lo que
había ocurrido es que el doctor Rejón había nacido demasiado tarde. O demasiado temprano para comprender que ya nada
volvería a ser igual en España desde la implantación de la
República.

Ahora Francisco de Rejón estaría de capitán en cualquier
hospital de campaña, en la zona que el General Franco había
sublevado. A Juan de Rejón se le heló el alma en un segundo
al comprobar que pensaba en todas estas cuestiones de una
manera objetiva, como un autómata, viendo una película en la
que los personajes le tocaban tan de cerca que, aun formando
parte de su propia vida, lo dejaban completamente impasible.
Desde el principio de la guerra, Juan de Rejón perdió todo
contacto con la familia de Salbago. Dos años más tarde nada
sabía de lo que estaba ocurriendo en la isla, ni qué pasaba
con sus hermanos y su padre. Se supo siempre un desterrado,
desde el día en que María Amalia Medina le dijo que no era
su hijo, sino que Francisco de Rejón lo había traído de pequeño a la casa y le había dado el mismo apellido, los mismos
deberes y derechos, la misma educación y los mismos mimos
y tratamientos que al resto de sus hermanos, a los que siempre
miró con una reticencia que no acababa de explicarse.

—Tú eres un bastardo y nada más —le dijo María Amalia
Medina la tarde en que lo encontró solo.

Y el esqueleto viviente y amoroso de María Guayedra se
le vino encima como un ángel custodio, acogiéndolo en su re-

gazo, enjugándole las lágrimas con la miel de un tacto que él estaba ahora, camino de Valencia, echando de menos, porque se daba cuenta que el tiempo no podía borrarlo todo, que la memoria resultaba más poderosa que los calendarios de la vida y que la sal de la tierra hacía regresar la mente de vez en cuando a episodios que marcaban el carácter del hombre por toda la eternidad. Era un desterrado, un bastardo, un derrotado, pero al fin y al cabo poseía una característica única que nadie iba a arrebatarle ya más, porque él era el único Rejón republicano que respiraba sobre el planeta. Y eso lo seguía haciendo distinto a los demás, ni mejor ni peor, sino diferente, de manera que ése era el factor humano que no sólo lo distinguía sino que lo imposibilitaba para pasar indiferente dentro y fuera de la estirpe, dentro y fuera de la familia, dentro y fuera del apellido de los Rejón y de la isla de Salbago.

XIX

Cuando llegó a Madrid, en plena fiesta republicana, Juan de Rejón enloqueció con las nuevas perspectivas que se abrían al país, y con la cara oculta de una libertad que ahora relucía como un sol que hasta entonces había estado prohibido a la vista de los ciudadanos. Dejó de sentirse un tránsfuga de sí mismo, un intruso nomadeando en torno al mundo y se envolvió por entero en la bandera tricolor, restregándosela con ardor casi hasta saltarse la sangre para que llegara al fondo del alma y no quedara en la embriaguez republicana miasma alguna de su familia monárquica. Se puso a bailar con ella por las calles de Madrid al son de un ritmo dentro de cuya respiración la vida tomaba para él un cariz insólito, y la ilusión cobraba indumentarias que nunca hasta entonces había sentido galopando sobre su cuerpo. Pero ahora, camino de Valencia, se sentía nuevamente ante la sombra de un destierro, nuevamente intruso, un escalofrío que esa misma ilusión febril por la República no había programado nunca, de mane-

ra que la caída se convertía en un precipicio sin final cuya
dureza le desgajaba poco a poco el alma, conforme se alejaba
del Madrid de la resistencia republicana.

La imagen borrosa de su padre se le hizo presente a Juan
de Rejón, y todas las cosas y los años de la isla se le achica-
ron en la imaginación, anulada en sus propios ruidos por el
ronroneo de moscardón que exhalaba el motor del coche que
lo conducía hasta Valencia. Recordó sus chapuzones de verano en la alberca de la casa, cuando por mayo los vientos ali-
sios arrojaban sobre la isla una calidez que era sólo el amago
de un cambio de estación. Francisco de Rejón se empeñó en
construir aquel remedo de piscina en el jardín de su casa de
Salbago, donde los ratos se cubrían de eternidad y donde el
silencio se rompía sólo por el eco de los pasos de sus hermanos
o el griterío de Dora de Rejón cuando protestaba inútilmente
ante la autoridad de María Guayedra, que los obligaba a salir
del agua de la alberca y a secarse al sol oblicuo del jardín.
En la memoria de Juan de Rejón flotaron las notas sueltas de
una sonata de Mozart que Dora de Rejón escogió como su
preferida, al tiempo que se dibujaba en su mente la alberca en
todas sus dimensiones. En su niñez, la alberca resultaba tan
grande como una piscina de competición olímpica, aunque en
realidad era casi tan pequeña como una pila casera para lavar
ropa. Pero fue un altar de su infancia en toda su magnificen-
cia. Y el jardín un santuario de flores embozado en una geografía sagrada que venía a marcar un universo diferente en
los confines de la casa solariega, en un territorio boscoso y
ensoñador que se movía entre enredaderas y flores verdes, y
donde las hiedras se arrastraban por los suelos de los parterres
hasta los senderos luminosos del jardín. Allí se endureció el
carácter de desterrado de Juan de Rejón, su función de intruso. Allí fue puliéndose su soledad y la disciplina de un ser
que acabó por comprender que poco o nada tenía él que ver
ya con el ambiente secular y las tradiciones monárquicas de
los Rejón. Blasones, escudos, historias, daguerrotipos con leyendas de triunfos y efemérides resbalaban por su memoria

como si fuera exactamente un extraño dentro de un cuerpo familiar al que pertenecía por el capricho de su padre, don Francisco de Rejón.

Ése era el mismo jardín en el que el falangista Marcial Wiot mandó fusilar a decenas de republicanos isleños en los comienzos de la Guerra Civil, y sin que nunca don Francisco de Rejón llegara a enterarse de tales tropelías. Era ése el mismo jardín del que partían las voces quejumbrosas, los llantos, los gritos y los lamentos de los fusilados, tras muchos años de la terminación de la guerra, espasmos de un pasado que se eternizó en la casa de los Rejón y que martirizó los incrédulos oídos de Dolores de Rejón hasta que María Guayedra le confesó que eran los fusilados.

—Paz a los muertos, María —le dijo Dolores de Rejón a la mayordoma. María Guayedra la miró desde el fondo de sus ojos, con la resignación de la sangre agolpándose en las sienes y en las venas del cuello, apenas sin dar tiempo a que se repusiera su respiración.

—No, doña Dolores. Todos los muertos no tienen la misma paz. Algunos sí. Fueron enterrados y se les echó el *réquiem* y el agua bendita antes que los cubriera la tierra del camposanto. Y están arriba, seguro que están arriba. Pero otros, otros no, señora. Otros están todavía ahí, en el fondo del jardín, fusilados por los falanges, que Dios los perdone a ellos, doña Dolores, a los pistoleros.

María Guayedra detuvo su homilía algunos segundos al ver aparecer en el rostro de Dolores de Rejón la lividez paralítica del miedo y de la muerte.

—Y ahora —continuó la mayordoma— es eso lo que están buscando. Paz, la paz y un cura que les cante una oración y les lave las culpas que cometieron, doña Dolores.

Dolores de Rejón se fue quedando de piedra, trémula y con los gestos inmóviles, colgándole del rostro una mueca de pavor y de sorpresa. Pero la mayordoma no la dejó que hablara, sino que le hizo una señal para que doña Dolores de Rejón entendiera que su propio silencio era para tomar aire de nuevo y no para ayudarla en el hipo de infarto que se le venía encima.

—Y usted también lo sabía —le dijo María Guayedra—. Lo sabe todo el mundo, todo Salbago y toda la isla. Y nosotros los de la casa no podemos seguir haciéndonos los sordos y los locos, y dejar que las cosas sigan como están, como si no pasara nada, con esos gritos que se oyen hasta en el puerto, y las gentes que cuando pasan por delante de esta casa se hacen la señal de la cruz y cruzan los dedos a escondidas, doña Dolores, como si éste fuera un lugar de endemoniados.

Dolores de Rejón cayó repentinamente en la cuenta de lo que estaba pasando. De un tirón empezó a entender los motivos de su aislamiento y la razón del olvido en el que había caído la familia de los Rejón en la época decrépita de la posguerra. Mandó llamar inmediatamente al franciscano que había levantado la ermita justo al lado de la casa de los Rejón. No tuvo reparos en contarle la historia, en relatarle hilo por pabilo lo que ocurría en la casa cada vez que se reproducían en ella los fusilamientos de la Guerra Civil.

—Son unos gritos terribles que están volviéndonos locos —le dijo Dolores de Rejón al padre Salvador.

El fraile franciscano sonrió hasta que la boca le llegó a las orejas, porque no podía darle la razón del todo a una creyente en Dios, célibe hasta la muerte por la gracia del Padre y entregada a la fe única durante tantos años. No podía decirle que todo era una obsesión que se había ido creando allí, en el embotamiento de la casa. Nieves de Rejón asistía a la conversación entre el franciscano y Dolores de Rejón, asintiendo cada vez que su hermana hablaba, mientras pasaba las cuentas de su inseparable rosario bendecido por Pío XII.

—Son gritos de los fusilados, padre Salvador —confirmó Nieves entre jaculatorias.

—Pero eso ocurrió hace mucho tiempo, hermanas —contestó el padre Salvador.

El franciscano acabó moviendo la cabeza porque tampoco quería llevarles la contraria a sus más fieles feligresas, hijas del prócer don Francisco de Rejón, que había ayudado con su dinero a la edificación de la ermita de San Francisco. Decidió no contradecirlas en ningún punto del relato. Dios, dijo, estaba sobre todas las cosas, y no era malo que para salir del entuerto él mismo bendijera el jardín de la casa.

—Para que ustedes se queden tranquilas, para que no se preocupen más por esos gritos —les dijo.

Media hora más tarde regresó de la ermita cargado con el hisopo, y se revistió con las túnicas sagradas que los ministros católicos usan para los ritos y para expulsar a los demonios de los lugares de la vida en los que se han metido sin corresponderles. Lanzó después las aguas benditas sobre las tierras y las plantas del jardín, sobre los arbustos y las albercas, sobre todos los rincones de donde procedían los gritos de los fusilados en la guerra, sobre las tumbas sin cruz de las víctimas de Marcial Wiot.

Don Francisco de Rejón apenas se dio cuenta de nada. En su mutismo senil, una ligera sospecha le cruzó la cabeza ida del tiempo, porque siempre podía ocurrir que un cura cualquiera descubriese en el fondo del jardín el árbol seco del bien y del mal, cuando ya toda la isla se había olvidado de la historia para convertirla en una leyenda sin prestigio, anclada en los recuerdos de juventud del propio don Francisco de Rejón. Así que cuando el padre Salvador se retiró, Francisco de Rejón se acercó al jardín arrastrando los pies dentro de sus zapatillas de franela. Estaba ya tan sordo como una tapia de cementerio, y sólo le importaba de la vida volver a ver la luz de Dios y conservar en el silencio del olvido la existencia vegetativa del árbol del bien y del mal, que años atrás él mismo había mandado transportar desde el Huerto de las Flores hasta su casa de Salbago, cuando comenzó a propagarse que era verdad que Francisco de Rejón había conseguido un injerto milagroso que parecía obra del diablo, no sólo porque permitía alargar el acto del amor hasta que el hombre se cansaba de bailar sobre la pareja, sino porque sus frutas curaban los males más dañinos y porque su resina le quitaba del alma a cualquiera la fecha de su muerte cuando ésta ya estaba demasiado cercana. En el lugar de siempre, en el jardín de su casa de Salbago, don Francisco de Rejón vio plantado el árbol del bien y del mal, olvidado de todos y de todo, viviendo sólo para la comidilla de ciertos profesores de botánica de las universidades europeas. Sin frutos, sin hojas y sin resina, seco, inservible y dispuesto para la hoguera, vegetaba como un leproso irrecuperable y solitario el árbol del bien y del mal. Don Francisco de Rejón respiró tranquilo y se volvió por el sendero que lo conduciría de nuevo al salón de estar de la casa. Un escalofrío de nostalgia lo atravesó de arriba abajo al llegar a la altura de la alberca, pero inmediatamente se le interpuso en la memoria el dulce recuerdo de la Duquesa de Tormes, la frondosidad imaginada todavía en el Huerto de las Flores y los viajes que había realizado a montones a través de las Antillas, las calles de La Habana vieja y el viejo San Juan. El cansancio lo aplastó con tantas sensaciones simultáneas revoloteándole en la cabeza. Tuvieron que acostarlo, calmarlo, ponerle el termómetro para medirle la fiebre y darle un bebedizo que lo hiciera dormir hasta que recuperara un tino imposible y se diera cuenta de la verdadera edad que le colgaba del cuello.

Parecía entonces que todo se había acabado. Durante algunos días ni siquiera María Guayedra leyó nada anormal en la baraja ni escuchó alarido alguno que procediera del jardín. El agua bendita del padre Salvador había podido con la fuerza del maligno, de modo que ni gritos, ni tableteos de disparos de fusil, ni canciones de guerra, ni sollozos de fusilados alcanzaron a formarse en la huerta y a lanzarse desbocados hacia el interior de la casa. Fue como si la paz hubiera conquistado por fin aquel territorio rebelde con el paso del tiempo, y como si las almas de los fusilados se hubieran marchado para siempre al otro mundo. Pero todo resultó un embuste. Semanas más tarde, repentinamente volvió a oírse desde el jardín la guerra y los fusilamientos, y los disparos esparcieron sus ecos por toda la casa retumbando sobre sus paredes. Don Francisco de Rejón no alcanzaba a interpretar los gestos de angustia que se traslucían en el rostro de su hija Dolores y en los rosarios rezados a toda prisa por Nieves de Rejón. Siguió negándose a la insistencia de su hija mayor para que vendieran la casa y se fueran a vivir a otra más pequeña, más cómoda y acorde con los tiempos y las circunstancias que ahora corrían por la isla de Salbago. Tuvo que morirse de viejo, con la piel hecha un pergamino y cuando la sangre ya le había huido del cuerpo, para que Dolores de Rejón se la vendiera al brujo Esteban Padilla, que se había pasado muchos años de la posguerra ahorrando para comprarla, porque estaba seguro que en ella iba a vivir experiencias y sensaciones extrañas con las que pensaba escribir un libro exhaustivo, un ensayo que no sólo justificara la existencia de la vida de los espíritus en el mismo lugar en el que sus cuerpos habían sido destrozados por la crueldad de la guerra, sino que también se demostraría la vigencia real de una guerra interminable en el reducto de una casa de Salbago.

En ese mismo jardín, años después de la muerte de don Francisco de Rejón, Horacio Rejón Frascachini se paseaba desnudo en una noche de calor y luna menguante, harto de hacer la guerra en el salón, de organizar el espectáculo teatral de la batalla del Ebro con soldaditos de plomo, y de hacer el amor hasta las más altas horas de la madrugada con Mara Florido. Sintió un fuego que le ardía los huesos y decidió bañarse en la alberca llena de agua, en la que apenas había reparado hasta ese momento. Se tiró al agua, que brillaba tenuemente por los reflejos suaves del menguante lunar, con la confianza de remojarse un rato y volver a la batalla del Ebro que había dejado patas arriba en el *hall* de la casa, cuando los republicanos estaban a punto de hacer que las tropas de Franco se hundieran en las ciénagas del río. El golpe fue atroz, porque se rompió el hueso de la nariz contra el suelo seco de la alberca y casi perdió el sentido al ver la sangre manando abundantemente de su cabeza. Mara Florido acudió de inmediato a auxiliar al herido en cuanto oyó sus gritos de socorro.

Lo lavó como pudo y llamó en las primeras horas de la mañana al doctor Maximino Cañal para que terminara de curarlo.

—Te podías haber matado. Debes dejar de beber —le conminó Mara Florido.

En la penumbra de la alcoba, alumbrada sólo por la luz difusa de la mesilla de noche, Horacio Rejón dormitaba ahora, todavía sorprendido por la fuerza del golpe y dolorido todo su cuerpo.

—Doctor —le dijo a Maximino Cañal—, yo vi que la alberca estaba llena de agua.

El doctor Maximino Cañal se rascó la ceja izquierda con un gesto ambiguo, entre la complicidad y el escepticismo. No quiso insistir en el alcohol al que Horacio Rejón se había aficionado desde que vivía en la casa de Salbago.

—A veces, amigo mío, las cosas no son como uno cree. Quizá te imaginaste...

—No, doctor —le interrumpió Horacio—. La alberca estaba llena de agua.

La alberca llevaba vacía más de veinte años y una floresta seca y desaliñada cubría de maleza todos sus rincones. Era la primera vez que el doctor Cañal pisaba la casa desde que Dolores de Rejón se la vendió al boticario Esteban Padilla. No quiso acercarse al jardín para comprobar la veracidad de las afirmaciones de Horacio, porque sabía perfectamente que todo había sido un truco vengativo del otro mundo, del otro tiempo en el que los Rejón habitaron la casa. Así que era inútil perder el tiempo en la constatación de un vicio endémico que Horacio Rejón Frascachini había heredado de todos los hombres de su familia: pensar que lo que ellos creían que era el mundo se sostenía a la perfección sobre la verdad que querían ver. Tampoco quiso indagar sobre el jardín, ni sobre las cosas que pasaban en la mansión y que corrían como un rumor de comentarios por toda la ciudad, porque ni siquiera la presencia de Horacio Rejón iba a remediar el destino que pendía sobre su familia y sobre la casa solariega de los fundadores

de Salbago. Prefirió que el herido se desahogara hasta quedarse adormilado, cuando empezaran a hacer efecto los cal-
mantes que le había aplicado para sacarlo del mundo de nervios en el que lo había sumido aquel desgraciado accidente.
Mara Florido se lo dijo cuando casi se despedía.

—Quiere tapiar el jardín, doctor —le dijo—. Dice que la
otra noche oyó pasos en el fondo de la huerta. No sé qué pensar. Dice que se subió a ese tronco seco para salir de dudas,
pensando que esos ruidos que oía eran el eco de sus propios
pasos. Pero desde el árbol siguió oyendo las pisadas, como si
alguien más estuviera en el jardín sin dejarse ver. Como he
discutido con él, ya no me cuenta nada más sobre lo que le
pasa.

El doctor Maximino Cañal asintió con la cabeza. Y entonces notó que Mara Florido estaba empezando a envejecer, a
pesar de mantenerse pletórica de aspecto y con una figura que
embargaba de deseos a cualquiera que no estuviese ya de
vuelta de las cosas de la vida. Tenía el pelo castaño, tirando
a amarillento, y un brillo de complicidad consigo misma inundó los ojos de la mujer. En su rostro se retrató el esbozo de
una sonrisa que al doctor Cañal le recordó vagamente la sobriedad risueña de Dora de Rejón. Cruzó los dedos a la espalda buscando un asidero a las cosas concretas del mundo, porque empezó a comprender que la historia que le había contado Esteban Padilla podía encontrar un punto de certeza en
lo que ahora estaba viviendo aquella pareja. Imaginó el estrépito de la vajilla, tal como se lo relató el boticario, el ruido enorme de la loza en la media noche resbalando de la mesa
y viniendo a parar al suelo del salón. Y Esteban Padilla encendiendo las luces de la casa ante un silencio repentino, revisando todos los rincones de la mansión con la linterna en una
mano y una pistola cargada en la otra. Estaba temblando de
miedo, porque en toda su vida de brujo jamás le había ocurrido nada igual. Todo estaba en su lugar. La vajilla en su
sitio, los muebles perfectamente colocados, los cuadros y los
daguerrotipos colgando de las paredes, y el polvo del tiempo

reposando sobre los anaqueles como si el viento que había sentido rozarle la cabeza un momento antes de encender las luces hubiera sido producto exclusivo de su imaginación. Esteban Padilla no pudo conciliar el sueño durante el resto de la noche, en la que se mezclaron de nuevo estrépitos de vajillas contra los suelos de madera, gritos de socorro como de fusilados y tableteos de metralleta que atravesaban las paredes de las habitaciones desde el patio central de la casa hasta llegar al cuarto de la azotea que él había escogido para refugiarse. Al clarear las primeras luces de la mañana, todavía con el eco de los ruidos arañándole las espaldas, Esteban Padilla había huido de la casa, cerrándola hasta que encontrara un comprador. «No volveré más a ella», le dijo al final del relato al doctor Maximino Cañal.

Camino de Valencia, el capitán republicano Juan de Rejón seguía sintiendo en su memoria la potencia fundadora de su familia. La guerra lo había destrozado todo, las cosas habían dejado de tener un lugar fijo en el mundo, y él mismo era un simple muñeco que luchó encarnizadamente por una ilusión que ya se había desmoronado. El traqueteo del automóvil sobre el firme defectuoso de la carretera de Valencia lo despertaba a ratos de sus sueños familiares. Creía de pronto que estaba de nuevo pisando Salbago, alejado del frío de la estepas castellanas, arrasadas por el enfrentamiento y la rapiña de todos. Soñaba con la alberca en la que se bañaba en el verano de la isla, y las caras de sus hermanos aparecían ante él como cromos que fueron perdiendo su color al paso natural del tiempo. Sintió entonces un deseo irrefrenable de hacerse a sí mismo la promesa de regresar a la isla, de volver a ver la cara de su padre y el inmenso retrato de cuerpo entero de María Amalia Medina de Rejón presidiendo el testero mayor del salón. Supo que toda esta aventura de locos, la guerra, los campos de concentración, el exilio que se iniciaba con ese viaje hacia Valencia, era un camino del que saldría reconfortado a pesar de la derrota. «Dios no desampara a quien cría», recordó la voz de María Guayedra. El capitán Juan de Rejón estaba cumpliendo una alta misión encomendada a su persona por el gobierno republicano. No era nada malo que soñara ahora, en un momento de debilidad y de nostalgia, con volver a la isla. Al contrario. Era un síntoma de humanidad, y le pareció que todo ese recuerdo apelotonado en su cabeza significaba una irrefutable esperanza de futuro.

XX

Una tarde de abril los celos acabaron por conquistar los sentimientos de Horacio Rejón. Hasta entonces, Mara Florido apenas tuvo en cuenta el cambio de conducta que se había originado en las costumbres de Horacio. Una mirada más torva y desconfiada que lo normal, un tono de voz gutural y escondido, como si no quisiera terminar de pronunciar cada palabra, una lejanía en la conversación y una fulminante falta de apetito contrastada con la irreprimible pasión por el alcohol, delataban que la carcoma del arrepentimiento le subía por el pecho hasta hacerle temblar de inseguridad todo el cuerpo. Nunca antes había padecido aquella asfixia temblorosa, ni siquiera cuando recordaba con nostalgia su pasado en el continente americano.

El primer impulso luego del ataque de celos fue maldecir su regreso a la isla. Lo hizo hablando en voz alta, porque estaba solo y sabía que nadie estaba escuchándolo. Mara Florido se ausentaba de la casa cada vez con mayor frecuencia, y en

esas largas ausencias de la mujer Horacio Rejón caía en manos
de extraños sopores que se extendían a lo largo de las horas
de la tarde, llenas de sudorosas pesadillas, hasta que la noche
comenzaba a descender sobre la isla. La sospecha se le alojó
como un cuerpo obsesivo en el ala más oscura del alma y
allí comenzó a sembrar los huevos de la discordia. Los celos
se habían presentado de perfil para pasar tímidamente desapercibidos. Caminaron de puntillas sobre la piel del hombre
con el fin de no entrecortar su respiración, evitando además
el ruido de su presencia en el momento de orquestar la me-
lancólica visión del mundo. Esa apariencia de bondad la usaban los celos para engañar las baterías de ánimo que Horacio
Rejón cargaba para la mala hora en la que llegarían hasta su
corazón, pero no se dio cuenta de su acceso hasta que la
rabia terminó por doblarlo en la soledad de la sala. Cualquier
defensa hubiera sido inútil, porque el virus de la desconfianza
se había instalado en su fiebre de hombre con tenacidad in-
fernal, y cuando Horacio Rejón vino a comprenderlo todo ya
estaba entregado de pies y manos al efecto demoledor del
remordimiento. Quería irse del lugar, pero se sintió incapaz
de iniciar pegajosos preparativos para un nuevo nomadeo por
latitudes desconocidas, extramuros de la isla y sus historias
de fantasmas.

Dejó olvidada la guerra que llevaba a cabo consigo mismo
en el *hall* de la casa, apostando detrás de los sillones y los
muebles de caoba soldaditos de plomo republicanos y legio-
narios de plástico comandados por generales traidores. Se volvió peripatético y rencoroso, buscándole la vuelta a cualquier
cosa, y pensando siempre en la manera de salir de las cuatro
paredes de lujo que había reconstruido con la sombra vengativa de su padre. Lentamente también llegó a la conclusión de
que Mara Florido estaba ocultándole otra vida que quizás encontró en sus salidas cotidianas. Incluso le perdió todo el miedo al jardín de los pasos perdidos, donde disimuladamente
vegetaba absurdo y muerto el árbol del bien y del mal, y a
la alberca engañosa en la que tiempo atrás se había abierto

la cabeza creyendo que estaba llena de agua. Fue en esas fechas abrumadoras de abril cuando más tiempo pasó solo, ensoberbecido consigo mismo mientras caminaba entre los ajados parterres de la huerta, archivando en su cabeza todo cuanto estaba relacionado con la pasión por la mujer que lo había recluido durante tanto tiempo en aquella casa, con la excepción de las tardes conversadas con el doctor Cañal en el Hotel Madrid. Comenzó a sospechar cosas cuya existencia real era lo que menos importaba cuando oyó a Mara Florido musitar entre sueños el nombre de Alain. De modo que la sospecha de que la mujer lo engañaba con otro acabó por entumecerlo hasta la abulia y desviarle los sentimientos hacia el rencor y la venganza. Entonces le sobrevenía un ataque epiléptico que se lo llevaba hasta la nostalgia sin que él pudiera remediarlo y, durante todo el tiempo que duraba la ausencia de la mujer amada, Horacio Rejón se retorcía de acíbar, paseando por el jardín de la casa con los dedos de las manos enroscados nerviosamente a la espalda y oyendo sus propios arrebatos navegando en el silencio de las galerías de la mansión. En esos momentos siempre estaba borracho o a punto de estarlo, porque se pasaba las horas bebiendo vinos de todas las marcas, calidades y cosechas y, como ocurre con los alcohólicos repentinos y apasionados, mezclaba los caldos de casta suprema con la bebida blanca que tuviera a mano, desde ginebras peleonas y despreciables a rones de caña acidados que enturbiaban hasta el abismo de la nada la poca lucidez que le quedaba en la cabeza.

Llegó a pasearse totalmente desnudo por toda la casa, sintiendo un perverso placer de protagonista cuando amenazaba con la escopeta inglesa de cañón doble a todos sus antepasados, cuyos retratos en sepia descansaban colgados en las paredes de habitaciones, recintos y salones, protegidos con cristal sin brillo y cubiertos siempre por una ligera pátina de polvo. Acabó disparando sobre ellos con la violencia de un animal salvaje, carcajeándose cada vez que el estrépito del impacto hacía saltar por los aires los cristales y los marcos que envolvían

los restos de su historia. Pero la mayor agresividad la reser-
vaba Horacio Rejón para las discusiones a voz en grito con
doña Amalia Medina de Rejón. «Mueve los ojos ahora si te
atreves», le espetaba al retrato de la abuela cada vez que la
escopeta hacía fuego contra alguna fotografía de los Rejón.
Y se movía de un lado a otro del *hall* de la guerra apuntando
con la escopeta a los ojos de doña Amalia Medina. La abuela
no dejaba de mirarlo, en un deseo imponente por domeñarle
la voluntad de destrucción y tumbarlo a llorar sobre las alfombras llenas de cristales hechos pedazos. Inmutable, la dama
de negro contestaba en silencio las imprecaciones del nieto
que no era suyo, mientras a Horacio Rejón un cierto sentido
de la venganza le impedía acabar con el espectro de la abuela,
que mantenía vivo su recuerdo en aquel cuadro instalado en
el testero mayor del *hall* de la casa de los Rejón. Tal vez ahí
Horacio Rejón comprendió en su locura que nunca estuvo solo
en aquella mansión. Ni siquiera cuando Mara Florido lo dejaba tirado con sus miserias en el jardín durante sus largas horas de ausencia, sino que todos los Rejón que en la isla habían
constituido la estirpe fundadora pululaban sus esencias históricas y sus hazañas bélicas por los aires de la casa, doblegan-
do ambientes conquistados muchos años antes que él hubiera
llegado allí con su porte de pretendida modernidad mundana.
Esa tarde, tras la matanza de los cuadros y daguerrotipos
de sus antepasados, quedó adormilado entre los legajos sin
clasificar que aún permanecían en la biblioteca de su abuelo. Rodeado de libros comidos por la polilla y por el tiempo, Horacio Rejón descubrió su propia miseria entre sus babas y vó-
mitos de alcohol, el vaho de la pólvora excitándole todavía
una piel rizada por la manía de la venganza. Entre los ejemplares perdidos de su abuelo, encontró un libro de grabados
obscenos en los que se explicaban, dibujo a dibujo y con todo
detalle, cada una de las posturas que Mara Florido le había
hecho familiares. Eran ilustraciones de pésimo gusto, que in-
sistían en la concupiscencia de la carne y en los instrumentos
que ya estaban inventados para impedir de forma perfecta la

posibilidad del embarazo en las mujeres en cualquier fecha del
año. Y entre las páginas de ese libro, Horacio Rejón descubrió
también la reproducción fotográfica que sirvió de modelo para
que el anónimo pintor de su abuela dibujara sin fallo alguno
aquella imagen que ahora flotaba amenazadora en el testeto
del *hall*. «¡Mierda de vieja!», exclamó, como si le hubiera picado un bicho en el fondo de sus entrañas.

No era una novedad que se quedara dormido en el centro
de la historia de los Rejón, delirando entre laberintos e inte-
rrogantes sin respuesta, sobre todo si Mara Florido estaba
ausente. Y ahora se sentía durmiendo en otra casa distinta a la
suya, transportado por el cansancio y los nervios de la soledad
alcohólica. Descansaba profundamente sobre la cama de una
alcoba en un tercer piso, a la hora exacta en la que en realidad se había quedado traspuesto entre los papelajos de su
abuelo que no eran otra cosa que los escritos secretos de sus
investigaciones para conseguir el injerto del árbol del bien
y del mal. De modo que tampoco después llegó a saber si estaba
recordando un sueño que había soñado, o si estaba inventando un cuento que nada había tenido que ver con la realidad de lo soñado. Para el caso era lo mismo, porque el resultado del sueño variaba muy poco de su recuerdo. Las imágenes
se le agolpaban en las sienes, martillándole las venas, y corrían
a toda velocidad sobre sus ojos regocijándose en pasar por
encima de la memoria del sueño a cámara tan lenta que ni
él mismo hubiera podido remediarlo.

Era, en efecto, un tercer piso, y una alcoba decorada en
tonos azules claros, en esa misma hora de la siesta y ausente
la mujer amada, hasta las primeras secuencias de una lenta
anochecida veraniega. Horacio Rejón dormitaba nervioso sobre
la cama, desprendido de sí mismo, viéndose en el lecho desnudo de cuerpo entero y tan joven y resplandeciente como su
vanidad siempre le aconsejó que se viera. Estaba abierto al
aire el ventanal, de par en par, y una brisa cálida atravesaba
el recinto de la alcoba que Horacio Rejón se esforzaba en reconocer desde el sueño en el duermevela. Abajo, en la piscina

del jardín, desde donde procedían los gritos del jolgorio, se renovaban los ecos de las palabras y la conversación de una pareja cuyos cuerpos, también desnudos, se bañaban en medio de una felicidad que renovaba la fuerza del placer. Horacio Rejón, desde la cama, se los supuso ayuntados, besándose y mordiéndose los labios en las escalerillas de la piscina. Pero no pudo renunciar a ser él mismo la pareja de la mujer, Mara Florido en el agua tibia del atardecer, mientras él le derramaba al oído las plegarias secretas en las que descansaban todas las promesas del amor que se rendían mutuamente. O quizá no fuera nada de eso, en realidad, sino una pesadilla que venía a arrebatarle la mujer que le había robado al cónsul francés. Quizás estuvieran ocurriendo cosas en la piscina que, desde su sueño de la cama, no podía ni siquiera imaginarse, y tal vez la pareja de bañistas no supiera tampoco que estaba empezando a ser espiada por él desde su lecho del tercer piso del chalé. Seguía oyendo las voces, en algunas ocasiones suaves como la brisa que impregnaba toda la habitación, pero otras enroscándose en el arrebato de una pasión mal contenida en los dos cuerpos desnudos sobre el agua. Sospechó entonces que él, Horacio Rejón, no era el hombre de la piscina, sino Alain Dampierre reincorporado a la vida o algún otro usurpador isleño que se imaginaba rondando a Mara Florido durante sus tardes de ausencia. Incluso medio dopado por el sopor del estío pegajoso, que no era otra cosa que el exceso de alcohol saliéndosele por los poros del cuerpo, Horacio Rejón logró incorporarse en el lecho para asomarse a la terraza que daba a la piscina y al jardín, y romper la incógnita que lo desvelaba dentro de su propio sueño.

Tenía los ojos carcomidos por la desidia y la resaca, y la visión se le duplicaba cada vez que insistía en reconocer las imágenes borrosas de los dos cuerpos que jugaban en el agua. En efecto, eran hombre y mujer. Centró toda su atención en ella, y descubrió de nuevo y fulgurante como nunca la belleza excepcional de Mara Florido navegando sobre el agua, aparentando una frívola distinción frente a todo lo que allí estaba

206 J. J. Armas Marcelo

pasando. Rehuía zalamera las caricias que el hombre no cesaba de brindarle, nadando a escape por los ovales recovecos de la piscina o margullando en la oscuridad del agua tibia. El hombre se revolvía sobre sí mismo, sin agotarse, para volver a la carga, nadando en la dirección que lo había hecho la mujer mientras le gritaba a carcajadas que volviera a su lado. Horacio Rejón se sintió de pronto excitado, morboso por las escenas que se desarrollaban delante de sus ojos, porque no sólo se veía como juez con la mirada sobre ellos, sino como parte en la interpretación al considerarse él mismo el hombre que estaba gozando del juego y la compañía de Mara Florido.

La desnudez de Mara Florido mostraba una figura espléndida, pletórica de promesas e insinuaciones, perfecta en sus redondeces y curvas, en su tono de voz y en sus carcajadas de alborozo, y en ese ligero aroma a opio sagrado que se extendió repentinamente como un recuerdo álgido hasta alcanzar el olfato de Horacio Rejón. De modo que el perfume enloquecedor de Mara Florido, que él le había hecho abandonar cuando la muerte de Alain Dampierre y la leyenda de la muñeca de París, le inundó sus instintos sexuales estimulando hasta la borrachera de sus sentidos las fibras más evidentes de su hombría, levantándole el miembro hasta la agresiva posición de ariete en pie de guerra. Se miró un instante, sorprendiéndose de la potencia palpitante de su pinga. Estaba poseído por el vértigo sonoro del desdoblamiento, a la vez dentro y mirando la escena, viviendo simultáneamente el jolgorio de Mara Florido y observando con celoso silencio la película del baño cuyo juego desarrollaba la pareja en la piscina.

Mara Florido salió del agua, y Horacio Rejón volvió a maravillarse ante el desnudo de su amante. Estaba igual de bella que cuando la conoció, en la residencia del cónsul francés, y se la llevó con él al Hotel Madrid. Volvía a verla fresca y rejuvenecida, como si nunca hubiera pasado por la casa de los espectros de su familia. Mara Florido corrió a lo largo del jardín de abetos, sin dejar de hacer piruetas sobre el césped y riéndose a carcajadas mientras ensayaba pasos de baile. Quería llamar la atención del hombre para abismarlo en la hipnótica pasión de su figura. Horacio Rejón continuaba sin poder centrar del todo la visión en el hombre porque la penumbra de la anochecida no acababa de permitírselo y porque su propio nerviosismo excitado le impedía comprender en toda su extensión el espectáculo de aquella imagen masculina que, desde lejos, seguía pareciéndose tanto a él en todos sus movimientos y en todos sus gestos corporales. Mara Florido corrió otra vez a sumergirse en el agua, y él sintió una angustia asfixiante al perderla de vista durante algunos segundos. Luego, ya en la superficie del agua, la vio irse directamente hacia el hombre, transverberada de luz y como si hubiera buscado tropezarse con él desde el fondo del agua. Comenzó a besarlo, clavándole las uñas en la espalda y lamiéndole toda la piel desnuda con la lengua fosforescente, deletreándole el más alto amor del mundo en cada caricia apasionada.

Horacio Rejón sintió un agudo estallido de inquietud y vértigo en su bajo vientre. Un ardor sobrenatural le fundió las entrañas hasta anonadarlo, y comprendió que ese sentimiento de orfandad no lo había procurado sólo el deseo carnal por su amante, sino los celos que se lo habían ido comiendo poco a poco sin que él se diera cuenta hasta ahora. Sufrió al instante la comezón de la incomodidad sorbiéndole la libido que enardecía aún su sexo, mientras la sangre se le agolpaba en todo el cuerpo y latían al unisono el corazón perplejo y el tolete erecto, como dos bombas a punto de estallar en el interior de un cuerpo convulso. Siguió impacientándose al distinguir de pronto el tono ceniza del cabello del hombre que apretaba ahora contra su cuerpo a Mara Florido. Cuando ambos salieron del agua, mojados y subiendo las escalerillas de la piscina, asidos el uno al otro como serpientes enroscadas en una sola imagen enloquecida de deseo, Horacio Rejón reconoció al hombre. «Es Alain Dampierre», musitó con desconsuelo, tragando la saliva seca de la rabia. No pudo entonces contenerse por más tiempo. Les gritó sin saber las cosas que estaba diciendo, porque ni siquiera él mismo pudo controlar aquel espasmo gutural y torpe que se expandió por los espacios abiertos sorprendiendo a la pareja en su excelsa desnudez. Mara Florido había estado dándole la espalda todo el tiempo, pero ahora miraba hacia la terraza de donde provenían las voces despavoridas de Horacio Rejón. Vio la cara de espanto de su amante y la parálisis facial que aglutinaba momentáneamente la ira de Horacio. A él se le antojó fingida la sonrisa con la que Mara Florido le ordenó que se callara colocando el dedo índice de su mano derecha sobre sus labios cerrados.

—Es una plegaria de amor que tú no entenderías —dijo Mara Florido después.

Horacio Rejón no despegaba los ojos de la pareja. Fue en ese momento cuando el hombre volvió la vista hacia él, mirándolo con desprecio. Entonces pudo definitivamente reconocerlo. No le cupo duda que era Alain Dampierre, pero poco después el rostro y la figura del francés se fueron transformando hasta dejar entrever la imagen del propio Horacio Rejón, mucho más viejo, decrépito y arrugado que lo que nunca pudo imaginarse que iba a llegar a ser. Luego el hombre se volvió del todo, y Horacio Rejón tembló de miedo: el otro era él mismo, pero convertido en un anciano de piel repulsiva y ajada, colgándole entre las esqueléticas piernas un sexo inútil, fláccido y ya incapaz para ninguna aventura amorosa. Todavía oyó de nuevo el estruendo de las risas de la mujer, un momento antes de despertarse bañado en un sudor húmedo y resbalándole por los muslos el líquido gelatinoso de la pesadilla vespertina.

Estaba todavía en el cuarto que deseó siempre convertir en la biblioteca de su casa. Recuperaba lentamente la conciencia, alejándose del recuerdo del sueño que lo había mantenido maniatado casi toda la tarde. Desperdigados a lo largo del recinto apenas sin luz estaban los libros que hojeaba con despreocupación antes de haberse quedado dormido, el tomo de los grabados obscenos y el retrato que sirviera de modelo para el cuadro de Amalia Medina de Rejón. A dos metros de donde él se encontraba aún medio despierto, apoyada en la

pared, descansaba la escopeta británica de cañón doble que se
había convertido en su compañera inseparable durante las
largas horas de ausencia de Mara Florido. Acarició el arma
y se apercibió de que estaba cargada. Después estuvo mirando
un rato la sombra de la escopeta sin decidirse a levantarse.
Sorbió un trago de whisky seco que le ardió las entrañas. Había desaparecido casi del todo el malestar de la pesadilla, pero
la acidez de los celos continuaba escarbándole el alma e in-
crustándole la sospecha en el fondo de las vísceras. Abotagado
por la ponzoña del sudor, comenzó a tomar decisiones confusas. Nada más que Mara Florido entrara por la puerta iba
a quitarle las llaves de la casa para siempre. Después haría
lo mismo con las tarjetas de crédito y con los talonarios de
cheques que ella manejaba a su antojo. «No es más que una
mantenida de lujo», caviló entre torpezas. Fue entonces cuando Horacio Rejón decidió secuestrar a Mara Florido, encerrándola en la casa y sin permitirle que jamás volviera a salir
a la calle. Se la supuso gimiendo de placer bajo el peso del
cuerpo de otro, sudando de amor clandestino. Y en ese momento de fiebre pensó por primera vez en serio en el cónsul
francés, en Alain Dampierre y en el rapto de Europa. Aislado
de la vida de la ciudad y del mundo, no encontraba mejor placer que la conmiseración de sí mismo.

XXI

—Ron —pidió Horacio.

El almacén de Salvador rebosaba de gentes que habían ido
llegando para la fiesta a lo largo de la mañana. Era una tienda
de ultramarinos de reducidas dimensiones, en la que además
de alimentos se despachaban licores blancos, vinos de garrafón y alcoholes elaborados en la isla de Salbago, y cuyas escaleras de acceso servían de asientos circunstanciales a los parroquianos que habían constituido allí una tertulia gritona, interminable y sin horario alguno. El pueblo de Agaete se transformaba en serpiente coronada de verde, engalanada todos
los años en las primeras fechas de agosto, cuando La Rama
salía a la calle para revivir el rito mestizo de la lluvia, las
preces a la diosa de la fertilidad y el cántico superpuesto y
cristiano de la Virgen de las Nieves.

Horacio Rejón se observó a sí mismo desde la barra de
cinc en la que estaba apoyado y, a pesar de que miraba fijamente, el espejo carcomido por el moho y la suciedad le de-

volvió una imagen llena de grumos, borrosa, tambaleante y
huidiza. Alrededor del espejo, a derecha y a izquierda, los pol-
vorientos anaqueles de madera sostenían de pie cientos de
botellas de licores variados, alcoholes caseros, guindilla, aguar-
dientes de caña, ron con miel, cervezas calientes, coñacs peleones y vinos de malvasía, semejantes a un silencioso ejército
dispuesto a celebrar la orgía del año. Horacio Rejón tenía los
ojos ardiendo como ascuas y las lágrimas pugnaban por salir
a flote desde las entretelas de su propio hartazgo. El alboroto
del entorno enturbiaba su mente sembrando el desconcierto
en sus recuerdos más íntimos. Miró de soslayo las caras sudorosas y brillantes de los isleños que exigían a gritos bebidas
para entonarse el cuerpo antes del baile de La Rama, y sintió
en el fondo de su estómago el viscoso latido de un mareo
agudo y compulsivo, porque el tumultuoso colorido del ambiente desbordaba su conciencia de intruso en tierra extraña.
Desde su llegada, nunca había dejado de ser un extranjero
en la isla de Salbago.

Habían pasado cuatro largos meses desde que decidió secuestrar a Mara Florido, encerrándola bajo llave en su propia
casa. En esa misma tarde de la pesadilla borracha, entre los
apolillados legajos de su abuelo, acabó por despedazar a bala-
zos el cuadro de María Amalia Medina de Rejón, único superviviente hasta ese momento de las iras vengativas de Horacio
contra el museo fotográfico de la familia. La culata de la escopeta de cañón doble remató un trabajo de destrucción que se
había iniciado con el inconsciente objetivo de convertir en
harapos deshilachados los fantasmales espectros de los Rejón.
El esplendoroso espectáculo dejado por Horacio tras la solitaria batalla fue descubierto por Mara Florido horas más tarde,
al llegar a la casa, y cuando ya su amante había consumado
los ataques contra sus antepasados. El silencio se extendía
por toda la mansión. «Estás completamente loco», le dijo asom-
brada Mara Florido, pasando la vista por el estropicio de cristales rotos, los restos de los marcos de los cuadros y los retratos rotos a pedazos, observando el salón de la guerra que

mostraba los despojos finales de la violencia. Horacio Rejón
la encañonó lentamente, con crueldad premeditada, conteniendo en sus intestinos la visceral tentación de descuajaringarla
con una ligera presión de su dedo índice sobre el gatillo de
la escopeta. Imaginó la escena, la sangre de Mara Florido corriéndole por el cuerpo y el golpe de éste al desplomarse sin
vida contra el suelo. Un agujero inmenso abrió las carnes de
la mujer y dejó al descubierto las tripas violetas de un vientre hecho para el amor. Mara Florido quedó en una postura
forzada, boca arriba y todavía titilando sus ojos en un agónico
estertor. «No te preocupes. No voy a hacerlo por ahora», le
contestó con la mueca desabrida del sarcasmo cayéndosele a
borbotones desde sus labios. Mara Florido reprimió el impulso de echar a correr escaleras abajo hasta alcanzar la calle.
Era un reflejo condicionado que sobornaba su voluntad como
un relámpago de salvación. Pero desde ese mismo instante,
paralizada y lívida de pánico ante los negros cañones de la
escopeta, decidió abandonar a Horacio Rejón en cuanto le
fuera posible la huida de la casa. Él lo supo de inmediato, adi-
vinando con facilidad los deseos de su amante, pero se limitó
a guardar silencio y a mirarla esperando que ella se atreviera
a escapar.

Se bebió el ron de un solo golpe, y se quedó después exa-
minando con interés el vaso convexo que sostenía en su mano
izquierda, mientras los restos del líquido incoloro resbalaban
con lentitud desde los bordes del vidrio grueso como una botella. El alcohol le atravesó las vértebras con un latigazo de
calor, provocándole una sensación contradictoria en todo el
cuerpo, porque el ron no sólo conseguía tranquilizarlo durante
unos segundos, mientras le quemaba la garganta, la tráquea,
el estómago y todos los músculos, y le hacía saltar las lágrimas descansándole la angustia, sino que también reduplicaba
su torpeza y ahondaba la confusión de sus pensamientos para
extraviarlo en laberintos inconclusos que estimulaban las turbulencias de sus sentidos. Horacio Rejón volvió a pedir otro
trago de ron de caña, golpeando repetidas veces el vaso de

vidrio transparente contra el mostrador de cinc.

—¡Ron, carajo! —reclamó como un sonámbulo enrejado entre sueños, con los ojos enfebrecidos y la voz arrastrándosele a ronquidos por las paredes de la garganta. A sus espaldas, notó entonces la mirada colectiva sobre el extraño.

Los parroquianos cantaban ahora a su alrededor, ajenos por completo al drama de su alma y sin prestarle atención, y reclamando de la vida una eufórica salmodia que reinaba por doquier en los prolegómenos de la bajada de La Rama. A las seis de la mañana de ese día de agosto había estallado el chupinazo estertóreo de los platillos de la banda de música, los voladores despertaron a la población chisporroteando en el aire con su silbido de escándalo, y los papahuevos dieron la primera vuelta a la villa con una diana coreada por los madrugadores y los que aún no se habían acostado, porque no querían perderse ni siquiera el introito matutino del ceremonial. Horacio Rejón los había oído entre sombras, sueños y arcadas de hastío que a lo largo de toda la madrugada le había provocado la borrachera inmunda de la noche anterior. Desde su cuarto en la fonda del pueblo, achicado por los dolores de estómago y arrebujado entre las sábanas, atinó a comprender que la fiesta estaba ya dando comienzo, pero volvió a quedarse dormido en cuanto los ecos de la música se alejaron con sus fanfarrias y algarabías hacia otros lugares de la villa marinera. Desde las primeras horas de la mañana, los romeros recorrían las principales calles de Agaete en un murmullo exultante que aguardaba a duras penas la hora exacta de la explosión de La Rama, cuando bajaran desde la parte alta del pueblo los papahuevos de cartón piedra, los gigantes y cabezudos, la banda de música vestida de blanco y una estruendosa muchedumbre que cantaba y bailaba al compás del ritmo desmesurado de la música de carnaval, agitando al aire las ramas verdes de la celebración pagana. En el interior de la tienda de Salvador se arremolinaba un gentío sediento y aguardentoso, que no cesaba de carcajearse echándose chistes y emborrachándose hasta girar como peonzas en un solo cuerpo de

danza. Horacio Rejón observaba con atención los preparativos de la fiesta, olisqueando sin querer los salados picores
del sudor de las gentes y las sabrosas especias de las frituras
de carajacas que Salvador preparaba sobre la plancha inoxi-
dable de la cocina de gas. El techo de madera del local se veía
lleno de telarañas en las esquinas, y el humo de los fumadores
se extendía en caprichosas volutas por todo el interior. Horacio pensó en una cantina mexicana, en las que él conoció
por primera vez el sabor picante del chile, el uitlacoche, las
tortillas de maíz y el tequila añejo. La tienda de Salvador
ni siquiera poseía el empaque de ciertos cafetines de pueblo,
situados a la orilla de las carreteras de paso y donde los viajeros calentaban sus tripas con café caliente y queso curado.
Pero Salvador se había ganado a pulso una clientela que pre-
fería su estación de servicio, y repostaban en su mostrador
antes de lanzarse de nuevo a la vorágine derrochadora de la
fiesta y del baile. Por dentro de la barra de cinc, Salvador se
movía abriendo y cerrando botellas, trayendo platillos de caca-
huetes y altramuces, conteniendo a unos y sirviendo a otros,
con un orden interno que había alcanzado a lo largo de muchos
años de trabajo en el mismo lugar. De modo que conocía a
todos sus clientes por sus nombres de pila y sus apodos, y se
dirigía a ellos con la confianza de quien los ha visto nacer,
crecer haciendo mataperrerías y marcharse del pueblo hasta
regresar todos los años para la bajada de La Rama. Los miraba por encima de los cristales de sus gafas de montura de
carey marrón, con un perenne esbozo de sonrisa que nunca
acababa de cuajar en gesto concreto.

Horacio rodeó con su mirada la tribu de insaciables bebedores que gritaba a su lado: rostros renegridos por el sol y la
mar de siglos, ojos oscuros con el tatuaje de la verticalidad de
la isla en el fondo de su color, manos recias de trabajadores
de la tierra y de hacedores de redes y nasas, músculos de zacho
y boga, voces duras y cantarinas que usaban palabras y modis-
mos exclusivos del pueblo de Agaete en sus conversaciones co-
loquiales. «Son gentes brujas, con mucha sapiencia», le dijo

su padre Juan de Rejón alguna que otra vez, y Horacio se acordó ahora de aquella afirmación traduciéndola sobre los gestos secos, toscos y duros de los hombres, y los rostros encendidos y silenciosos de las mujeres. Caminó por entre los grupos que lo miraron con despreocupación, y no prestó mucha atención a los comentarios. Se asomó a la puerta de la calle con el vaso de ron en la mano. La luminosidad de la mañana lo deslumbró por un instante. Brillaba en lo alto un sol de espectáculo, que caía a plomo sobre las ardientes calles del pueblo dejando muy pocos sitios reservados a la sombra. El cielo azul claro de Agaete lucía sin sombra alguna y, al fondo a la derecha, mirando desde la puerta del almacén de Salvador, se recortaba a pico la imponente silueta del macizo del Tamadaba, cuya superficie completa su abuelo había recorrido en multitud de ocasiones montado en su caballo durante los primeros años del siglo. Las cosas habían cambiado tanto que ya nada era igual a como se lo habían contado, ni siquiera en lo que él recordaba ahora que le enseñaron alguna vez. El Huerto de las Flores se había convertido en un jardín sombrío y desgreñado por el tiempo y el desinterés, y la maniática ansiedad por el dinero del turismo había conseguido eliminar de la realidad tradiciones que sólo quedaban ahora en los resabios de la memoria de los más viejos del lugar. Desde ese mismo sitio, en la puerta de la tienda de Salvador, Horacio Rejón observó en la distancia la estatua sin cabeza de su abuelo, don Francisco de Rejón, inmune a la historia y a la leyenda, como anclada en época que ya no pertenecía al tiempo que estaban viviendo. Pero la bajada de La Rama había sido respetada extrañamente por el paso de los años y por las mixtificaciones enfermizas del progreso y los adelantos en las comunicaciones, de modo que la celebración del rito anual venía a convertirse en la reivindicación de una manera de ser bien distinta a la de las otras gentes y pueblos de Salbago. La fiesta no era sólo la explosión de la alegría, sino la expresión más palpable del sentido religioso de las gentes de Agaete en lo más íntimo de su memoria histórica.

Cuando encerró a Mara Florido en la casa de Salbago, Horacio Rejón rompió de un plumazo histérico el compromiso de amor que lo ataba a la mujer, y en todos sus actos se instaló un factor de desconfianza que hizo imposible la reanudación de un diálogo fértil que recuperara la relación entre ellos. Como si una nueva epidemia hubiera inundado las calles de la ciudad, Horacio Rejón volvió a hacer acopio de alimentos y bebidas, almacenándolas en una despensa enorme que ya estaba levantada al lado del cuarto de la cocina de la mansión solariega. Mara Florido cayó en un mutismo frontal, viéndolo pasear por la casa a todas horas y con la escopeta británica de cañón doble a la espalda, porque Horacio estaba pendiente del primer intento de evasión de su amante para pegarle dos tiros y dejarla seca sobre el pavimento de madera de la casa. Mara Florido se había convertido en vigía de cada uno de los movimientos de Horacio Rejón, porque esperaba un gesto de debilidad o agotamiento en sus noches de alcohol o en las madrugadas turbias dominadas por el mal gusto de la resaca. Escapar de aquel infierno enfebrecido por los celos patológicos del amante se volvió la única obsesión de su existencia durante las veinticuatro horas del día. Horacio Rejón se dejó crecer la barba, y las ojeras acabaron por hacérsele excesivamente visibles en un rostro demudado por la desconfianza y la inseguridad. Se pasaba el tiempo espiándola. Y cuando se sentía exhausto de cansancio la ataba de pies y manos a una de las patas de la cama. Después la amordazaba y se tendía vestido con la ropa de diario sobre el lecho, hablando consigo mismo en las pesadillas que los celos le levantaban durante los entrecortados sueños. Despertaba casi siempre frenético, con los ojos disparando rayos dispuestos a descuartizarla. La miraba amodorrado, con un aliento de tristeza tiñéndole el rostro de color verde ceniza y temblando como un niño extraviado en un lugar desconocido. Entonces le hablaba incoherencias, sin quitarle la mordaza, y terminaba paseándose por la alcoba, descalzo y tambaleante, dejándose caer sobre algún sillón y teniendo siempre a mano la escopeta de cañón doble.

—Está cargada, carajo —le advertía Horacio Rejón a Mara Florido de vez en cuando.

En los mejores momentos volvía a poner en el tocadiscos alguna pieza de Schubert para el piano y se adormecía entre las notas de la melodía como si la tragedia no se estuviera mascando a su alrededor. Mara Florido lo miraba desde el miedo, porque sabía que no había forma de razonar con un loco furioso de celos que estaba guardando la mejor ocasión para disparar sobre ella.

—No fallaré. Te lo juro —le había dicho con la seguridad de un consumado tirador.

La casa empezó a cubrirse de desechos y malos olores, de ruidos y rumores cuyo origen escapaba al control de ambos, aunque Horacio Rejón no parecía encontrarse a disgusto en aquel aquelarre cotidiano, desajustado y demente. La locura duró exactamente una semana, el tiempo estricto para que el cansancio hiciera mella en Horacio Rejón y Mara Florido aprovechara para escaparse por el jardín que a él le hubiera gustado mantener clausurado para siempre. Atravesó corriendo los parterres del huerto, pisoteando las hiedras que serpenteaban sobre la tierra. Corrió como pudo, sus vestidos hechos jirones y el rostro destrozado por la angustia y la falta de sueño. Mara Florido nunca llegaría a saber de qué recóndito lugar de su alma salieron las fuerzas necesarias para escapar, entre temblores y vértigos, del infierno en el que Horacio Rejón había convertido la casa. Ya en la calle, luego de saltar de un golpe la pared de más de dos metros de altura que la separaba de la acera, siguió corriendo como si llevara al diablo dos metros detrás de su figura. Y cuando Brígida Betancor de Florido la vio en el salón de su casa se santiguó despavorida, porque creyó que estaba viendo la sombra de una aparecida que regresaba de la muerte sin previo aviso. Envejecida y llorosa, sin apenas balbucir palabra, trémula de terrores que galopaban sobre su cabeza, Mara Florido se abrazó a su madre y se lo confirmó entre sollozos de arrepentimiento.

—Se acabó. Se acabó todo —repitió Mara Florido. Destrozada por los nervios, quería convencerse a sí misma de que era cierto. Se había escapado de un infierno, y ahora deseaba con todas sus fuerzas volver a respirar sin sentir sobre ella la persecución que casi había conseguido convertirla en una loca. Despeinada, con los cabellos color oro viejo colgándole en guedejas hacia la espalda y cubriéndole parte del rostro lacrimoso, las uñas de las manos estropeadas y rotas por la falta de cuidados de los últimos tiempos, y los gestos de su cara perdidos entre la decepción y la amargura que había experimentado hasta hacía poco, Mara Florido notó sobre su piel la derrota y la liberación a un mismo tiempo, mientras el peso de una losa inmensa comenzaba a desprenderse de su alma. Respiró en silencio, gustando de nuevo la sensación de ser ella misma.

—Nunca debiste hacerle eso a Alain —le reprochó doña Brígida, y Mara Florido atrajo durante algunos segundos el recuerdo del francés en su memoria. Soñó con las recepciones consulares que Dampierre le preparaba sólo para lucirla ante los isleños, y echó de menos la sensatez madura del diplomático con el que ya no podía contar aunque quisiera.

—Lo mataste de la pena —dijo doña Brígida—, y luego se inventaron no sé qué indecencias de una muñeca de plástico que era igualita a ti. Tú has estado muy lejos, niña, y no te habrás enterado de nada. Pero el escándalo que has montado nadie te lo va a perdonar, aunque ahora te metas de monja —le dijo.

Horacio salió de la tienda y caminó hacia la estatua de don Francisco de Rejón, atravesando la calle sin mirar a la cara a ninguno de los romeros que se tropezaban involuntariamente con él, entre una muchedumbre polvorienta y agitada que deambulaba por las estrechas calles de Agaete esperando el inicio de la bajada de La Rama. Llevaba el vaso de ron en la mano izquierda, y de vez en cuando lo acercaba a sus labios para paladear el líquido a pequeños y nerviosos sorbos. A dos escasos metros de distancia, estudió con detenimiento la escultura del prócer, paseando la vista de arriba abajo y buscando

en la piedra roja alguna identificación con su propio ser.
Encima del pecho, la estatua de don Francisco de Rejón llevaba
el chalequillo de terciopelo estriado de sus apariciones en público y de los grandes acontecimientos. Después examinó el
relieve perfecto de la leontina de oro, que se extendía hasta el
bolsillo del chaleco, donde su abuelo guardaba el reloj sagrado que marcaba la hora de la familia. Se detuvo entonces en
el exquisito planchado de la raya de los pantalones, y se mara-
villó del vuelto por debajo del cual asomaban los botines altos
que él había visto cubriendo los pies de su abuelo la primera
vez que estuvo en la casa de Salbago, durante la época decrépita de la posguerra. Más tarde posó los ojos en la elegancia
del nudo de la corbata, que los gamberros habían respetado
cuando le cortaron la cabeza, en el cuello y los puños de la
camisa, en los gemelos y en los botones del chalequillo, en los
cordones de los botines y en las manos del patriarca, perfecto
todo en su punteado escultórico. Al lado, descansando sobre el
banco en el que don Francisco de Rejón estaba sentado, estaba el bastón coronado por una cabeza de perro con la que
el señor de Rejón daba órdenes a Juan Rosa e impartía la autoridad histórica de la estirpe. Todo en piedra roja, y sin cabeza, don Francisco de Rejón simbolizaba en su escultura la imagen inmortal de un tiempo que se había ido diluyendo entre la
repentina llegada del turismo y la decadencia de la sangre secular de Salbago. Horacio Rejón estaba finalmente solo, tal
vez también derrotado por su propio destino, abandonado de
todos y en una tierra que le gritaba a la cara y en silencio su
irrebatible condición de intruso.

Cuando regresó a la tienda de Salvador estaba lívido. Volvió
a pedir otro trago de ron. «Triple. Llénelo hasta los bordes»,
dijo mientras le estaban sirviendo. Alguna fuerza invisible,
que Horacio Rejón se negaba a definir, le impedía ahora moverse del lugar que había elegido para emborracharse hasta
perder la memoria exacta de las cosas. En el cerco de alcohol
dentro del que se movía desde la noche anterior, entre faroli-
tos de colores encendidos y tracas de voladores que las gen-

tes celebraban bailando de jolgorio en la plaza del pueblo, suponía que alguna razón muy poderosa debía existir para que
su mente le indicara por instinto dónde debía situarse en la
fiesta sin llamar demasiado la atención. Recordó que en esa
noche anterior había recorrido como un peregrino cada uno de
los bares y cafetines de Agaete, hablando con todo el mundo
que encontraba y mezclando el whisky de las primeras horas
de la tarde, cuando empezaba a anochecer, con las últimas
copas de ron con miel tomadas casi en la madrugada. La resaca le había impedido salir del todo de esa situación ambigua, de claros y oscuros, a la que le condujo el alcohol ingeri-
do en cantidades superiores a las que su cuerpo estaba acostumbrado a soportar. Ahora se sorprendía pensando en Mara
Florido. No se acordaba apenas de la cara de su amante, pero
la fiebre de la ausencia le corría por el cuerpo quemándole el
amor propio y arrimándole una desazón que se pintaba en
cada gesto de su carácter desde hacía cuatro meses. La había
buscado por toda la ciudad, hasta que se dio cuenta de que
estaba persiguiendo por las esquinas más inverosímiles sólo
la sombra sin sentido de un recuerdo. Y en las noches, el insomnio le cincelaba de negro sus pensamientos, rompiéndole
las vértebras del sueño hasta que la desesperación acababa
por tumbarlo de cansancio sobre cualquier jergón o en la *chaise longue* de su propia alcoba solitaria. Maximino Cañal lo miraba a la cara en las tardes en las que Horacio Rejón seguía
acercándose a la plazoleta del Hotel Madrid. De nada habían
servido tampoco las guardias que había hecho a la puerta de la
casa de doña Brígida Betancor de Florido, porque también
por instinto supo que allí se había refugiado su amante. «Se ha
ido, Horacio. Está de viaje fuera de la isla», le dijo el forense
apiadándose de él. «Cuando un hombre va de culo —dijo poniendo una mano tranquilizadora sobre el hombro de Horacio
Rejón—, no hay barranco que lo pare.» Horacio Rejón reaccio-
nó clavando sin malicia los ojos en los del médico. «Lo mejor
es que empieces a olvidarla», insistió Cañal. «No puedo, doctor.
La necesito», dijo Rejón con la pátina de una vergüenza triste

resbalándole por el rostro. No entraba en los cálculos del médico ahondar en la miseria del hombre, y tampoco formaba parte de su estilo hacer leña del árbol caído sobre sí mismo. Se conformó con imaginarse lo que había ocurrido entre Mara Florido y Horacio Rejón y guardó un silencio que encerraba cierta complicidad, como prueba para el joven criollo de que estaba acompañándolo en su sentimiento. «Es la fiebre de amor», se dijo para sus adentros.

Pero cuando Charles Delicadó entró en la tienda de Salvador dando gritos y pidiendo que lo invitaran a una copa de aguardiente, Horacio Rejón quedó traspuesto durante algunos segundos. Depauperado y ridículo, con las huellas de los golpes duros de la vida y sus malas pasadas, era el vivo retrato de Alain Dampierre. Todos menos él sabían que Charles Delicadó era, en realidad, un hombre destrozado por la obsesión de un sueño imposible. Tomaba compulsivamente el ron de caña, riéndose él mismo de las bromas que le echaban sobre el árbol del bien y del mal. «Yo sé que existe. Sé que existe, y un día terminaré dando con él y haciéndome rico», dijo incoherentemente. Todo su cuerpo era el de un polichinela embriagado y al que apenas podía tener en pie la enfermiza ficción a la que había atado toda su vida. En el profundo desprecio que sintió en ese momento por Charles Delicadó, Horacio Rejón no alcanzó a comprender que se anidaba el rencor de los celos y el estigma de la muerte.

XXII

En la madrugada del día de la bajada de La Rama, la vieja mayordoma de los Rejón se despertó temprano, desvelada por angustias que ya casi había olvidado. Se levantó a tientas de la cama de hierro forjado y prendió la luz mortecina de su alcoba. Echó una mirada a su alrededor para apercibirse de que todo estaba en su sitio. Salió a la galería y alcanzó finalmente la puerta de la casa. Observó el pueblo, dormido tras la verbena de la noche anterior. Seguía incomodándola un picor extraño en el espíritu, que le insistía en cosas que habían dejado de importarle hacía mucho tiempo. Luego calentó en la cocinilla de petróleo el buche de café negro que todas las mañanas ahuyentaba de sí las últimas arrugas del sueño, y se puso a echar las cartas mientras esperaba el estampido de la diana. Pero los solitarios empezaron a fallarle, de modo que no le cuadraban por muchos equilibrios tramposos que ella misma le echara a la jugada. Y cuando ya estaba clareando, María Guayedra vio en la baraja la sombra metálica de la guadaña.

«Coño, la maldita», dijo yerta del susto. Hacía más de veinte años, cuando falleció en Salbago don Francisco de Rejón, que la muerte no dibujaba su rostro tan claramente en las cartas de la anciana. Sus ojos pusieron atención en el gesto pugnaz de la calavera, la miraron al trasluz de la alborada y siguieron el rumbo arqueado del sudario que se vislumbraba a lo largo de la carta. «Y ya no se puede hacer nada», dijo reteniendo el aliento algunos segundos.

Todos los testigos declararían más tarde ante el juez de instrucción que habían asistido a un asesinato sin paliativos. «Yo no vi cuando lo mató porque estaba ocupándome de los clientes», dijo Salvador a la guardia civil desde los primeros momentos. Pero daba lo mismo. Horacio Rejón había disparado contra Charles Delicadó ante la vista de más de veinte personas, que confundieron los tiros de su escopeta de caza con el estallido de los voladores y huyeron despavoridos del lugar en cuanto se dieron cuenta del crimen. «Salí a la calle cuando la gente empezó a dar gritos. Él estaba aquí mismo, de pie, con la escopeta entre las dos manos y mirando al muerto con cara de asombro —señaló Salvador—. Se habían tomado muchas copas juntos —añadió—, y parecían estar ya muy borrachos cuando La Rama pasó por delante de la tienda. Pero yo no vi que hubiera mediado ninguna discusión entre ellos, de verdad», dijo. Un número de la guardia civil observaba la huella de sangre y el impacto del proyectil en la pared del establecimiento de Salvador.

El cuerpo sin vida de Charles Delicadó estuvo tendido sobre las piedras de la calzada, delante de la tienda de Salvador, durante más de dos horas. Los curiosos se mantenían a distancia, cuchicheando en piadosa voz baja la desgracia del botánico francés. Para entonces La Rama había alcanzado todo su esplendor y colorido en la carretera de Las Nieves, los ecos de la música se habían ido apagando poco a poco en las calles del pueblo, y sólo quedaban en el casco urbano los vecinos cuya avanzada edad les impedía continuar en la juerga del baile hasta llegar al mar, algunos sonámbulos tambaleantes de cansancio deambulando por los bares porque no pudieron soportar el trepidante trasiego del ritual, y los periodistas que se alejaron del epicentro festivo para correr al lugar del suceso en cuanto el macabro rumor de que habían matado a un hombre se espolvoreó entre los corrillos de los danzantes.

Desde las diez en punto de la mañana, La Rama se había apoderado por entero del pueblo de Agaete, colapsado por un desmedido cortejo de gritos, cánticos zumbones y saltos al aire libre que coreaba el incesante son de la música informal y bullanguera de la banda municipal. Abría el desfile una interminable culebra humana bailando hasta el paroxismo en piruetas sinuosas y rebuscadas, en congas que crecían zigzagueantes a lo largo de las calles, dando brincos en un palmo de terreno, girando arremolinadas y apenas sin moverse, y mezclando los sudores, alientos y voceríos en una algarabía inusitada y vívida. Cientos de cabezas subían y bajaban al ritmo del baile, arracimadas, ebrias, los brazos extendidos hacia el cielo enarbolando al aire la rama de la fiesta y entregándose a un éxtasis de gorgónicas contorsiones que recordaba de vez en cuando el origen sagrado de la ceremonia. Desde ventanas y azoteas se seguía con aplausos de aliento a la caravana, porque La Rama no era un carnaval mundano, fruto de la voluntad política del cacique de un tiempo determinado y abierto a cualquiera por el mero hecho de la asistencia, sino un rito secular que se escondía durante un año en el alma silenciosa del pueblo de Agaete para bajar en esas fechas de agosto desbordante y regocijado a tomar por asalto las calles, las plazas, los rincones recoletos y hasta las casas de la villa. De modo que resultaba bien fácil distinguir entre los romeros a los que lo eran de verdad, porque estaban allí siguiendo una tradición popular, gustando sus más íntimos sabores, observando sus reglas, minuciosa y ancestralmente respetadas de generación en generación, y a los profanos empujados por la curiosidad, recién llegados, turistas y foráneos que hacían lo imposible por pasar desapercibidos dentro del insólito festejo. Bailar La Rama, aun con sus hijos en brazos, estribaba para

los primeros en la promesa de la sangre, en recorrerse palmo
a palmo y lentamente todas las calles de Agaete sin dejarse
ganar por el desaliento, flameando al aire en una de sus manos
la rama que era el símbolo de toda la celebración, hasta llegar
exhaustos a las orillas de la playa de piedras negras y entregar
a las aguas del Océano el emblema de la ofrenda, porque así
lo exigía el cumplimiento del rito. Los profanos asistían al
espectáculo como convidados de segunda categoría, sin alcanzar a comprender los secretos del ceremonial y tratando inútilmente de penetrar sus misterios. Entre unos y otros bajaban
tambaleándose por el ritmo los papahuevos de cartón piedra
desde los altos del pueblo, rodeados de calor y de músicas, y
sobresaliendo sus figuras de entre las columnas humanas. Allí,
eternizados para la fiesta, bailaban para siempre las imágenes
del carnicero que alimentó de carne al pueblo perseguido por
el hambre y las cartillas de racionamiento, el sepulturero sabio que se quitaba el sueño bebiéndose litros de café puro
para vigilar de los buitres y ladrones el justo descanso de los
muertos o el estelero santo, que vivió en las cuevas de las medianías de Agaete encerrado a cal y canto con sus propias sa-
piencias y sus yerbas curativas. En el centro, insólitamente
vestidos con uniforme blanco, navegaban sobre las turbulentas olas de la danza enloquecida los músicos de la banda, dro-
gados por el estertor del entusiasmo y enredados ellos mismos en el hipnotismo de sus instrumentos. Horacio Rejón vio
pasar aquella extraña procesión festiva con los ojos brumosos
del alcohol de caña, y sin que su alma llegara a pedirle que
se incorporara a la barahúnda. Habría sido su salvación, pero
estaba demasiado borracho para darse cuenta de las cosas
elementales y sólo venteaba la tragedia con el cuerpo vidrioso
por el apremio de los celos.

Hasta que el juez instructor ordenara su levantamiento, al
cadáver de Charles Delicadó lo cubrieron con una manta de
invierno, de color marrón mezclilla, de las que usan los soldados en los campamentos militares para mitigar el frío durante las noches de mal agüero. Y por debajo de ella corrie-

ron hacia el barranco, justo hasta los sumideros junto a los
que los matarifes destripan las reses, riachuelos de sangre
que salían a borbotones del boquete provocado por los disparos de Horacio Rejón en el vientre del francés. Todos los
testigos reiteraron que fue a bocajarro, que ni siquiera se mo-
lestó en apuntarle, que el cuerpo del muerto salió despedido
por el aire gracias al escopetazo hasta estrellarse contra la
pared de la tienda de Salvador, y que se desplomó sin decir
palabra alguna porque ya era difunto antes de llegar al suelo.
«No creo que se conocieran antes de ahora —apostilló Salvador—. Más bien ha sido una casualidad sin sentido, una cosa
fatal», dijo.

Horacio Rejón disparó dos veces seguidas sobre Charles
Delicadó, una hora después de que La Rama hubiera pasado
por delante del cine de Alberto y de la tienda de Salvador,
dejara atrás la engalanada fachada del casino, la plaza de la
iglesia y traspusiera hacia la playa de piedras negras, carretera
adelante, llevándose tras de sí a una enfebrecida muchedumbre.
Cuando trató de explicar con palabras el arrebato que le hizo
cometer el crimen, no encontró sino frases tópicas y huecas,
sin contenido alguno y llenas de agujeros incoherentes. El
juez instructor torció el gesto, y el número de la guardia civil
que tomaba en una máquina de escribir la declaración del
criminal quedó estupefacto.

—Me pudieron los celos —dijo Horacio Rejón— y la mala
suerte.

—¿Discutieron sobre alguna cosa? —preguntó el juez.

—No recuerdo nada. Estaba muy borracho, muy cansado
—dijo Horacio Rejón.

Se le había borrado de la cabeza el orden de las cosas,
y en su mente bullía una efervescencia febril que generaba la
confusión y el trastabilleo de sus palabras.

—¿Y entonces? —le ayudó el juez.

—Lo confundí con otro hombre. Fue que me perdieron los
celos. Ella se fue, me abandonó, y yo creí que se había ido
con el otro hombre —dijo Horacio Rejón.

—Pero usted disparó a sangre fría, como si conociera perfectamente al fallecido —dijo el juez.

—No. No lo conocía de nada, señor juez. Creí que estaba
matando a otra persona. A él —dijo Rejón, y abatió la cabeza
hasta que la barbilla alcanzó a tocar el esternón.

Desde el momento en que quedó convencido de que no
habría de recuperarla jamás, Horacio Rejón se había jurado
matar a Mara Florido. Echó a correr detrás de ella, sorprendido por sus propios gritos, exigiéndole que se detuviera porque estaba dispuesto a disparar sobre ella hasta matarla.
Hasta entonces creyó imposible que Mara Florido se atreviera
a huir. Pero quizá fue el miedo lo que aceleró su huida a través de los pasillos oscuros de la casa de los Rejón. Quizá fue
el miedo de morir lo que le dio fuerzas para subir de tres
en tres los peldaños de la escalera hasta llegar a la huerta.
Tal vez fue el miedo lo que activó el mecanismo de autode-
fensa, lo que le dio el punto de reflexión que tuvo para cerrar
tras de sí la tapia de madera que separaba el jardín del resto
de la casa. Oyó los alaridos y las maldiciones de Horacio
Rejón desde lejos, y el golpeteo de la culata de la escopeta
repicando con rencor sobre la madera de la tapia. Más tarde
fue todo un vértigo y un temblor, y el milagro de verse a
salvo, libre, corriendo por las aceras de las calles de Salbago.
A Horacio Rejón el recuerdo de Mara Florido lo acompañaba
a toda hora. Se le erizaba el vello de la piel sólo con pensar
que volvería a verla algún día cercano. Se extasiaba ensimis-
mándose en la memoria del amor, en el olor a opio sagrado
de Mara Florido y en la concupiscencia descubierta durante el
largo asedio de la epidemia del hierro. La veía en cada esquina, en algún parapeto de su batalla del Ebro o en las escaramuzas de la Guerra Civil que aún le rondaban la cabeza en
los ratos muertos por el tedio y la soledad. Pero estaba completamente equivocado. Toda búsqueda resultó inútil, porque
Mara Florido se había marchado de la isla huyendo de un amor
loco que tendría que olvidar fuera de Salbago. «Está en Europa», le dijo Maximino Cañal. Y Horacio Rejón pensó de in-

mediato en Alain Dampierre. «En París», se dijo retorcido por los celos. Probó el whisky seco, el ron de caña, la ginebra con tónica, la vodka fría con naranja, la absenta que mandó traer de Madrid a través del barman del Hotel Madrid, los licores peleones que iba encontrándose en sus pasos perdidos a través de las aceras, las calles, las cafeterías, los pubs, las discotecas, los cafetines y los tugurios de una ciudad que recorrió entumecido por la fiebre que le devoraba el espíritu. Era la fiebre de amor, que la ausencia de Mara Florido había reduplicado hasta volverlo loco. De modo que no salió de la borrachera hasta después de cuatro meses, cuando en la fiesta de La Rama confundió a un botánico francés que había gastado su vida persiguiendo el imposible sueño del árbol del bien y del mal con el cónsul francés Alain Dampierre que había fallecido tiempo atrás en su apartamento de la ciudad de Salbago, y al lado de una muñeca de plástico que se había hecho fabricar en París para paliar la ausencia de Mara Florido.

—A veces la fiebre mata —le dijo al juez instructor el doctor Cañal—. Uno enloquece y mata confundiendo a las personas y las cosas. Es la única manera para quedar en paz consigo mismo y recuperar la cordura —dijo.

El cuerpo de Charles Delicadó estaba casi partido en dos a la altura del estómago, porque los disparos de la escopeta de Rejón llevaban la fuerza sobrenatural de la venganza injertada en la pólvora de los cartuchos. El juez de instrucción Heraclio Ferrer quedó perplejo ante las explicaciones del doctor Cañal.

—Eso no tiene nada que ver con la ciencia, doctor —le reprochó.

—Seguramente, no —contestó Maximino Cañal mientras se secaba las manos. La autopsia estaba terminada y el caso no daba lugar a duda alguna.

—Entonces, doctor Cañal, el resto es superstición impropia de los tiempos que vivimos.

—Probablemente será eso —dijo el doctor Cañal.

Se quedó observando durante algunos segundos a Charles

Delicadó, cubierto ahora por una sábana blanca hasta la garganta. «No se parecían en nada —se dijo el doctor Cañal—, ni siquiera en la estatura.» Palpó el rostro del muerto para asegurarse de que estaba frío y que el virus de la fiebre de amor no había hecho mella en él.

—En lo único que convergieron Horacio Rejón y Charles Delicadó fue en la búsqueda de una ambición imposible —le dijo el doctor Cañal al juez Heraclio Ferrer.

Maximino Cañal no pudo impedir que Horacio Rejón saliera esposado del cuartelillo del Ayuntamiento. Un grupo de curiosos y periodistas gráficos intentaron acercarse al criminal, pero no pudieron conseguirlo porque una barrera de guardias civiles lo impidió. Ni siquiera las fotografías que tiraron sobre Horacio Rejón resultaron claras. Movidas y llenas de grumos sólo servirían para acompañar al relato de los hechos que los diarios de la ciudad de Salbago darían sin duda al día siguiente. En el interior del coche celular, Horacio Rejón quedó sentado entre dos guardias civiles. A oscuras oyó el motor del furgón poniéndose en marcha en dirección a la ciudad. Estaba ardiendo por dentro, aunque las ganas de vomitar habían remitido cuando la resaca empezó a menguar entre sus vísceras. Sin exculparse del todo, buscando una explicación al crimen, empezó a comprender que aquel ardor era el agente de todos sus sentimientos, de todos sus actos y locuras. Pensó en Mara Florido y un amargor inconcreto le recorrió el cuerpo anestesiándole los sentidos. Nunca llegó a comprender, sin embargo, que todo lo ocurrido tenía su origen en los secretos del pasado, en la casualidad fatal que teje el compromiso de los tiempos, enredándolos entre sí, y en la sangre arbitraria y caprichosa que corre por las venas de los hombres para calentar sus cuerpos. Maximino Cañal lo supo desde el principio, cuando entrevió en el rostro torvo de Horacio Rejón los estigmas eternos de la Guerra Civil, que él mismo había construido en su cabeza, y el virus de la fiebre de amor socavándole con sabia lentitud los gestos de la juventud sobre su cara. En cuanto a Charles Delicadó, Maximino Cañal había concluido hace tiempo que el encuentro imposible con el árbol del bien y del mal le había hecho perder el camino de la vida, relegándolo a la infame categoría de charlatán de feria. En la noche del día de La Rama, momentos antes de que sonara el chupinazo eléctrico de La Retreta, María Guayedra volvió a barajar las cartas con sus manos huesudas. Sobre la mesa cayó el siete de espadas, y la imagen de don Francisco de Rejón cabalgando en su caballo por las medianías del pueblo se le hizo más nítida que nunca. Suspiró lentamente, con un deje de tristeza escapándosele del alma porque no había podido evitar la tragedia de la estirpe.

Cuando meses más tarde Horacio Rejón, desde la cárcel de Salbago en la que esperaba juicio, ordenó a su abogado que clausurara para siempre la puerta de su casa y que, en el lugar más visible de la fachada, clavara un inmutable, silencioso y compulsivo cartel de venta, Dámaso Padilla no tuvo más remedio que acordarse de los consejos de su padre, boticario de profesión pero alquimista clandestino, que se había dejado arrastrar por la curiosidad del brujo que se enfrenta con misterios cuya dimensión ha terminado por poseer una cierta consistencia de leyenda.

Las Rozas (Madrid), Agosto de 1982 / Febrero de 1985.

ÍNDICE

ÍNDICE

**OTRAS OBRAS
DEL MISMO AUTOR**

EL CAMALEÓN SOBRE LA ALFOMBRA

Dice el autor acerca de su obra:

«En la misma raíz de toda "relación" subyace —consciente o inconscientemente— "la dependencia" de unos seres con respecto a otros, de unos objetos con respecto a otros; y de esos otros con respecto a "otros-otros", en una extensa cadena de continuas contingencias. En la base de la misma "dependencia" el concepto de "accidente" —cal como lo entiende Octavio Paz— cobra una lúcida, inalterable, actuación.

Dentro de estos límites —agoreros del espacio y el tiempo tradicionales—, marcada por el creciente afán "Imbunchista" de propios y extraños, fue redactada varias veces, al socaire de un profundo desprecio por el complejo edípico-intelectual-epigonista, *El camaleón sobre la alfombra*. Las mismas historias desarrollaron sus propios personajes y los personajes cuadricularon el entramado de sus "interrelaciones". En este sentido, el autor, consciente del atentado que comete contra el "dogma", sólo ha convertido "la escritura" —la historia— en su propia ideología.»

ESTADO DE COMA

Dice el autor acerca de su obra:

«*La soledad*, no como instinto precario sino como escalón iniciático del narrador mitoclásico, es el punto de partida anímico del autor de *Estado de coma*, claustrofobiado por el determinismo ambiental —las fronteras de la mediocridad—, ilimitado en la "neurosis" creativa que lo provoca como ente "extraterritorializado", autoexiliado; el rechazo del veredicto del "superyó" desvela y profana ese juego —hipogeos, inventos, metamorfosis, silencios— que conforma el mecanismo secular del ritual mítico; en este sentido, *Estado de coma* no es conciencia sino filme *mitoclásico* —Fellini, tal vez— "del silencio de la tribu moderna", "némesis" (en el lenguaje, en la estructura, en el significado) totalizadora del bagaje heredado —superfluo—, construcción babélica y sarcástica donde cada uno de los rasgos estructurales del texto —Teodorov, por supuesto— están imbricados consciente y directamente en el contexto de la obra.»

Este libro se imprimió en los talleres
de Printer Industria Gráfica, sa
Sant Vicenç dels Horts
Barcelona